GERHARD POLT

Menschenfresser und andere Delikatessen

Buch

Gerhard Polt in konzentrierter Höchstform: *Menschenfresser und andere Delikatessen* versammelt die besten Geschichten, Sketche und Reden des grandiosen Kabarettisten, die seit 1988 entstanden sind und in zahlreichen Auftritten präsentiert wurden.

Wie kein anderer versteht es Polt, den ganz normalen Wahnsinn so verblüffend präzise festzuhalten. Nicht zufällig trägt seine Kult-Fernsehserie aus den achtziger Jahren den Titel *Fast wia im richtigen Leben,* aus deren letzter Folge auch Texte in diesem neuen Sammelband enthalten sind. Zwar sieht man im Buch den Darsteller Polt nicht, aber auch losgelöst von Polt erweisen sich die Texte als kleine Stücke großer satirischer Kunst: Man »nimmt die Texte als Partitur und ergänzt den grantig-maulenden Sound, die böse Hintersinnigkeit, die Subversion, die aus der bajuwarischen Maske tönt – alles echt wie im wirklichen Leben« (Frankfurter Allgemeine Zeitung). Wie immer sind Polts Monologe so ätzend perfekt und bis in die feinsten sprachlichen Nuancen präzise der Realität entnommen, daß das Lachen beinahe im Halse stecken bleibt . . .

Autor

Gerhard Polt wurde 1942 in München geboren. Dort arbeitete er nach seinem Studium als Dolmetscher, Übersetzer und Lehrer, bevor er zum erstenmal mit einem kabarettistischen Programm auftrat. Der große Durchbruch gelang Polt, nachdem er in Dieter Hildebrandts satirischer TV-Sendung *Scheibenwischer* mit einer ebenso bissigen wie brillanten Glosse gegen den umstrittenen Bau des Rhein-Main-Donau-Kanals zu Felde gezogen war. Für seine Darbietung erhielt er 1982 den Grimme-Preis in Silber, weitere Preise folgten. Seitdem ist Polt als erfolgreicher Kabarettist und Ur-Bayer nicht nur am Theater, sondern auch in Film und Fernsehen präsent. Sein größter Kino-Erfolg war *Man spricht deutsh.*

Gerhard Polt

Menschenfresser

und andere Delikatessen

Einige mit
Hanns Christian Müller

Mit Zeichnungen
von Reiner Zimnik

GOLDMANN

Umwelthinweis:
Alle bedruckten Materialien dieses Taschenbuches
sind chlorfrei und umweltschonend.

Taschenbuchausgabe März 2000

Umschlaggestaltung: Design Team München
Umschlagfoto: Oda Steinberg
aus der Revue »Tschurangrati«
Satz: DTP Service Apel, Hannover
Druck: Elsnerdruck, Berlin
Titelnummer: 44166
BR · Herstellung: Sebastian Strohmaier
Made in Germany
ISBN 3-442-44166-8

1 3 5 7 9 10 8 6 4 2

Menschenhaltung führt doch nur zu
einem falschen Besitzdenken.
Wenn heute Sklaven, dann nur als freie
Unternehmer, mit Mut zum Risiko
in einer freien Marktwirtschaft.

Inhaltsverzeichnis

Zum Geleit

Man hätt es ja auch anders ... äh sicher mal hinstellen können und gesagt haben können, daß des in diesen Zusammenhang gepackt ... ist, net? Wenn man das kooperativ amal von unten oder von oben ... irgendwie ... dann hätt ma auch sagn können, was heißt hier Gegenargument, i brauch ja gar kei Gegenargument, i bin ja selber dagegen, net? Da braucht doch net oaner daherkommen, daß er ... oder? Mir ham ja schließlich die ganzen ... ähähäh ... rückbezüglichen Dinge noch gar net aufgearbeitet, oder? Da ... des is doch mir wurscht, i bin doch net der Visionär – der, wo woaß, an welchem Scheißhaufen, daß der ausrutscht! Oder, da braucht er gar net daherkommen, der ander, oder? Mir san ja schließlich in einer Weise tangiert, net, wo man sagt, was heißt der Weg der hermeneutischen Fundal- ... äh ... Fundament- ... ähähäh ... -anthologie. Für mich is er trotzdem a Rindviech, oder? Jetzt will er noch hier mal was sagen, gell? Jetzt sag i, einmal ich amal was, gell! Wissen S', was ich Ihnen sage? Ich – sag überhaupt nichts mehr.

Grundwerte – Fundamentale Rückbesinnung

Ex oriente lux –
ex occidente luxus.

Historische Dimension

Meine sehr verehrten Damen und Herren –

ich bin kein Freund großer Worte, ich möchte mich aber dem Anlaß entsprechend meinem Vorredner anschließen und in dieser Stunde einmal uns allen noch einmal die Möglichkeit geben, doch daran zu denken, was uns bewegt. Zwotausendzwoundvierzig, bereits im Jahre vor Christi Geburt, erbaut Cheops die berühmte Cheops-Pyramide, bereits im Herbst wird jener Cheops schon mumifiziert, dessen Nachfolger – Mykerinos – noch mal mit einer Pyramide praktisch auf den Markt kommt. Daraufhin haben wir die großen Ramses, nicht wahr, gefolgt der Zwote, dem der Erste vorangegangen war. Wir haben Ägypten . . . wir gehen hinüber in diesen Raum von Tigris und Babylon, der Turm; dann haben wir die Hethiter, Griechenland nicht zu vergessen, Sokrates, die Denker, nicht wahr, dann die Schöngeistigen, nicht wahr, wie unter ihnen auch Alkibiades, der schwer zu veröffentlichen war. Wir haben Troja, nicht wahr, Herodot, dann Schliemann. Wir haben Rom, nicht wahr, die Ciceros, 753, nicht wahr, durch die Sage bereits angekündigt, nicht, Äneas und Rom, die Gründung und die Urbanisation, nicht wahr. Später versuchen Underdogs, nicht wahr, Gracchentum, also soziale Spannungen werden praktisch initiiert. Daraufhin folgt schon die Zeit des Kaisers, nicht wahr, Augustus. Nicht zu vergessen das Christentum, welches sich einschiebt, dem ja auch der Islam gefolgt war, epigonenhaft, aber das Mittelalter, dessen Renaissance herausragend, nicht wahr, ich sage nur da Vinci, nicht wahr. Wir haben dann Pier Tiepolo, wir haben die ganz große Kolumbus-Entdeckung,

Amerika, America is developed by Columbus. Wir gehen hinüber, Magellan, die Ratten, nicht wahr, kommen herüber, nicht wahr, von China. Dann Papismus, also Papsttum in Form auch von Pseudo-Papismus, nicht wahr, Napoleon, der große Mann, der praktisch das Tor öffnet nach Osten – ex oriente lux, ex occidente luxus – nicht wahr, und dann stehen wir eben jetzt an der Schwelle, Metternich, nicht wahr, dem großen Wegbereiter, bis dann schließlich unser Alfons Pröbstel am 17. Mai 1891 – es war ein regenreicher Tag, wir wissen es, der Tag ist chronistisch belegt – endlich die Landesbodenkreditanstalt gründet und das Fundament legt für eine weitere Möglichkeit des europäischen Geistes, indem wir heute dastehen und sagen: Alfons Pröbstel, er ist der Name, der uns als Stigma, als Faszination dazu bringt, eine Brücke zu schlagen, die wir sozusagen überqueren müssen. Und ich, mir bleibt nur in aller Bescheidenheit zu sagen: Danke, Alfons Pröbstel!

1705

Sehr verehrter Herr Ministerpräsident –

ich darf Sie sowie Sie, Exzellenz, Landesbischof Waller, aufs allerherzlichste begrüßen – selbstverständlich auch unseren Landrat Dr. Batz – Herrn Oberstleutnant Freiherr von Epp und auch unseren Pfarrer Monsignore Dobler, unseren Bürgermeister Hans Steindl, Ihnen allen ein herzliches Grüß Gott im Namen der Gebirgsschützen, die heute hier angetreten sind.

Kameraden!

Am heutigen Patronatstag, der unter der Schirmherrschaft unseres verehrten Ministerpräsidenten Dr. Edmund Stoiber steht, haben wir bairischen Gebirgsschützen uns heute hier versammelt, um der Opfer zu gedenken, die bereit waren, unter Einsatz ihres Lebens unsere geliebte Heimat zu verteidigen. Wir gedenken der Gefallenen von 1705. Heldenmütig haben die Oberlandler versucht, die österreichischen Panduren, welche in Horden unser Land im Würgegriff hielten, hinauszuschmeißen, aber leider, durch den Verrat, wie so oft in der Geschichte von einem Weiberts, wurde die Sache abgeschmettert, und so kam es zur Mordweihnacht von Sendling.

Auch heute stehen wir wieder vor schwierigen Aufgaben, die sehr schwierig sind, weil nicht nur der äußere Feind uns bedroht, sondern der innere Feind, der wo aber auch von außen kommt, aber bereits schon bei uns herin ist. Es ist zwar nur eine Minderheit, aber die ist es, welche die Mehrheit terrorisieren will, und deshalb erkennt man sehr schnell, daß diese Minderheit der innere Feind ist. Überall sitzt er drin, wie z. B. im Fernsehen, wo man der Mehrheit unserer Bürger faule Fleischreste zeigt, mit Würmern und Trichinen, und das tut man, damit uns der Appetit vergeht und mia Kerndl fressen und unsere Landwirte kein Fleisch mehr verkaufen. Diese Kerndlfresser sind nur ein Beispiel, wie eine Minderheit uns schikaniert und man zum Psychiater gehen muß, damit einem beim Anblick von einem Schnitzel nicht schlecht wird. Und genau dieselben sind es auch, welche die Biergärten schließen wollen, weil es ihnen nicht paßt, daß die Mehrheit am Bier eine Freud hat, obwohl man in diesem Land sich aus Tradition zum Bier bekennt und es weit über tausend Jahre aus kultureller Verantwortung trinkt.

Jeder bei uns weiß, daß das Bier mit unserem Glauben aufs engste verbunden ist, weil, wie wir von den Klöstern her wissen, die katholische Religion das Bier nicht nur empfiehlt, sondern sogar selber braut.

Immer mehr so Einzelgänger, Individuen und Singles, manche haben die Frechheit, sich als Künstler zu bezeichnen, wollen unser Land verschandeln, ja sie schrecken nicht zurück, selbst unseren Glauben zu verhunzen. Die Heilige Muttergottes wird in Wolfratshausen im Minirock auf eine Brücke hingestellt, so daß die einzige Antwort auf solch ein Schandwerk ist, daß man es in den Fluß schmeißt.

Dieselbe Bagage ist es auch, die sich immer mehr in den Straßenverkehr mischt und überall Geschwindigkeit 30 fordert, aber das glangt ihnen nicht, dann wollen sie lauter Verkehrsinseln und Stolperschwellen errichten, um alles zu verhindern. Daß es aber auch bei uns viele Menschen gibt, denen es pressiert, ist ihnen gleich.

Der Schaden, wo diese Minderheit anrichtet, geht in die Milliarden.

Sie sind gegen alles – jeden Tunnel, und wenn er noch so vernünftig ist, feinden sie an. Will man eine Zugtrasse errichten, sind sie schon dagegen, vom Atom will ich gar nicht reden, weil wenn es nach ihnen geht, sollen wir wieder in Höhlen wohnen. Tschernobyl ist aber nicht in Bayern, und Kitzbühel ist in Tirol, das weiß ein jeder, aber man will uns für blöd verkaufen. Heute schaut es so aus, daß alles möglich ist. Diese Preußen behaupten, daß sie Münchner sind, und die Neger geben sich zunehmend als Deutsche aus, immer mehr drücken in unser Land hinein und behaupten frech, sie wären mir.

Kameraden – wir Gebirgsschützen sind aufgerufen, diese Zustände genau zu beobachten. Große Namen verbinden sich mit unserer Tradition wie Graf Arco, der dem Spiel dieser Schlawiner, die unser Land an die Bolschewisten ausliefern wollten, ein Ende gemacht hat.

Auch ziehen wir den Hut vor Persönlichkeiten und sagen Respekt, wenn sich einer heute noch traut, sich öffentlich hinzustellen, obwohl er dadurch beruflich große Nachteile riskiert und Verfolgungen bis hin zu Ehrabschneidung, wenn er sagt, jawohl, ich sympathisiere mit der CSU.

Wir in Bayern sind doch eine Demokratie, wo kein Mensch gezwungen wird, eine Minderheit zu werden, jeder hat das Recht, sich zur Mehrheit zu bekennen und sich anständig zu benehmen, und wenn er das tut, dann braucht er kein schlechtes Gewissen zu haben, wenn er in aller Ruhe einen Schweinsbraten ißt und einige Bier dazu trinkt, dann waren auch die Opfer von 1705 nicht umsonst.

Ich danke Ihnen!

Bad Hausen

Liebe Kurgäste, liebe Freunde aus nah und fern – es freut mich, Sie alle hier in unserer schönen neuen Mehrzweckhalle in Bad Hausen begrüßen zu dürfen. Ein herzliches Grüß Gott auch unserem Pfarrer Seybold, der auch heute unter uns dabei ist, wenn amal wieder ein Heimatabend bei uns stattfindet. Bevor aber wir dann die Treuenadeln für 30jähriges Urlaubmachen in Bad Hausen verteilen mit anschließender Tombola – lassen Sie mich uns Ihnen, die erst neu zu uns gekommen sind, amal vorstellen.

Bad Hausen liegt auf einer Höhe von 763 Höhenmetern über dem Meer, umrankt von Bergen, wie dem Biegelstein – dem Bürstling und der Führerspitze, welche mit 1722 Metern beachtlich in den Himmel ragt.

Gegründet wurde Bad Hausen im Jahre 1009 von Heinrich dem Flötzer, ein Neffe von Heinrich VI. Heinrich der Flötzer, so erzählt die Geschichte, trennte sich von seiner Gemahlin Algunda, indem er diese aus dem Hause trieb und diese sich dann auf eigenen Wunsch – oder Verlangen – hin sich eine Zelle, oder ein Haus – Haus – Hausen errichtet hat, in der Hoffnung, fürderhin mehr alleine zu sein. Algunda wurde kurz nach ihrem Einzug in das Haus erschlagen und sehr bald danach heiliggesprochen, um dem bereits internationalen Reliquienhandel Aufschwung zu geben. Der Unterkiefer der heiligen Algunda befindet sich in Privatbesitz – ein Konsortium in New York ist der Eigentümer.

Aber Gott sei Dank ist unser Ort ebenfalls Bewahrer einer Reliquie der heiligen Algunda. Das gesamte Schlüsselbein von ihr ist in unserer Pfarrkirche und zieht Wallfahrer aus aller Herren Länder an. Ansonsten war es in Hausen das Mittelalter über und während der Renaissance ruhig. Hausen war jahrhundertelang eine beliebte Viehweide.

Auch das 18. Jahrhundert war ebenfalls ein stilles Jahrhundert, nur noch zweimal trat die Cholera auf, was wiederum der Reliquie der heiligen Algunda zu noch mehr Popularität verhalf.

Schließlich kam dann nach einer langen Odyssee der Kunstmaler Nepomuk Pröpstl zu uns nach Hausen, wo er dann in Öl den historischen Saustall malte. Der Saustall selber wurde vor zwei Jahren abgerissen, und an seiner Statt entstand das schöne Feuerwehrhaus, was einen jeden, der sich für Architektur interessiert, zu Diskussionen einlädt.

Das Ölbild von Nepomuk Pröpstl kann im Heimatmuseum besichtigt werden, und zwar jeden Donnerstag von 15^{00} bis 16^{00} Uhr, und jeder Gast, der über eine gültige Kurkarte verfügt, erhält fünf Prozent Ermäßigung auf den vollen Eintrittspreis.

Ja, liebe Gäste, sonst wäre noch anzumerken, auch über Bad Hausen brauten sich von 1936 bis 45 diese dunklen Wolken zusammen, aber Gott sei Dank hat sie der Wind dann doch bald wieder weggeblasen.

Weltberühmte Leute haben unserem Ort die Ehre erwiesen. Zum Beispiel Hermann Göring weilte hier gerne zur Jagd und hat persönlich mehrmals zum Halali geblasen. Zu dem angeblichen Skandal, daß man ihm erst vor drei Wochen die Ehrenbürgerschaft aberkannte, möchte ich jetzt keine Stellung nehmen, aber ich bin sicher, Sie zeigen dafür Verständnis.

Auch andere illustre Gäste kann Bad Hausen aufweisen. Der aus Presse, Funk und Fernsehen bekannte Konsul Weyer oder der Schlagersänger Gus Backus gaben sich bei uns ein Stelldichein. Schalck-Golodkowski schätzt die Bad Hausener Gastronomie, aber vor allem, meine Damen und Herren, kein Geringerer als unser allseits verehrter Franz Josef Strauß hat hier seine Zelte aufgeschlagen, wenngleich auch nur für einen Nachmittag, aber es bleibt unvergessen, wie er in der Gaststätte Zum Wiesenschmatzer eine ausgiebige Brotzeit zu sich genommen hat. Der Anlaß seines Aufenthaltes war eine defekte Benzinpumpe seines Motorrads, mit dem er unterwegs war – er wartete fieberhaft auf eine Ersatzbenzinpumpe, die extra mit dem Hubschrauber aus München eingeflogen wurde.

Noch heute weist ein Hinweisschild auf die inzwischen historische Begebenheit hin, daß unser Ministerpräsident in Bad Hausen bei bester Stimmung einen Wurstsalat, einen Obatztn sowie mehrere Glas Bier zu sich genommen hat.

Erst vor kurzem hat der Gemeinderat von Bad Hausen beschlossen, und zwar einstimmig, daß gegenüber unserem Rathaus eine Skulptur aufgestellt wird, die ein lokaler Künstler modelliert, und zwar eine Benzinpumpe aus Bronze, circa zwei Meter hoch. Ja liebe Gäste, Sie merken, ich bin bei dem, was ich Ihnen da erzähle, ein bisserl gerührt. Aber man darf doch stolz sein auf eine Heimat, wo ma sagt, Herrgott, so a Hoamatl, is des schee.

Aber jetzt noch ein paar facts und informations über Bad Hausen. Bad Hausen liegt wie gesagt 763 Meter über dem Meeresspiegel, und es hat derzeit 682 Einwohner und verfügt über eine Bettenkapazität von 8421 Betten. Es wird daran gedacht, die Bettenkapazität noch in diesem Jahrtausend um circa 40 % zu erhöhen, so daß wir mit ungefähr 12 000 Betten ins nächste Jahrtausend hineingehen. Bei einer Bettenauslastung von sagen wir 90 % wären das ungefähr 12 800 Übernachtungen pro Höhenmeter – damit lägen wir um 26 % unter dem Kilimandscharo. Selbst Orte wie St. Moritz oder St. Anton kommen da in Bedrängnis, wenn wir von 682 Einwohnern ausgehen.

Aber zum Schluß noch: Was erwartet den Gast in Bad

Hausen – der Phantasie sind keine Grenzen gesetzt, natürlich – mountain climbing – mountain biking – river rafting –, aber wer will, kann auch hiking und bird watching machen – mushroom searching – freebenching – freshair snapping, original candlelight brotzeiting, Schmei sniffing oder, wenn's beliebt, auch nur amal unforced time passing und televisioning.

Bad Hausen empfiehlt sich besonders auch für Senioren, weil es besonders ruhig ist bei uns, die ruhigsten 763 Meter Mitteleuropas, weil durch unsere Entwicklung unser Ort besonders kinder- und jugendfrei ist. Also herzlich willkommen in Bad Hausen. Heartly welcome to Bath Housen.

Über Demokratie

Dr. Leinweber tritt vors Publikum, um sein Demokratieseminar zu halten.

Ladies and gentlemen

it is me an honour, to bring you the best regards from Mr. Stoiber, Mr. Wiesheu, Mr. Jobst, Mr. Riedl and Kaiser Franz Beckenbauer. The Hanns-Seidel-Stiftung will give you today impressions about democracy in our homecountry Bavaria. What is democracy?

Democracy, ladies and gentlemen, and this may specially interest you here in Tschurangrati, democracy has a long tradition in Bavaria. The roots are leading back to Plato …

Schreibt »Πλατω« *an die Tafel.*

… then Cicero and Mr. Müller, the so-called »Ochsensepp«.

Schreibt »Ochsensepp« an die Tafel.

Ochsensepp's conception for a vital democracy was actually very simple, but simple in a genious way: »What do democrats want?« was his question, and »They want majorities« was his answer. – Right. Democracy needs majority, so, if you are the more, then it's democratic, that's it.

For having majorities you need some preconditions or ingredients: You need people, who want, that you are the majority, so you need your own newspaper, your own broadcast- and television company, to tell the people, what majority really wants. Law No. 1: If you want to own the state, you must always keep the majority! How else can you control the opposition? We in Bavaria have a very strong democracy, because we are the more since over forty years. There is no land in the world where democracy goes ahead such a long time without any irritations. Why is democracy in Bavaria so unbeatable? – It was Mr. Hörlacher who demanded for never having any program.

Schreibt »Hörlacher« an die Tafel.

Law No. 2: The program is to keep the majority under all circumstances, wherever it is. To keep majority is only possible, if you are the party of the liberals and the fundamentalists, the party of the house owners *and* the tenents, who live in those houses, the chiefdoctors and the clients of the hospitals, the party of the small businessmen *and* the big industrial companies. You have to watch the interests of the ecologists and the contaminators. Ladies and gentlemen, that's the secret and the success of Mr. Hörlacher and his CSU. Another one »Ochsensepp«-principle is: »Der Ober sticht an Unter«, that means the upper beats the under. Always. So it's important that the uppers are always in a good mood. Already the ancient Greeks and Romans voted to their gods animals, sacrified jewellery, gold and silver to keep them friendly and in good mind, nowadays Bavarian people give their politicians helicopters, cars, journeys and the so-called »Freibier«.

Schreibt »Freibier« an die Tafel.

The idea of »Freibier« is deep religious. It is the expression of an old democratic culture. Remember: The majority really wants to drink. A good politician has to drink a lot, each and every day, and therefore he needs a good condition, we call it »Bayerische Verfassung«. To beware the spirit of democracy it is very important to pay attention that a real democrat is a member, where the majority has memberships, so a good democrat has to be member of our party and the ADAC.

Schreibt »ADAC« an die Tafel.

The ADAC is the garage of a real pluralistic society in Bavaria. I thank you for paying attention, and I wish you a happy democracy.

Das gemeinsame Haus Europa

Der Peugeot-Vertragshändler Murr zur Rechtschreibreform:
Böschoh, Peschot, Peuchot, Pischo, Bescho, Beschott, Poeschoh, Poeschotte, Peuchoh, Peogeut u.v.a.m.
Er hat davon gelebt.

Anläßlich der Grenzen

Liebe Mitbürgerinnen und liebe Mitbürger, liebe Landsleute!

Jetzt heißt es den Kopf klar behalten in dieser historischen Stunde. Wir alle sind gefordert, unseren gemeinsamen patriotischen Empfindungen und Gefühlen Mäßigung aufzuerlegen. Der Gedanke an die lange Trennung, die unsere gemeinsame Geschichte gemeinhin als Gemeinheit empfindet, bewegt uns zutiefst.

Wir gedenken heute des 13. Mai 1779. Der Vertrag von Tetschen hat unser bayerisches Vaterland in zwei Teile geteilt. Wir hier im Westen unseres weißblauen Vaterlandes denken an unsere Brüder und Schwestern jenseits des Inns, dieses unseres Schicksalsflusses, die im Innviertel von uns seit mehr als 200 Jahren getrennt dem Einfluß Österreichs hilflos ausgeliefert sind.

Länger schon als 200 Jahre gilt sie jetzt, diese Grenze, die über Generationen hin Tausenden und Abertausenden von Zöllnern und Zollbeamten Brot und Zuversicht gegeben hat.

Und hier stehen wir nun, hoffend, daß auch im nächsten Jahrtausend die alte Frage weiterhin frohgemut erschallen wird, die Frage von wahrhaft abendländischer Dimension, welche dort an der Grenze die Herzen von uns so tief bewegt. Die Frage nämlich: »Haben Sie etwas zu verzollen?«

Diese Frage ist die Grundvoraussetzung für die Absicherung der Existenz Tausender Familien diesseits wie auch jenseits der Grenze. Liebe Landsleute, wir merken auf – wer Zöllner will, der braucht auch Grenzen.

Ja, liebe Mitbürgerinnen und Mitbürger, ich schäme mich heute an diesem Tage meiner Rührung nicht, und ich weiß, daß nicht ich alleine es bin, der hier bewegt ist, aber als stolzer Bürger zu wissen, daß wir mit dem Landkreis Tölz, auch mit dem Landkreis Rosenheim, eine gemeinsame Landkreisgrenze haben, stimmt uns mit Genugtuung, Begeisterung, um nicht zu sagen Enthusiasmus.

Aus heutiger historischer Sicht würde ich heute durchaus sagen – einmal mit dem Fahrrad oder auch mit dem Auto hinüber in den anderen Landkreis fahren? – ich würde sagen: Ja, warum nicht?

Oder gar ständige Besuche der Biergärten und Wirtshäuser im anderen Landkreis?

Ich sage hierzu entschieden: Jawohl. Das ist eine Kollaboration, die ich gelten lasse, aber eine Abschaffung der real existierenden Landkreisgrenze Miesbach – nicht mit uns – niemals – Finger weg von unserer Landkreisgrenze.

Liebe Mitbürgerinnen und liebe Mitbürger, liebe Landsleute – eine Grenze, was ist denn das? Eine Grenze, liebe Landsleute, ist ein fließender Übergang – ein Übergang – langsam vom einen ins andere – der Übergang bleibt im Ungefähren. Eine Grenze also ist das Gegenteil von einer Front. Also, die Grenze zwischen Orient und Okzident ist in Tscheljabinsk im Ural links neben dem Salatbeet.

Prinz Eugen hat es nicht einmal verhindern können, daß das Wienerschnitzel, welches eine osmanische Erfindung ist, die Grenzen des Orients überschritten hat, das Wienerschnitzel findet seine Grenzen erst seit der Erfindung der Friteuse.

Liebe Landsleute, vergessen wir nicht, wo Werte sind, da sind auch Grenzen; also, es lebe hoch der niedrige Grenzwert bei Cäsium und Dezibel. Es lebe hoch die Grenzen des Machbaren, die Grenzen des Zumutbaren, es lebe hoch die

Grenzen der Begrenztheit, der Toleranz, die Grenze lebe hoch.

Ja, liebe Mitbürgerinnen und Mitbürger, liebe Landsleute – wo kein Horizont ist, da braucht man doch Grenzen. Ich danke Ihnen.

Europa und Bier

Dreißigtausend Menschen klatschen, stampfen, schreien ekstatisch, rhythmisch – »Bier her, Bier her, Bier her oder i fall um«, dann »Ein Prosit der Gemütlichkeit«! Das Bierzelt ist zum Brechen voll, es dampft, es qualmt, es ist für den, der neu kommt, wie ein Hexenkessel. Ohrenbetäubend der Lärm. Bier – Rausch – Gewoge!

Die da schreien, kommen von überall her und sind durstig, und sie zahlen jeden Preis, um dazusein. Ein Liter Benzin DM 1.40, ein Liter Bier DM 8.–. Das ist nichts. In Schweden kann der Liter Bier auch DM 20,– kosten. Wasserblaue, riesige Augen widerspiegeln tiefes, unendlich tiefes Erstaunen. Die Dame aus dem Norden ist Alkoholentzugstherapeutin. Fast gewalttätig wird ihr zugeprostet. – Gemütlichkeit heißt die Parole! Da gibt's keinen Widerstand. Das Bier muß hinein!

Europa – ein Oktoberfest! Nach zehn Maß Bier geht man heim. Es war grandios! Die Alkoholleichen kommen von überall her. Aus Frankreich, Spanien, England, Italien. Der unter dem Tisch kommt direkt vom Oktoberfest aus Carrara.

So viel Bier in sich zu haben, vollgesogen zu sein wie ein Schwamm, muß etwas Großartiges sein. Die Kinder werden eingesammelt und solange aufbewahrt, bis ihre Besitzer, schon im Bus heim nach Verona, Reims oder Lüttich, zurückkommen, um sie abzuholen. Bier! Bockbier! Weißbierbock! Doppelbock! Jeder Schluck eine Persönlichkeit. Europäische Bierwallfahrten werden organisiert. Von Altötting nach Lourdes. Von Fatima nach Tschenstochau zum Bier. Und als

Proviant Fässer Bier. Wunder machen durstig. Bier und Marienerscheinungen!

Sie kommen aus den Fjorden des Nordens ans sonnendurchgleißte Mittelmeer zum Weißbier. Was heißt da Reinheitsgebot? Wer Durst hat, trinkt Bier. Ganz einfach Bier. Der Biergarten? Ja, das wäre etwas. Er brächte Ruhe ins Biertrinken. Keine deutschen Eichen – Roßkastanienwälder überzögen Europa. Herrliche Schattenspender beschützten uns vor dem Ozonloch, wir tränken unser tägliches Bier, sauften nicht, grölten nicht – bedächtig genössen wir unser Bier.

Am Atlantik oder an der Wolga! Nur so dasitzen. Leise fächelt der Wind.

Wir Europäer trinken uns zu. Von Ferne ertönt feine Blechmusik. Ohne Verstärker, versteht sich.

Wir Europäer verstehen uns.

Und wer das Bier alkoholfrei will, kann sich ja einen Schnaps dazubestellen!

Stille Hilfe

Liabe Leitl – sisch mir eine Freid, daß mir heit z'enk auf Bsuach kemman können. Weil mir denkt ham, sischt Zeit, ins zu bedanken für die stille und lautlose Hilfe, die z'ös habts ins angedeihen lassen. Dieser Bsuach soll als eine Demonstration gwertet werden, daß mir mit dem Herrn Bletschacher durchaus verbunden sein, auch wenn immer a bissl ebbs von dem Wezi von derer Summe, die z'ös habts z'ins eini gschickt, gfehlt hat. Aber des mit seine Kasschachtelen muaß ma aa verstehn, es war halt amal sein Steckenpferd. Aber was sich die Jurischten da ausdenkt ham, daß sie eahm glei hinter schwedische Gardinen an Hefn neigsteck ham, dös is unmenschlich.

Und inser persönlicher Dank gilt natürlich auch enkan ehemaligen Burgermoaster, dem Kiesl Erich, hoffentlich bleibt er no a bissele krank, weil sinscht muaß er wahrscheinlich aa gleich zum Bletschacher eini. Aber selbst wenn er a paar Jahrl da drein verbringen muaß – mir mechten eahm sagen, er braucht koa Angscht ham, mir passen schon auf sein Anwesen auf – welches er so günschtig bei ins erworben hat. Wann's sein muaß, bewachen mia sei Häusl rund um die Uhr, und am Journalisten, der do sei Nasn reisteckt, dem dean mia oane aufibrennen, daß eahm das Törggelen vergeht und er koa Marenden nimmer braucht, der Siach. Sinscht nochamal herzlichen Dank für die Zuwendungen und vor allem für die Hilfe, daß mir so günstig über eich den tschechischen Sprengstoff ins haben besorgen können. Mit Sprengstoff samma jetza eideckt, aber mir werdn mit enk jedes Gramm, was mir verbrauchen, genau abrechnen – nit, daß ös glaubt's, mir gengan leichtfertig damit um. No ja, ös kennt's ja den Spruch – Mander ans Gewehr, wo der Feind isch, da isch Ehr. Bevor mir aber mit enk des Liadl – zu Stadlheim in Banden – singen, möchten mir enk noch a Freid machen. Mir ham a Kassettn mitbracht, de kennt's dann nach Stadlheim am Bletschacher überreichen, daß er in stillen Stunden sich erquicken kann mit unserer Gebirgsschützenmeditation – i spiels enk amal vor. Da das isch das Berg-Isl-Gedenkschiaßn im Sommer 1973 – und jetza das Andreas-Hofer-Schiaßn im Herbst 1960 und jetza a Schmankerl, das große Tiroler Freiheits-Schiaßn auf der Muattnalm im Februar 1949 – halt, ich glaub, der Ton, da war ebbas nit ganz perfekt – mach ma's nomal. Herrlich – also da is das Kassettale, und sagts eahm im Gfängnis drein ein scheana Gruaß – und isch der Weg ano so steil, a bissele ebbs geaht allerweil.

Alles über den Russen

(Mit schwerwiegender Stimme) Mein Gott, wissen Sie, ich war drüben – sicherlich –, und ich muß sagen, ich habe mir gedacht, naja, dann schaust du dir die Sache halt noch einmal an, nicht wahr? Auf den alten Spuren, nicht wahr? Privat, individuell – drum habe ich auch diese Pauschalreise gemacht und muß sagen, es sind Impressionen, nicht wahr, die man da kriegt, das ist natürlich . . . äh . . . schon . . . äh, daß man sagen muß . . . äh – Aha, nicht wahr? Wissen Sie, weil – »der Russe«, sagen wir mal, nicht? Der Russe, man hat ihn ja damals zu dieser Zeit, man hat ihn ja praktisch privat, in dem Sinne, gar nicht kennengelernt! Man hat ihn ja damals mehr erschossen, nicht wahr? Und drum hab ich mir gedacht, naja, schaust ihn dir nochamal an, nicht wahr? Denn, wie gesagt, der Russe ist ja meines Erachtens . . . ähm, ja . . . wie soll man ihn im Grunde beschreiben? Er ist äh . . . eigentlich . . . durchaus, daß man sagen könnte . . . also in dem Sinn . . . irgendwie . . . ja doch, daß man meint . . . ja – warum nicht? Net wahr? Er ist auch . . . äh . . . irgendwie . . . ein, ein . . . sagen wir mal . . . verstehen Sie? Nein? Der Russe ist, sagen wir mal . . . ohm . . . ja . . . schon vom Ding her gesehen, nicht wahr, er ist genauso maskulin vorhanden, nicht wahr, also männlich, nicht wahr, weiblich is er genauso da wie sächlich aufzutreffen, nicht wahr? Also auch farblich, er is durchaus, keineswegs, daß man sagt, jetzt . . . äh . . . ne? Also er ist farblich . . . äh – rot, net wahr, fuchsert, net wahr; er ist blond, semmelblond, schwarz, grau, gräulich, net wahr, hellgelb, wie Sie wollen, net wahr? Also in diesem Sinn macht der Russe gar keine Sperenzchen, der Russe ist äh . . . ja,

sagen wir mal ... wie soll ich Ihnen denn das jetzt amal wirklich nahebringen? Folgendes Beispiel: Sagen wir mal, wenn es in Rußland kühl ist, verstehen Sie, es zieht, nein? Feuchtigkeit, net? Kälte, net? Brrr, nein? Ja, was macht er da, der Russe? Net, was tut er da? Net wahr, da greift der Russe zu einem Jackerl, zu einem Pullover, zu Hut, Schal, sogar Mantel, das ist alles im Bereich des Möglichen. Oder auch das Gegenteil: Sagen wir mal Hitze, Schwüle, man schwitzt – net? Da kann man dann durchaus erleben, daß der Russe dann shirtmäßig unterwegs ist, nicht wahr? Schaun Sie, ein Beispiel, nicht, im Zentrum dieser Riesenstadt dieses Riesenreiches, net wahr ? Ich steh in etwa hier, ganz in der Nähe, wo er mumifiziert worden ist, approximativ ca. vier bis fünf Meter vis-à-vis steht plötzlich, in dieser Stadt, neben mir ein Russe! Das muß man sich amal vorstellen, nein? In der Hand ein etwa wurstbrotartiges Gebilde haltend, die Sache macht mich natürlich neugierig, und ich sehe, wie dieser Russe dieses wurstbrotartige Gebilde langsam, bedächtig zum Munde führte, einen Moment innehält, um dann plötzlich, wie von der Tarantel gestochen, hineinzubeißen, und ich hatte durchaus den Eindruck, es hat dem Mann geschmeckt. Sehen Sie, das sind Sachen, da legt man die Ohrwaschel an, nicht wahr? Aufgrund solcher Erfahrungen bin ich heute bereit zu sagen, der Russe, wenn er grinst, i würd sogar sagen, wenn er lacht, nein, wenn er – hihi *(er klatscht in die Hände)* – kann man durchaus davon ausgehen, daß er eine Gaudi hat. Jetzt passen Sie mal auf, jetzt werd ich Ihnen mal was erzählen, nicht wahr – folgende Situation: Nicht wahr, auf diesem riesigen Boulevard dieser Riesenstadt, nicht wahr, ein Riesenboulevard, der Russe ameist vor sich hin, nicht wahr, er schwappt hin und her, nicht wahr, in diesem Gewoge sehe ich plötzlich einen Russen weiblicher Herkunft, einen kleinen Russen mit sich führend, so a ganz a kleiner Russe noch, nein *(die Stimme wird immer zärtlicher)*, a Pelzmütze hat er aufghabt, net, so a ganz a kleiner Russe, nein, so a gewindelter Russe noch, nein, und beugt sich herab, um diesem kleinen Russen etwas mitzuteilen. Ich muß natürlich hinzufügen, ich selber bin des Russischen ja kaum mehr mächtig, außer »rucki werch«, also »Hände hoch«, bin ich mir nicht mehr . . . ist mir nicht mehr viel geblieben, nicht wahr? Und ich höre, wie dieser Russe zu dem kleinen Russen sagt: »Kuckuck, dada da dada«, irgendso was, nicht wahr – da, also da hätten Sie den kleinen Russen erleben sollen, nicht wahr, der war begeistert, der war außer sich vor Begeisterung, der hat gelacht, der hat sich gefreut, der kleine Kerl *(immer begeisterter und mit kindlichem Klang),* der war enthusiasmiert, nicht wahr, der . . . also der . . . das kleine Gsicht is auseinandergegangen, der Ditzl is ihm aus dem Mund gefallen, net wahr, der hat gelacht, nicht wahr, und seitdem frag ich mich *(Stimme wird argwöhnisch),* was lacht der Russe so? Und drum sag ich Ihnen mal das eine: Wenn der Russe in dieser Formation zu uns hierherkommt, wissen Sie, was dann los ist? Ja wissen Sie, was dann los ist? Dann ist er da!

Convertibilität

Wissen Sie, ich meine – Gott sei Dank sind mir convertible – also kann ich mir was kaufen für mein Geld – Sie wissen schon, weil drüben sind s' alle nicht convertible, drum kriegen s' nur bei sich was, aber bei uns nichts – weil hinter dem Geld muß eine Arbeit stehen oder eine Leistung –, und die drüben können sich nichts leisten, weil s' nix leisten.

Bei uns ist das Geld anders definiert, weil es sich selber vermehrt allein dadurch, daß es vorhanden ist. Ich hätte da einen Vorschlag, wie man gut leben könnte: Das wäre, Japan als Ganzes, sagen wir auf zehn Jahre, zu leasen – ein Leasingvertrag – und dann des Japan an Österreich weiterverpachten und dafür eine Vermittlungsprovision kassieren, und dann könnte man leicht eine Weihwasserpipeline vom Vatikan durch die Bundesrepublik legen, dann spart man sich diese Container, und die Pipeline müßte bis nach Tschenstochau in Polen gehen, und der ganze katholische Bereich wäre amal versorgt. Übrigens in Brasilien oder so kann man sich, wenn man einen Konkurrenten ausschalten will, einen Killer, wenn er öffentlich-staatlich anerkannt ist, auch steuerlich abschreiben. Ich lege übrigens mein Geld in Luzern an, weil das ist die eigentliche Schweiz. Und wenn Sizilien einmal Kalifornien wird und der Goldrausch – ach ich finde es so schön, daß ich convertible bin.

Futur (futuristisch)

Meine sehr verehrten Damen und Herren –

natürlich wollen wir wissen, wie es weitergeht, aber bezugnehmend auf Versuche, die Zukunft als solche oder die Zukunft generell zu interpretieren, lassen Sie mich bitte heute über die Zukunft, über die heutige Zukunft einiges ausführen. Bei den bisherigen Ausführungen habe ich ja mit Nachdruck versucht, Sie davor zu warnen, die Zukunft aus der Glaskugel zu entnehmen. Weder ist die Glaskugel dazu geeignet, eine Zukunft vorzubestimmen, die über individuelle Details (meinetwegen das Finden einer Brieftasche in einer öffentlichen Toilette) Auskunft gibt, noch sind Glaskugelinterpreten als seriös im Sinne des Berufsstandes der Seher und Visionäre oder gar Propheten zu nennen. Vorsicht vor Horoskopen – das Wallensteinsche Trauma hat etwas Literarisches, etwas Metaphysisches, was uns sicherlich anzusprechen vermag, aber ich warne vor Prophetinnen, die astrologischen Gesetzmäßigkeiten entsprechen wollen. Der Kaffeesatz ist als Möglichkeit, die Ungewißheit privaten Schicksals zu interpretieren, ziemlich ungeeignet, selbst wenn Sie den Dallmayer pro domo nehmen. Die Destination eines Staates, einer Gesellschaft, einer Persönlichkeit, das Alpha und Omega eines Individuums werden Sie nicht aus einem pro domo lesen.

Nun, woraus denn dann, ist Ihre berechtigte Frage, und ich gebe Ihnen zur Antwort: aus der Leber. Die Auguren Assyriens, Babylons, ganz Mesopotamiens erschlossen sich ihre Bilder der Zukunft aus der Leber – sei es Tier, sei es Mensch, die Leber ist das Zentrum, wo göttliche Fügungen eingegeben sind. Die Leber, nicht das Herz, ist der Schlüssel zur Weisheit. Deshalb ist nur logisch, daß wir, die wir am Ende dieses Jahrtausends stehen, von der Leber frischweg Auskunft haben wollen: Wie schaut's aus? Ich habe hier die statistischen Leberwerte von Abgeordneten einer in Bayern ansässigen staatstragenden Partei zur Auswertung vorgenommen.

Also was sehen wir da – aha, die Leber gibt verschiedene Zukunftsaussagen über verschiedene Konstellationen. Die Zukunft in Europa – aha, hier an der Leber sehe ich deutlich Spuren eines Symposiums: viele viele Edelzwicker, aber auch Pastices usw. – wir sind in Straßburg.

Ich sehe, es wird dunkel in Europa – pssst, stören Sie nicht, es geht leidenschaftlich um eine Sache von großer europäischer Dimension. Die Holländer sind gegen das Kalbsgulasch und wollen eine 17%ige Gulaschsteuer und eine neue DIN-Norm für Gulasche außerhalb des EG-Raumes – es bildet sich eine Kommission, wobei sich Belgien und Griechenland besonders dagegen sträuben, weil das Tsatsiki in Brüssel die Absolution erfahren hat, und nach der DIN-Norm muß ein griechischer Bauernsalat nach der DIN-Norm, nach den Richtlinien der Ausführungsbestimmungen, die in Brüssel provisorisch gelten, wenn England kein Veto einlegt, darf der griechische Bauernsalat keine griechischen Tomaten enthalten, sondern holländische. Die DIN-Norm für die Rundung des Knödels wird sich auch im nächsten Jahrtausend nicht verändern, aber eine Kommission wird gebildet werden, die zwischen Fertigknödeln und ellipsenförmigen Gebilden unterscheiden wird, und eine DIN-Norm wird dem Euro-Dumpling eine große Zukunft bescheren.

Sehen Sie, was man aus dieser Leber alles herausbekommt.

Welche Zukunft von was wollen Sie wissen – aha, über unsere Sprache, Moment, befragen wir die Leber. Das ist interessant. Die Stadt Amberg wird umgetauft werden –

warum – aha, ja weil die Präposition »am« nicht mehr gebraucht werden wird. Man wird nicht mehr am Ort auf den Abort gehen, sondern Vorort, also Amberg heißt Vorberg. Wenn Sie jemanden beleidigen wollen, dann müssen Sie »mi leckst vor Arsch« sagen.

Aha, da sehe ich was Interessantes. Ein Preiskatalog für menschliches Verhalten. Jeder Mensch wird das Grundrecht auf eine Weihnachtskarte pro Jahr haben.

Freundliches Nicken kostet in Bälde zwischen 2,50 und 3 Mark, während Handschütteln und ein freundliches »Wie geht's?« nicht unter 6 Mark 80 zu haben sein wird. Der Gruß »Grüß Gott« wird nicht mehr zu hören sein mangels linguistischer Substanz, aber der Preis für ein »n' Tach« bleibt konstant bei 1 Mark 20. Das Helfen beim Einsteigen in ein öffentliches Verkehrsmittel wird bei vier Mark liegen und das Aufstehen und Platzfreimachen bei circa 14 Mark – überhaupt, die Preise für Freundlichkeit und Profanmenschlichkeit werden eine steigende Tendenz haben. Na ja, da sieht man, was aus der Leber alles rauszuholen ist. Was wollen Sie noch wissen?

Zukunft der Kommunikation? Haben wir gleich ...

Jeder Bürger hat ein verbürgtes Senderecht und jeder vierte Bürger hat eine eigene Radiostation. Wenn ein Bürger einen Bieröffner vermißt, kann er sofort über den Sender eine Suchaktion einleiten, im Fernsehen gibt's einen Kanal für Weinen mit Tränen, also es werden ständig weinende Gesichter gefilmt, aber auch einen Kanal mit Lächeln und Ovationen, einen für Langweiler und Vitalfadiseure. Ein Sender zeigt nur noch Applaus.

Dann hier, schauen wir uns einmal diese Leber an – die Zukunft des Eigentums, ja – hier sehe ich, warten Sie, ja, Menschen schauen zu, wie gerade Kinder in einem See ertrinken, und zwar haben sie die Möglichkeit, live darüber im Fernsehen zu berichten, weil sie als Chronisten eine

Erlebniszulage bekommen. Kameras am See können das Ertrinken sofort aufnehmen und spielen dies als Spontandokumentation ein; gut: jetzt wieder zum Eigentum – Teppiche, Bilder, Schmuck, Uhren, alle Wertgegenstände werden nicht mehr real als Möbel oder Gebrauchsgegenstand benutzt, sondern werden als Videofilm vorführbar gemacht. Privatdokumentarismus: zehn Weihnachten auf eine Stunde zusammengeschnitten als Weihnachtsgeschenk, und man schaut sich Weihnachten an, während man filmt, wie man sich an Weihnachten Weihnachten anschaut.

»Was, Sie wohnen in Grünwald und wollen wissen, wie's ausschaut in der Zukunft?«

Also befragen wir die Leber – ui ui ui, ich sehe eine Mauer, Stacheldraht, Hundegebell, Wachtürme – das Betreten von Grünwald kostet 20 Mark pauschal, aber nur, wenn Sie einen Verwandten dort wohnen haben, der im Monat nicht unter, na ja, der Betrag geht nicht exakt aus der Leber hervor. Jedenfalls Grünwald ist gut geschützt, aber die Bogenhausener, wie ich sehe, wollen auch eine Mauer. Wissen S' was, bei dieser Zukunft, ich trink jetzt einen Schnaps, was dann aus meiner Leber wird – Schwamm drüber – Prost.

Flughafen der Zukunft

Meine sehr verehrten Damen und Herren Exzellenzen, Majestät, liebe Piloten und Pilotinnen, hochverehrte Chefpiloten, Frau Minister Berghofer-Weichner –

es freut mich, daß Sie heute angeflogen sind. Ich grüße aber auch angesehene Bürger und Bürgerinnen, die heute hier versammelt sind. Als Vertreter der bayerischen Staatsregierung entbinde – äh, entbiete ich Ihnen ein herzliches »take off«, was ja so viel heißt wie »auf geht's« und zwar hinauf. Lassen Sie mich aber noch meine Grüße zu Ende grüßen; wir von der bayerischen Staatsregierung begrüßen die Stewards und aber auch die Stewardessen und die Crews von der Lufthansa, der KLM, der SAS, der Malev, auch den Singapore Airlines ein herzliches »Grüß Gott, liebe Singapore Airlines«. Einen besonderen Gruß vom Herrn Stoiber hiermit auch an die Swissair, der Herr Stoiber entbietet Ihnen ein herzliches Grüß Gott, liebe Swissair, machen S' nur so weiter und fliegen Sie recht viel, der Herr Stoiber düst ja auch viel herum, aber er propellert auch gern.

Ja, und Ihnen, liebe Ceylon Airlines, auch Ihnen – alles alles alles Gute, wir werden das Terminal 3 vom Franz-Josef-Strauß-Flughafen Ochsensepp-Terminal nennen, was Sie dann auch immer schön anfliegen können.

Von unserem Flughafen bis zum nächsten Flughafen sind es ja jetzt nur noch fünf Minuten – mit dem Flugzeug natürlich, und wir von der bayerischen Staatsregierung begrüßen die ungeheure Mobilität und sehen, daß in der Luft unsere Zukunft liegt. Wir begrüßen die Luft als Träger des Fluggedankens und überreichen heute hiermit die Dezibel, die in

Riem bisher so gut aufgehoben waren, mit großer Freude an die Bevölkerung von Erding, Freising, Moosburg-Hallbergmoos. Meine Damen und Herren, liebe Flieger. Der Franz-Josef-Strauß-Flughafen bringt uns jetzt eine schöne Strecke weiter. Wir können jetzt am Rhein-Main-Flughafen schon in zwei Stunden vom Erdinger Flughafen aus mit dem Taxi sein, wenn man von Frankfurt aus nach München fliegen will. Wenn man aber von München direkt nach Frankfurt fliegen will, braucht man das nicht mehr zu tun. Der Fluggedanke allein hat immer schon die bayerische Staatsregierung beseelt. Nur wer ständig fliegt, sei es, daß er herfliegt oder wegfliegt, beweist die Sinnlosigkeit des Daheimbleibens.

Der Wert der Fluggesellschaften, einer fliegenden Gesellschaft also, wurde von der bayerischen Staatsregierung immer zum Ziel unserer Gesellschaft erwähnt. Die bayerische Staatsregierung nimmt ja für sich in Anspruch, immer schon ganze Gesellschaften überflogen zu haben. Das herrliche Gefühl, oben zu schweben und unten die Gesellschaften ganz klein zu sehen, wie sie wie Ameisen dahinkrabbeln, das Gefühl kann man nur haben, wenn man in Wolken ist – schwebt. Von unten aus ergibt sich dann für die Gesellschaft das Bild, daß die bayerische Staatsregierung sich wie Fliegen ausnimmt, und das Geräusch dieser Regierung ist wie das Gesumm und Brummen von diesen. Nach einer Statistik sind früher 1,3 Prozent der Menschen für 3 Prozent eines Jahres weggeflogen, jetzt werden bald 12 Prozent für ein Siebtel des Jahres wegfliegen, und in 20 Jahren werden 70 Prozent der Bayern wegfliegen und nur noch 10 Prozent ihres Daseins in Bayern verbringen. Die hohen Mieten in diesem Lande, die ständige Ausweitung der Gewerbegebiete und eine Verstraußung – äh, Verstraßung machen es möglich; jetzt aber lassen Sie mich noch zum Wesentlichen kommen, liebe Fliegerinnen und Flieger, liebe Passagiere und Passagierinnen.

Die bayerische Staatsregierung hat keine Mühen und Kosten gescheut, um dieses Buffet an einem solchen Tag aufzustellen, ein Buffet für zwei Millionen Mark, das schlägt fast alles bisher Dagewesene. Schauen Sie sich doch einmal diese Hummerkrabbenschwänze an, die Gambas oder allein diese Tonnen von Waldorfsalaten und Roastbeef, sehen Sie die Wachtelherzen an Basilikum, liebe Frau Berghofer-Weichner, bitte erheben Sie mit mir das Glas auf unseren Flughafen. Die bayerische Staatsregierung wird jetzt dann für 188 Millionen Mark eine Botschaft in Berlin haben, da wird dann auch ein großes Buffet eröffnet, da fliegen mir dann alle hin und verkünden die Botschaft der bayerischen Staatsregierung – Prosit – Flug heil heil heil!

Wirtschaftsstandort Deutschland

Der Deutsche selbst ist zu teuer geworden. Welcher Deutsche kann sich denn noch selbst einen Deutschen leisten?

Der Standort Deutschland

Ich beurteile unsere wirtschaftliche Situation bei uns mehr aus der Sicht der Gastronomie. Bei uns in Hausen – wir haben einen starken Anteil eines fluktuierenden Publikums, unsere Gäste kommen mit dem Auto – Ausflügler, aber auch Busse, darunter Ausländer – jetzt nicht nur nach Österreich – Italien – nein, man spürt den Osten – Tschechen – Kroaten – Ungarn – Polen, die nach Rom wollen, und die wollen alle Pommes frites – also die Friteuse ist ein Segen, ohne Friteuse wäre heute kein Geld mehr zu verdienen. Aber schauen Sie – die Investitionen, die Sie heute machen müssen, sind – das ist ein Sachzwang, dem man sich nicht einfach entziehen kann. Es ist noch nicht lange her, da habe ich überlegt, ob ich eine neue Spülmaschine installiere oder eben einen Spüler – einen echten Spüler – nehme, also einen Menschen. Aber beim Arbeitsamt einen Spüler zu engagieren, noch dazu einen Deutschen, das ist patriotisch gedacht, einwandfrei, aber betriebswirtschaftlich ein Fiasko. Über die Firma secret power habe ich dann den Herrn Napang Prabang ergattert. Am Anfang war ich noch skeptisch, ob sich die Investition gelohnt hat, aber über den Herrn Prabang ist mir die Misere und das ganze Dilemma unserer deutschen Situation klar geworden. Ich habe dem Herrn Prabang anfänglich einen Stundenlohn von DM 4,30 bezahlt und habe ihm auch gesagt, daß er unmittelbar mit einer Spülmaschine konkurriere, die ich von der Firma Quelle erworben hätte. Und der Herr Prabang war einsichtig – und er hat gesagt, er kenne die exzellenten Produkte dieser Firma. Und ich muß auch zur Ehrenrettung von Herrn Prabang sagen, er hat gearbeitet, ohne auf eine Uhr zu schauen, also enorm – eine 70-Stunden-Woche mit zunehmender Tendenz. So, und jetzt zu unserer Realität – immer mehr Wahnsinnige in Brüssel bepflastern uns mit Auflagen im Küchenbereich – unglaublich, diese Keimfreifanatiker. Sie wissen doch selber – Abwassererhöhung – Müll – eine Inflation von Gebühren. Also habe ich nicht anders können, als den Kostendruck weiterzugeben, und habe Herrn Prabang den Posten garantiert, aber seinen Stundenlohn von DM 4,30 auf DM 3,10 absenken müssen. Aber er war sehr verständig. Er sagte auch zu mir, der Mensch muß wie ein Bambusrohr nachgeben, wenn der Wind bläst. Nicht blöd, die Asiaten. Ein Deutscher hängt an der Eiche, und dann bläst's ihn um.

Aber was dieser Waigel da anrichtet, das ist immer schwerer nachzuvollziehen. Überall Schikanen – kennen Sie den Paragraphendschungel, durch den Sie müssen, um dem Gast einen Erdäpfelsalat zu ermöglichen?

Dann dieser Solidaritätszuschlag. Dann Kirchensteuer sowieso. Und auf Drängen des Gewerbeaufsichtsamtes, aber die Drahtzieher sitzen in Brüssel, muß ich das Fett in der Friteuse jetzt noch öfter wechseln. Beim Fleisch hab ich echt nur Okkasionen in meiner Küche gehabt. Tschechische Waren, die dann über Griechenland zum portugiesischen Biofleisch avanciert sind. Aber trotzdem, ich habe leider meine Offerte an den Herrn Prabang zurückziehen müssen, und wir haben einen Mittelweg gefunden. Also der Herr Prabang arbeitet jetzt 80 Stunden, kriegt dafür DM 2,60, und das Trinkwasser ist umsonst. Welcher Deutsche würde da noch mitziehen? Aber mit größter Sorge betrachte ich die weitere Entwicklung. Immer mehr wandern ab, also der Waigel muß sich da schon noch was einfallen lassen. Und wenn diese Grünen mit den Roten tatsächlich sich auf eine Koalition einigen, dann sehe ich schwarz – Benzinpreiserhöhung. Kein Schwarzgeld mehr – also keine wie auch immer geartete

Promotion, was die Wirtschaft schmiert. Wahrscheinlich würde man mir meine Pommes frites in der jetzigen Form nicht mehr gestatten, und dann wäre ich gezwungen, dem Herrn Prabang einen Stundenlohn anzubieten, der unter einer DM liegt. Und die DM ist sowieso überbewertet. Aber der Herr Prabang hat mir schon angedeutet, daß er in diesem Fall sich einen neuen Wirtschaftsstandort suchen würde – er tendiert nach Asien. Er sagt, der Gradmesser für wirtschaftlichen Fortschritt bei ihm ist eine Handvoll Reis, und darunter, sagt er, tut er's nicht. Und irgendwie, ich weiß nicht, wie es Ihnen geht, kann ich den Herrn Prabang verstehen.

Die souveräne Persönlichkeit

Mir Deutsche sind eh immer, mir sind doch schließlich *souverän:* Mir brauchen uns ja net alles gfalln lassen. Mir ham doch auch Wertmaßstäbe hervorgebracht, die sich sehn lassen können. Zum Beispiel Begriffe wie »Spion« an der Haustür, im Französischen »Le Was ist das?«, »il Leitmotiv« heißt auf italienisch, ich glaub »das Leitmotiv«. Das Wort Stempel hat sich in ganz Südosteuropa durchgesetzt, Stempel, zu Schlagbaum sagt der Russe »Schlagbaum«, und unser deutsches Wort Sandwich heißt auf russisch »Butterbrot«. Oder nehmen S' den Humor. Daß er sich europaweit durchsetzt, ist gar keine Frage. Aber es hängt davon ab, ob diese Franzosen diese Raketen mit dem Satelliten endlich rausbringen. Aber wenn es funktioniert, können S' in Europa auch endlich über uns lachen, weil der deutsche Humor dann in allen Sprachen synchronisiert wird. Schaun Sie, ich spreche heute noch weder Französisch noch Englisch, und ich denke auch nicht im Traum daran, einmal Spanisch zu lernen. Und ich besitze eine 3-Zimmer-Eigentumswohnung mit Bad/WC, alles tipptopp, direkt an der Costa Brava. Übrigens, die Costa Brava ist in Katalanien, also Gothalanien, des war amal deutsch. Andalusien kommt von Vandalusien, da ham wir auch schon vandalisiert. Man spricht immer von dem Verlust unserer Ostgebiete. Aber von den Südgebieten, die mir aufgeben ham müssen, redet man nicht. Die Lombardei, also Langobardei, war immer deutsch. Südtirol, denken S' an Südtirol, und das Elsaß, durch und durch deutsch. Und wenn jetzt dann die Grenze fällt, wem gehörts denn dann wieder? Also dann. Nur in der EG, in einer Gemeinschaft muß man geben und nehmen. Schaun Sie, zum Beispiel die Schlacht von Verdun, die ham mir verlorn, mir Deutsche, aber knapp. Und Stalingrad genauso, und die Schlacht von Trafalgar, wo die Engländer gegen die Spanier gekämpft ham, da ham die Engländer gewonnen. Jetz wenn wir aber Europäer sind, ham mir doch auch an Anteil am Sieg von Trafalgar und durchaus auch a Berechtigung, daß ma so a Nelson-Säule aufstellen. Die Welt wird transparent, schaun Sie, ein besitzender Türke, also ders zu was gebracht hat, dem steht doch heute die Welt offen. Nur ein anderer, ein Krattler, also ein türkischer Underdog, was hilfts dem, wenn er a bißl Deutsch kann? Selbst wenn ers fließend könnte, er bleibt solange a Türke, bis er halt a Geld hat. Weil der Roland, mein Cousin – kennen Sie an Roland? Mein Gott, der Roland hat immer so gern Geld ausgebn, wie der des ausgebn hat, des war direkt unnachahmlich. Des war einfach schön, dem zuzuschaugn, wie ers ausgibt. Aber irgendwann hams ihn halt dann entmündigt, auf Betreiben von einer Bank, und dann is, glaub ich, noch was dazugekommen, und dann hams ihm die bürgerlichen Ehrenrechte gezwickt. Jetzt braucht er nimmer wählen und hat auch keine Pflichten mehr. Sie müßten an Roland jetzt sehen, wie er dasitzt, braungebrannt mit einer Virginia spuilt er Musik auf der Zither, trinkt ein Bier nach dem andern, singt und juchzt, und des alles ohne bürgerliche Ehrenrechte. Also der Roland ist direkt souverän. Der Roland bekennt sich übrigens voll zum Analphabetismus. Überhaupt: 700 Wörter Gesamtwortschatz sind heute keine Utopie mehr. Erst kürzlich fragt mich mein Sohn, was »es turnt mich an« auf englisch heißt. Dann hab ich gsagt: »It turns me on«, weil der Engländer statt an on sagt.

Weil des wär halt schön, wenn wir noch viel mehr so Englischwörter übernehmen würden ins Deutsche. Weil dann könnt a Ausländer, wenn er deutsch lernt, sich in der ganzen Welt verständlich machen. Dann wär er souverän.

Aber mit der Bildung und überhaupt ... was unsereins an abendländischem Ballast mit rumschleppen muß, an Dings, an Goethe, der andere, der Schiller, und der ganz andere, der ... er ... na ... solche Leute jedenfalls, was ma da in der Schule jahrelang, was einem die da vorgesetzt ham, die ham sich leicht getan, die hams hingschrieben und mir sollns auswendig lernen. Und des is des Gute an der heutigen Zeit. Wir produzieren mehr wie je zuvor, bei de Bücher, Fernsehn, Zeitschriften, aber wir hinterlassen nichts, jedenfalls nichts Erwähnenswertes. Unsere Kinder sollens amal leichter haben, wenns Geschichte lernen, der Karl der Große, okay, der muß sein, aber den ... ah ... den Honecker oder an Kohl, den brauchens amal nimmer lernen. Des is ja alles a Zeitproblem. Wenn heut einer kei Zeit ghabt hat, daß er a Persönlichkeit wird, dann kann er ja an Kurs machen, bei einem Persönlichkeitsdesigner. Und jeder Visagist macht ihm des entsprechende Gsicht dazu, was er braucht. Und dann hat er a Image, und dann braucht er a Persönlichkeit gar nimmer werden, weil dann is er souverän.

Freiheit

Herr Fasnacht tritt im Smoking vor den Vorhang:

Irgendwie ist es schon fast traurig, daß solche Ideen ausgestorben sind. So Ideen wie das Christentum oder – ja sicher auch der Kommunismus! Aber mei! – Als Idee waren sie ja nicht schlecht – daß es den Armen besser gehen soll und wenn nicht, daß sie dann in den Himmel kommen und die Reichen in die Hölle. – Ist ja verständlich, daß sie früher so Ideen hatten, es ist ihnen ja auch beschissen genug gegangen, und sie haben halt die Hoffnung gehabt, daß sie die Welt verändern können. Ihr Pech war nur, daß sie in der falschen Zeit gelebt haben.

Heute weiß man aber – Gleichmacherei und Sozialschwärmerei, das ist passé. Der einzige Gedanke von früher, der wirklich Bestand hat, das ist die Freiheit!

Nur die Freiheit ist der Garant für einen gewissen Wohlstand. Der Freiheitsraum, das ist der Raum zwischen Angebot und Nachfrage!

Schaun Sie, Rom, Griechenland waren hochwertige Kulturen, von denen kommt ja die Idee der Freiheit – allerdings, ohne niedrige Lohnkosten wäre das alles nicht möglich gewesen. Ohne Sklaven gäbs heute keine Pyramiden.

Nur in der Freiheit behauptet sich der Mensch! – Genau wie das Tier! Nur in der Freiheit, da gibts eine Entwicklung.

Wenn Sie ein Tier einsperren in einen Stall, dann wirds fett, und wenns fett ist, dann wirds geschlachtet!

Nichts gegen einen Stallhasen, aber Deutschland wird immer mehr so ein ... Was will er denn, der Deutsche? Er will raus aus Deutschland! – Auf die Kanaris oder an die Costa del Sol, sich dort eine Eigentumswohnung kaufen und würdig – unter Deutschen – ein Leben zu Ende führen.

Aber um sich das leisten zu können, brauchen wir billige Arbeitskräfte! – Der Deutsche selbst ist zu teuer geworden, welcher Deutsche kann sich denn heute noch einen Deutschen leisten? Das kann er sich nicht mehr leisten! – Wenn er aber im Swimmingpool plantschen will wie weiland der Römer, dann sage ich – herein mit den Hottentotten, rein mit den Albanern, rein mit den Rumänen, das heißt, die vielleicht grad nicht, die faulen Schweine – aber Tschuwaschen, Chinesen . . .

Ein russischer Professor, der für 1,80 DM die Stunde meinem Kind Lateinnachhilfe gibt, meinen Garten umgräbt und als Chauffeur für mich nüchtern bleibt – ja was wollen Sie denn noch mehr!

Die Römer haben Kriege führen müssen, damit sie genügend Sklaven bekommen, und wir, wir kriegens so – einfach umsonst!

Aber wir Deutschen müssen höllisch aufpassen, daß wir die Freiheit nicht verspielen. Alles wird reglementiert! – Der Deutsche kugelt in den Schulen umanander, bis er dreißig Jahre alt ist, dann arbeitet er, wenn er Zeit hat, bis er fünfundvierzig ist, dann kriegt er schon seinen Herzinfarkt! – So gehts nicht!

Die Asiaten sind da viel freier! Da darf ein Kind schon mit sieben Jahren arbeiten, und zwar 14 Stunden, und wenns will ohne Urlaub. Das verschafft den Asiaten Vorsprünge, die sind nicht aufzuholen. Wir Deutschen bremsen uns selbst immer mehr. Bitte geben S' Ihrem Hund amal einen Fußtritt, was ist dann? Dann haben S' diese Tierschützer am Hals, obwohls Ihr Hund ist! – Die sind ja sowieso wahnsinnig! Für die ist ja scho bald der Silberfisch a Haustier! Kommen S' doch amal mit am Insektenspray! – Wenn Sie dann noch an

Sklaven hätten wie die Römer, ja was meinen Sie denn, wie sich diese Tierschützer dann aufführen täten, obwohl des die meines Erachtens nach gar nichts angeht, schließlich ist der Sklave ja immer noch ein Mensch!

Technologische Innovation

Empfangshalle in einem Schloß oder Palais bzw. eine große Kunsthalle.

Bilder, Plastiken und Kunstobjekte sind im Raum verteilt. Dezenter Blumenschmuck. Vernissage-Publikum in Grüppchen verteilt. Diskretes Service-Personal. Ein kaltes Buffet. In der Mitte, durch eine Absperrung vom restlichen Raum getrennt, ein abgedecktes Objekt. Daneben ein Rednerpult, ein Festredner, der gerade eine Ansprache hält. Auf einem Podest ein Knabenchor und ein Streichquartett. Vereinzelte Neuankömmlinge. Eine Empfangsdame, die diese geschmackvoll zu bereits vorhandenen Gästen dazu arrangiert.

FESTREDNER . . . die Beherrschung der Technik, meine Damen und Herren, ist ein uralter Menschheitstraum. Und es waren nicht die schlechtesten Köpfe, die – seitdem der Homo sapiens im Banne steht – des Perpetuum mobile. Ein Leonardo da Vinci hat sich selbst zeit seines Lebens nie als Künstler gesehen, sondern als Techniker, meine Damen und Herren, als Ingenieur, als unruhiger Geist, dessen Visionen von seinen Zeitgenossen belächelt wurden – nicht genügend estimiert sozusagen. Kunst und Bewegung oder Bewegung in der Kunst. Fliegen, ein uralter Menschheitstraum. Die Überwindung der Schwerkraft. Dieser atemberaubende Begriff von Leichtigkeit, die in der Natur vorgegebene verblüffende Einfachheit bei unglaublich raffinierter Komplexität. Die überraschende Simplizität der sich abzeichnenden optimalen Lösung führt uns zu dem Begriff, der uns heute an diesem Ort zusammengeführt hat, meine Damen und Herren. Die neue Souveränität. Unser Beitrag – und sicherlich auch ein Manifest für den Aufbruch ins nächste Jahrhundert.

Festredner verbeugt sich. Dünner Applaus. Knabenchor singt »Im Frühtau zu Berge«.

FESTREDNER *geht auf einen älteren Herrn zu.* Aah, sieh da, mein lieber Konsul. So trifft man sich. Wir waren doch das letzte Mal – hab ich Sie nicht in Windhoek ...

KONSUL Ich glaube, Sie meinen Kapstadt.

FESTREDNER Ach ja richtig, in Kapstadt, natürlich, ääh, sind Sie noch in Den Haag?

KONSUL *schüttelt den Kopf.* Ankara ...

EMPFANGSDAME *führt eine unscheinbare Person zu einem Small-talk-Grüppchen.* Herrschaften, darf ich vorstellen. Professor Maibach, unser neuer Mann in Delhi.

MAIBACH Ich war aber auch lange in Ägypten.

EMPFANGSDAME Ach ja, das muß ja sicher interessant gewesen sein. Sie waren ja lange in Ägypten.

MAIBACH Ich bin dann aber doch nach Delhi.

EIN GAST Und was spricht man so in Delhi?

MAIBACH Solala, je nachdem.

Ein anderes Small-talk-Grüppchen.

GAST 1 Ich sage zu Dr. Züstler – da bemühen wir uns im Windkanal um Bruchteile hinterm Komma, das macht sich doch erst bei Tempo 200 erst richtig bemerkbar. Was nutzt uns das stromlinienförmigste Auto bei fast Stillstand auf der Autobahn?

GAST 2 Vollkommen Ihrer Meinung. Hier, kosten Sie mal diesen Fruchtsalat, da is irgendein Gewürz drin.

GAST 1 *nimmt einen Löffel.* Ingwer.

EMPFANGSDAME Darf ich vorstellen – das ist Professor Schlauch. Prof. Schlauch geht gerade nach Brasilien.

GAST 1 Ah, Brasilien . . .

SCHLAUCH Ich hätte schon voriges Jahr nach Brasilien gehen sollen.

GAST 2 Jaja, Brasilien, überhaupt Südamerika.

EMPFANGSDAME Da haben Sie vollkommen recht, ich darf die Herrschaften einstweilen . . . *Sie geht wieder.*

EMPFANGSDAME Meine Damen und Herren, bevor wir nun zum offiziellen Teil unseres kleinen Beisammenseins kommen, bleibt mir nur noch das Vergnügen, den Gesamtleiter unseres Projektes, Herrn Professor Dr. Langärmel, vorzustellen.

FESTREDNER *schüttelt Langärmel die Hand.* Im Namen des Vorstandes und der Direktion meinen Dank für Ihren innovativen, visionären Einsatz an unserem Projekt, für Ihren unerschütterlichen Glauben an die Machbarkeit von Zukunft.

Dünner Applaus. Die Empfangschefin reicht Herrn Langärmel eine Urkunde. Disco-Musikeinsatz. Vier Ballettmiezen hoppeln in den abgesperrten Bereich, und nach ein paar Tanzschritten haben sie sich an den vier Ecken des Objektes postiert. Sie heben nun langsam, feierlich, zu einem bombastischen Wagner-Ouvertüren-Motiv das Abdecktuch und entfernen sich. Hinter dem Tuch wird ein neuer 12-Zylinder-Motor sichtbar. Der Festredner schreitet zu einem Marmorsockel, die Empfangsdame reicht auf einem Samtkissen einen goldenen Schlüssel. Gleichzeitig schwebt hinter dem Motor ein Transparent hoch mit der Aufschrift DIE NEUE SOUVERÄNITÄT. *Der Festredner steckt den Schlüssel in den Sockel.*

FESTREDNER Meine Damen und Herren. Mit der Fertigstellung dieses 12-Zylinder-Aggregates hat ein neues Zeitalter begonnen.

Der Festredner dreht einen Zündschlüssel, der Motor läuft. Alle lauschen einen Augenblick gespannt dem Motorgeräusch des 12-Zylinders. Die Empfangsdame animiert zu einem Applaus. Allgemeiner Applaus. Einsatz Streichquartett.

Patientenvermietung

DR. HIRL *schaut in die Akten und nicht auf den Patienten.* Na bitte ... äh ... Sie sind der Herr ...

RÖSNER Rösner.

DR. HIRL Der Herr Rösner –

RÖSNER Ja, Rösner – Manfred.

DR. HIRL Sie waren noch nie bei uns?

RÖSNER Nein – leider ...

DR. HIRL Ich seh schon, Herr Rösner, Sie sind beruflich ...

RÖSNER Versicherungskaufmann, aber zur Zeit ... äh, ohne ...

DR. HIRL Sie haben Ihre Mandeln noch?

RÖSNER Ja – ich glaube schon.

DR. HIRL Wir werden gründlich an die Sache herangehen, Herr Rösner – wir werden Sie amal röntgen. Bitte gehn S' auf Zimmer 2 oder 3, das Fräulein Matusek wird sich um Sie kümmern, gell.

RÖSNER Ja, aber ...

DR. HIRL Und dann kommen S' noch amal.

RÖSNER *ab.*

DR. HIRL *telefoniert.* Bitte den Doktor Fragiadakis.

Ja schön, hier Hirl – Herr Kollege, ich hab da was für Sie – ja – kann sicher – nein, nehmen S' ihm die Mandeln – und die Polypen – gell – ach so, freilich, sofort – sooo, Sie fahren in die Karibik??? – Ja sicher – ich will auch mal ein bißchen weg – Neuseeland mit meinen – ja genau – und danke für die Vermittlung von dem Abszeß – ja – gerne – ich nehm den Abszeß und – wir verrechnen das später – gell, als Dank, viel Spaß in der Karibik.

Hirl wählt noch mal. Den Doktor Täuschl bitte – ja – ah ja – grüß Sie, Herr Kollege – gratuliere – ja, ich hab einen Blinddarm für Sie, und vielleicht können S' sonst noch a bissl was machen – aber ich brauch ihn wieder, gell – weil da sind ein Haufen Syndrome – ja, ich weiß, der Dr. Butz – diese Urologen sind wirklich nervend – ich schick ihm sowieso ständig Leute – aber ich sag immer – bitte bringt's mir die Leute nicht um – ich will ja auch noch a bissl – genau – ach, Sie fahren auch in die Karibik, sooo? – ja, weil der Fragiadakis auch – also Sie kriegen jetzt den Blinddarm, und dann schaun wir noch, gell – vielleicht orthopädisch ist auch noch was drin – also ich will selbst auch noch – also, Herr Kollege, viel Spaß in der Karibik – danke –

RÖSNER *tritt ein.*

DR. HIRL Rösner – Sie sind der Herr Rösner. Also, ich hab schon einmal einen vorläufigen Befund. Der Dr. Täuschl selbst wird Ihnen den Blinddarm entnehmen – wir müßten nur koordinieren – Mandeln – Blinddarm – und dann – müssen S', wenn S' die draußen haben, dringend noch mal kommen . . .

RÖSNER Na, ich hab aber gar keine Beschwerden . . .

DR. HIRL Genau, und deshalb müssen wir vorbeugen. Also einstweilen – die Adressen der jeweiligen Ärzte kriegen S' draußen. Auf Wiederschaun.

RÖSNER Auf Wiedersehen.

DR. HIRL Ja, und das Gutachten, gell . . .

RÖSNER Danke.

DR. HIRL *telefoniert.* Fräulein Weizen hat den Professor Semniod angerufen – nicht – bitte sagen S' ihm – ich hab ihm den Patient – den Herrn Mahlke, glaub ich – ja, Mahlke – den hab ich ihm nicht geschenkt, sondern – genau – und rufen S' den Täuschl noch amal an und sagen S' ihm, mein Rösner ist auch gut für – a Galle oder Blase zusätzlich, aber – bitte zurück – keine Einbahnstraße.

RÖSNER Grüß Gott –

DR. HIRL Grüß Sie, Herr Rösner – na, jetzt sind wir aber um einiges erleichtert worden. Und wie gehts?

RÖSNER Na, nicht schlecht, eigentlich, aber ich hab ... äh ... keine Beschwerden.

DR. HIRL Herr Rösner, meistens sind die Zähne ursächlich für viele Symptome. Ich habe Ihren Bericht genau studiert – der Zahnarzt Dr. Seif ist da Ihr Mann – *telefoniert.* Ja, bitte Fräulein Matusek, tun S' den Herrn Rösner gleich amal mit der Praxis Dr. Seif verbinden.

Zu Rösner. Gell, also Herr Rösner, und kommen S' wieder, weil mir wollen doch, daß Sie wieder auf Vordermann gebracht werden – also dann, Wiedersehen –

RÖSNER Wiederschaun – aber – ich hab eigentlich gar keine ...

DR. HIRL Der Dr. Seif ist ein hervorragender Mann, Herr Rösner, der hat auch in Amerika studiert – also –

telefoniert – ah – Herr Dr. Seif – Hirl, ja – schön, Herr Kollege – ja, ich Sie auch, gell – ja, der Herr Rösner, der jetzt kommt, ist von mir – na ja, 10 %, das geht in Ordnung – ja, ich fahr jetzt dann auch ein bißchen weg, vielleicht amal was anderes – in die Karibik – schön, und Sie schicken ihn dann zurück, gell – sicher, ich sag auch immer, zuerst auf den Zahn fühlen und dann – ach diese Urologen – danke – Wiederhören –

telefoniert. Fräulein Matusek, wann wird denn in der neuen Klinik Dr. Ringkaff wieder was frei – sagen S', sie sollen sich drauf einstellen – ja, der Rösner – aber vorher, d. h. nachher möcht ich ihn noch mal haben, und dann, ja dann in Urlaub, dann bin ich in der Karibik.

Future Realities

Personen:
Herr Pospich, Kreateur und Folterknecht; Frau Balsam, Investorin; Geistlicher Rat Dr. Münz, Projektseelsorger und Inquisitor; Fräulein Pöschl, Sekretärin; Dr. Licht, Art Director; Herr oder Frau Humboldt.

Wir befinden uns in einem modernen Projektbüro. Man sieht das Modell einer Retortenstadt. Pospich telefoniert und ißt dabei die Verpackung eines Fast-Food-Menüs. Das Menü selbst entsorgt er in einem Müllsack bzw. Papierkorb neben seinem Schreibtisch. Fräulein Pöschl bewundert ihren Chef.

POSPICH Jaja, bitte, Dr. Münz! Ach so, der Geistliche Rat ist nicht anwesend!! Erteilt gerade eine Absolution! Aha! Ja dann! Kann man nichts machen! Ich ruf später wieder an.

PÖSCHL *klopft an.* Entschuldigen Sie, Herr Pospich, ein Anruf für Sie!
Legt einen Zettel auf den Schreibtisch.

POSPICH Ja und?

PÖSCHL Der Herr Geistliche Rat hat Verspätung, weil er muß noch eine Absolution erteilen.

POSPICH *ißt immer noch an seiner Verpackung.*
Das weiß ich! Hat er gesagt, wem?

PÖSCHL Ja, dem Betreiber von dem Kernkraftding da in Garching.
Hinter ihr taucht Frau Balsam auf.

BALSAM Sagen Sie, bin ich hier . . .?

POSPICH *springt auf, kaut.* Sie sind! Sie sind! Genau!

BALSAM Genau. Hallo!

POSPICH Frau Balsam, wenn ich nicht irre! *Schluckt den Rest der Verpackung hastig.*

BALSAM Essen Sie ruhig fertig!

POSPICH Nein, nein, ich hab schon! Schön, Frau Balsam, daß Sie gleich persönlich kommen. Nun zu unserem Projekt. Die Nachfrage ist bereits enorm.

BALSAM Wirklich? Ich wollte eben deshalb – weil das klingt im Prospekt ja alles verheißungsvoll, und deshalb ...

POSPICH Super, Frau Balsam! Ich sage Ihnen, ein Filetstück nach dem anderen! Ein reines Delikatessenpotpourri, das muß man sich –

BALSAM ... weil, wenn ich schon investiere, dann möcht ich auch –

POSPICH An welche Summe dachten Sie in etwa, gnädige Frau?

BALSAM Naja!

POSPICH Richtig, Frau Balsam. Schaun Sie sich das Ganze erst einmal an, aber glauben Sie mir, Idee, Konzept, Planung, Ausführung, das Ganze hat eine *Dimension* – das ist solitär in Deutschland – in Europa!

BALSAM Also, dann lüften Sie schon Ihren Schleier! Halten Sie mich nicht hin! Es gibt schließlich noch andere Projekte.

POSPICH Nein, Frau Balsam, dieses ist einmalig auf der Welt. Das werden Sie sich nicht entgehen lassen. *Holt die Planungsunterlagen.* Übrigens, Sie können schon eine Planung lesen?

BALSAM Werden Sie nicht anzüglich!

POSPICH Nein, nein, so mein ich's nicht! ...
... das ist ja super! Also hier, das ist quasi die topographische Vita! Außenbereich! Alles, wie gesagt, im Außenbereich! Ein Teil sogar direkt Naturschutzgebiet!

BALSAM *schwärmt.* Wie schön!

POSPICH Grüne Wiese – mitten in der Prärie – Feld – Wald – Fuchs ...

BALSAM ... und Hase, gell!! Haha!

POSPICH Ja genau, hahaha, Hase, sehr gut! Haha! Hatte Ihr Mann vielleicht eine Jagd?

BALSAM Mein Mann hatte eine chemische Großreinigungskette!

POSPICH Ach deshalb! Haha! Zur Sache, Frau Balsam! Hier die Fotos! Schauen Sie! Ist das nicht ein Garten Eden? Und hier hinein kriegen wir, das ist gesichert, einen separaten Autobahnzubringer. Er mündet hier, Sie sehen es, in ein unterirdisches Parkland, wir nennen es Parking-Parkland!

BALSAM Interessant!

POSPICH Ja, gigantisch! Hier sehen Sie es im Querschnitt – alles unter der Erde – und ... *Das Telefon läutet.* Moment amal, Frau Balsam.

POSPICH *nimmt den Hörer ab.* Ja, genau, den Geistlichen Rat, Dr. Münz, bitte! Wie? Wo ist er? Aha! Weiht noch eine Kläranlage ein! Gut – danke – bitte – danke – bitte. Also, wo waren wir stehengeblieben?

BALSAM Dieses Parkland ...

POSPICH Ja, das Parking-Parkland. *Telefon piepst.* Entschuldigen Sie, Frau Balsam. Die sind lästig! Ich werde das gleich abstellen.

BALSAM Nicht so schlimm!

POSPICH *am Telefon.* Ja, sicher, der Geistliche Rat hat mir zugesagt! Ich weiß – er weiht noch eine Klärgrube ... Was? Welchen Autobahnabschnitt – ach so, den auch. Gut, aber dann kommt er! Ich warte auf alle Fälle! *Hängt ein.* Frau Balsam, also noch amal. Wir sind beim Parking-Parkland. Das müssen Sie sich imaginieren, das alles ist unter der Erde, grottenartig. Das sind die Schleusen, die uns gleich direkt in die Shopping World –

BALSAM Wie? Muß man hier durch das ganze Kaufhaus durch? Und was ist mit dem Gepäck?

POSPICH Damit haben Sie hier nichts mehr zu tun, weil ... *Pöschl kommt.*

PÖSCHL Entschuldigen Sie, Herr Pospich! *Legt einen Zettel vor Pospich.*

POSPICH Was ist denn schon wieder?

PÖSCHL Eine Nachricht für Sie!

POSPICH Und???

PÖSCHL Der Geistliche Rat, Dr. Münz, verspätet sich. Er muß noch einen Autobahnabschnitt einweihen.

POSPICH Das weiß ich doch schon.

PÖSCHL Ja dann, also Entschuldigung.

BALSAM Das ist ja dann wie bei den Autobahntankstellen, man muß, bevor man zahlt, erst einmal an dem ganzen Zeug vorbei!

POSPICH Sicher, nur in unserem Fall gleich an einem ganzen Kaufhaus. Man kann sich aber auch gleich in eine Gondel setzen und schwebt praktisch über die Shopping Meadow. *Frau Balsam schaut ratlos.* Ja, obwohl man noch unter der Erde ist, hat man das Gefühl, daß man sich in der freien Natur befindet. Und überall unaufdringlich liegen die Produkte! Hinter einem Busch meinetwegen die Dessous. In einer Birkenallee vielleicht die Sportartikel.

BALSAM *lacht.* Das ist ja wie beim Ostereier suchen! *Telefon läutet.*

POSPICH *hebt ab.* Muß das sein? Ich hab doch die Frau Balsam ... Was? – Aha! – Der Geistliche Rat! – Segnet noch einen neuen 8-Zylinder. Was? – Macht auch noch eine Probefahrt und kommt dann. Aber wirklich, ich erwarte ihn dringend!!

BALSAM Und die gekauften Sachen? Wo tut man die hin?

POSPICH Mit denen hat man gar nichts zu tun. Die werden direkt aufs Hotelzimmer geschickt. Es sind übrigens in der ersten Phase 2 bis 5-Sterne-Häuser geplant und dann noch mal zwei. Hier, hier und hier.

Pöschl kommt leise und legt wieder einen Zettel auf den Schreibtisch von Pospich.

PÖSCHL Entschuldigung!

POSPICH Was ist denn schon wieder?

PÖSCHL Eine Info!

POSPICH Und?

PÖSCHL Der Geistliche Rat! Er segnet noch einen 8-Zylinder!

POSPICH Ja, Herrschaft! Das weiß ich doch schon! Steh'n Sie auf der Leitung?

PÖSCHL Entschuldigung.

BALSAM Was ist denn das hier? Sieht ja aus wie ein See!

POSPICH Ist es auch, Frau Balsam. Ohne See wäre das Projekt auch etwas seenlos. Eine kleine Bootsfahrt zur Entspannung, und a bißl Restauration muß ja auch sein! Über uns, Frau Balsam, befindet sich jetzt übrigens das Utility Center. Post, Verwaltung, Energy. Diese Gebäude werden funktionsoptimiert zugeordnet, um ein Systemverständnis beim Besucher zu suggerieren. Verglaste Seitenflächen integrieren die Natur in die Gebäudestruktur –

BALSAM Imponierend!

POSPICH Eine reine ästhetische Symphonie, Frau Balsam, ensembleweise zum Potpourri visualisiert. Bitte entschuldigen Sie. Ich muß schnell noch amal . .

greift zum Telefon. Hier – *deutet* – kann man übrigens Kinder, sofern man welche hat, ablegen. Ein Children Overtake! Alles geschulte Leute, damit man wirklich ungestört . . . Bitte verbinden Sie mich mit dem Office vom Geistlichen Rat. Dr. Münz, ja! Ja was? Die haben bereits . . . Wo ist er? Jetzt reichts mir langsam! – Was heißt, er muß noch eine Ehe schließen? Was heißt da wichtig! Zwischen wem? – Einer Holding und dem Freistaat!? Ha – ich hab die ganze Zeit geglaubt, die sind schon ... hahahaha! Rufen S' derweil noch einmal beim Vatikan an. Und einen Kaffee für die Frau Balsam. Frau Balsam, einen Kaffee?

BALSAM Nein, danke! Nicht um diese Tageszeit!

POSPICH Keinen Kaffee für die Frau Balsam! *Hängt auf.* Wissen Sie, ich warte nämlich schon wie auf Kohlen auf unseren Projektseelsorger, und der macht's spannend.

Frau Pöschl kommt, legt wieder einen Zettel vor Pospich.

PÖSCHL Entschuldigung, Herr Pospich!

POSPICH Und? Was ist jetzt schon wieder?

PÖSCHL Eine Nachricht, Herr Pospich.

POSPICH Und?

PÖSCHL Moment, Herr Pospich, ich hab's aufgeschrieben – der Herr Dr. Münz. Er verspätet sich. Weil, er muß erst noch eine Ehe schließen. Da steht's. Eine Frau Holding und der Freistaat ...

POSPICH Raus!

zu Frau Balsam. Ist das nicht unerträglich?

BALSAM Ich glaub's Ihnen. Was mich jetzt interessieren würde: Wie groß ist denn der Gesamtfinanzbedarf? Was kostet's?

POSPICH Sie meinen tutto?

BALSAM Ja, in etwa – tutto.

POSPICH Also – ich sag jetzt amal – aber ich sag das nur, damit eine generelle Profillinie sichtbar wird – also ich spreche nicht von reinen Realkosten – das werden Sie verstehen – unser Preisdesign liegt bei 2,5 Milliarden.

BALSAM Uiuiuiuiui!

POSPICH Gut, Frau Balsam, aber wo hat's das schon einmal gegeben? Eine Stadt, eine ganze Stadt im Paket – erdacht, erbaut, heutig und doch traditionell mit allen Annehmlichkeiten – eine Stadt wie ein Hotel! Schauen Sie, Frau Balsam, kennen Sie Altötting?

BALSAM Nur vom Namen. Das ist ein –

POSPICH Lourdes?

BALSAM Nein, nicht persönlich!

POSPICH Tschenstochau, Fatima, Maria di Compostella! Alles Wallfahrtsorte ...

BALSAM Genau! Wollt ich doch sagen!

POSPICH *enthusiasmiert.* ... prosperierende alte Wallfahrtsorte! Irgend einmal kam das Wunder, dann kam die Kapelle, dann kam das Wirtshaus, dann die Herberge, dann der Devotionalienhandel! – Pilger!! Myriaden von Wallfahrern – nicht saisonabhängig – ein Ding nach dem anderen. Und wir – verstehen Sie jetzt, Frau Balsam – und wenn Sie gestatten, meine Wenigkeit hatte die Idee – wir bauen einen Wallfahrtsort heute, für die heutige Zeit, nach modernsten Gesichtspunkten – hier ist er! Wir bestimmen die gesamte Urbanität antizipatorisch, wir dirigieren und kanalisieren die Pilgerströme – und, Frau Balsam – wir überlassen das nicht der Zufälligkeit der Entwicklung irgendwelcher Jahrhunderte! Warum sollen moderne Wallfahrer von heute nicht Tennis spielen? Hier sind 18 Löcher!!! Frau Balsam, wir bauen kein Disneyland – das hier ist die Antwort unseres Jahrhunderts auf Fatima und Altötting! Schauen Sie! Hier kommt die Kapelle hin, und gleich da, daneben, wird die heilige Quelle gebohrt – gleich anschließend eine Pipeline zur eigenen Flaschenabfüllerei. Jetzt sagen Sie, Frau Balsam, sind da nicht Ertragsmöglichkeiten?

BALSAM Unfaßbar, enorm! Aber wo ist das Wunder?

POSPICH Das Wunder! Ja, ein Wunder ist immer etwas Wunderbares, aber das Wunder kommt später! Zuerst brauchen wir amal eine Marienerscheinung!

BALSAM Marienerscheinung???

POSPICH Ja, eine Marienerscheinung! Notariell beglaubigt und kirchlicherseits hieb- und stichfest! Sie sehen doch, da, wo die Kapelle ist?

BALSAM Da bei dem Strommast?

POSPICH Genau! Da haben wir die Erscheinung!

BALSAM Moment mal, Moment, Herr Pospich, Sie wollen doch nicht sagen, Sie haben die Marienerscheinung noch nicht, bauen aber bereits einen Wallfahrtsort?

POSPICH Um Gottes Willen, nein! Frau Balsam, natürlich haben wir die – die gesamte Erscheinung – ist bereits fertig konzipiert, Ort, Zeit, Umfang, alles ist festgelegt – wir haben bereits ein Video anfertigen lassen. Die Firma in Hongkong, eine der ganz Großen im internationalen Devotionaliengeschäft, hat das alles schon vorfinanziert. Wir sind gerade dabei, einen geeigneten Erscheinungsträger zu benennen . . . und wir haben uns für ein Kind entschieden! Weil ein Kind –

Frau Pöschl kommt leise herein.

PÖSCHL Entschuldigen Sie, Herr Pospich, aber –

POSPICH Gehen Sie mir nicht auf die Nerven! Ich weiß, der Geistliche Rat, Dr. Münz, propellert wie ein Idiot durch die Gegend und verspätet sich!

PÖSCHL Nein, Herr Pospich! Er ist da!

Münz tritt ein. Er macht einen abgehetzten, deprimierten Eindruck.

POSPICH Wie schön, Dr. Münz! Endlich! *Stellt ihn Frau Balsam vor.*

Unser Geistlicher Rat und Projektseelsorger, Dr. Münz – Frau Balsam, eine Investorin!

BALSAM Freut mich sehr!

POSPICH Sie sehen, Frau Balsam, die Dinge entwickeln sich!

BALSAM Wie erfreulich! Sie, Herr Pospich? Wenn ich recht verstehe, dann ist dies hier also ein kirchliches Projekt?

Münz macht eine abwehrende Handbewegung.

POSPICH Selbstverständlich, Frau Balsam . . . auch!

BALSAM Sagen Sie, Herr Pospich, könnt ich die Erscheinung vielleicht einmal ansehen?

POSPICH Ja, natürlich, hier ist die Kassette. Ein Buch mit der Beschreibung der Erscheinung ist ebenfalls in Arbeit!

BALSAM Danke! Wissen Sie, Herr Pospich, mein Mann hat immer gesagt, Hilde, investiere immer in kirchliche Objekte, da kannst du nichts falsch machen. Die Firma floriert schon seit 2000 Jahren!

POSPICH Ja, hahaha, da ist was dran. Also, auf Wiedersehen, Frau Balsam, ich kontaktiere Sie dann!

BALSAM In Ordnung, auf Wiedersehen, die Herren!

POSPICH Herr Dr. Münz! Endlich! Nehmen Sie Platz! Darf ich gleich fragen: Haben Sie das Kind?

MÜNZ Tut mir leid, mein Lieber!

POSPICH Wieso, aber Sie wollten doch heute?

MÜNZ Ja, wollt ich! W O L L T I C H!!
Zuerst wollen wir doch einmal rekapitulieren, ja!

POSPICH Ja???

MÜNZ Sie erstellen einen Wallfahrtsort!

POSPICH Ja!

MÜNZ Wir erbringen die Software!

POSPICH Sicher – so steht's doch in den Verträgen!!??

MÜNZ Der Ort entsteht auf freiem Gelände?

POSPICH Wo sonst?? Das ist es ja! Darum brauchen wir die Marienerscheinung. Sonst hätten wir doch nicht die geringste Chance auf eine Baugenehmigung! Sie wissen doch selber: Naturschutzbehörde, Wasserschutzamt, Energieversorgungsunternehmen, Verkehrsministerium, Flurbereinigung, Luftfahrtbehörde, regionaler Planungsverband, Schlösser- und Seenverwaltung ...

MÜNZ Hören Sie nur wieder auf!

POSPICH Aber es ist doch so! Nur mit einer Marienerscheinung nehmen wir diesen Hürdenlauf! Das ist unsere einzige Chance, und so ist es auch mit Ihrer Firma besprochen! Dem Vatikan wird man kein solches Bauvorhaben verweigern!

MÜNZ Ihr Vertrauen in Ehren! Sie haben ein Video erstellen lassen?

POSPICH Das ist Teil unserer Promotion! Hier – wolln Sies sehen? Toll!
Gibt ihm das Videoband mit einem kitschigen Cover: Maria mit Kind über einem Strommast.
Die Kosten haben sich voll gelohnt!

MÜNZ Sie sind doch wahnsinnig, Mann!! Eine Erscheinung kann man doch nicht visualisieren!!

POSPICH Warum denn nicht?

MÜNZ Eine Erscheinung ist ein Mysterium!! Verstehen Sie das???? Wissen Sie, was das ist??

POSPICH Mmmm . . . ja, ein Rätsel halt!

MÜNZ Ja, ein Rätsel, Sie Naivling!! Ich kann doch nicht dem Heiligen Offizium in Rom ein Video vorlegen und sagen: Schaut euch einmal die Marienerscheinung der Firma Pospich Future Realities an! Eine Marienerscheinung ist ein Geheimnis, Mensch! Ein heiliges Geheimnis!!

POSPICH Aber das Video ist doch nur für Leute, die das Projekt schon kennen!

MÜNZ *schaut sich voller Abscheu das Cover an. Hält es näher an seine Augen.*
Ja, und was soll denn das??? Das Jesuskind hat ja einen Tennisball in der Hand!

POSPICH Ja, aber es ist kein Label drauf. Wir haben extra auf ein Label verzichtet.

MÜNZ Sie müssen wahnsinnig sein!

POSPICH Regen Sie sich doch nicht so auf, Herr Dr. Münz! Sie sind überarbeitet! Das können wir doch alles in Ruhe besprechen!! – Zurück zum Kind. Haben Sie's?

MÜNZ Nein! Die sind alle frech und medienversaut!

POSPICH Ach!!

MÜNZ Ich habe alle unsere Waisenhäuser durchgekämmt! Heut war ich so nah dran wie nie!

POSPICH Na sehen Sie!
MÜNZ Was, glauben Sie, sagt dieser Rotzlöffel zu mir?
POSPICH Und?
MÜNZ Er will wissen, mit wieviel Prozent er am Erfolg beteiligt ist!
POSPICH Ja, dann beteiligen Sie ihn halt, um Gottes willen!
MÜNZ Und von welchem Prozentsatz bitte? Von meinem vielleicht? Außerdem brauchen wir ein unschuldiges Kind, Herr Pospich, wenn Sie verstehen! Nur ein unschuldiges Kind ist glaubwürdig! Denken Sie doch an des Kaisers neue Kleider! Dem Kind hat man geglaubt, weil es unschuldig war. Die Kinder, mit denen ich's bis jetzt zu tun hatte, kann ich doch vor keine Kongregation bringen! Ein Kind, das eine Erscheinung hat, muß klar und unbeirrbar sein und nicht fragen, was krieg ich für meine Erscheinung!
POSPICH Ja Kruzitürken, es wird doch wohl noch irgendwo ein altmodisches Kind ... also, wo noch an was glaubt –
MÜNZ Wie wär's mit einem aus Südamerika?
POSPICH Schmarrn! Das Kind muß deutsch sein! Denken Sie doch an die Investoren! Und überhaupt! Herr Dr. Münz! Vielleicht sind Sie nur besonders unfähig! Ihr Konzern hat doch in seiner Geschichte schon höchst beachtliche Projekte mit Kindern erfolgreich durchgeführt! Denken Sie an die Kinderkreuzzüge!
MÜNZ Sie reden sich leicht! Damals haben wir ja auch noch ganz andere Einflußmöglichkeiten gehabt!! Das waren noch Zeiten!

Die Szene verändert sich langsam.

Gregorianische Chöre setzen ein. Münz geht weg und fängt an, sich umzuziehen als Inquisitor.

MÜNZ Kommen Sie, Herr Pospich!
POSPICH Halt, wo gehen Sie denn hin?
MÜNZ Dahin, wo noch kein Fernsehen die kindliche Unschuld versaut hat! *Zerrt an Pospich.*

POSPICH Aber unser Projekt!!! Die Dividenden!!

MÜNZ Dahin, wo es noch Mysterien gibt. Ins 15., nein besser, ins 14. Jahrhundert.

Pospich wehrt sich gegen das Weggezogenwerden. Zieht sich aber auch allmählich als Folterknecht um, jammert noch.

POSPICH Aber unser Jahrhundert ist doch auch nicht schlecht!

Die Szene hat sich total verändert. Ein Käfig wird hereingefahren. Musik wie gehabt, lateinisches Gemurmel setzt ein.

INQUISITOR Laß das Kindlein zu mir kommen!

Tortor officit exple – Folterknecht, walte deines Amtes.

Man hört Zischen und Bruzzeln, Schreie. Es stinkt nach verbranntem Fleisch.

confidere aliquid vi disse
omnia quae vides ciamus
omnia quae scimus videas
dic quae vides
eaque nos aperimus
et oculis subicimus

Szene bricht abrupt ab. Gleißendes Licht, Popmusik. Wir sind in einer total gestylten Werbeagentur.

ART DIRECTOR Stopp! Halt! Bitte!

Er geht und holt sich aus dem Käfig ein Stück verschmortes Fleisch.

ART DIRECTOR Paßt auf! Diese Performance haben wir jetzt mitgeschnitten! Die ist im Kasten! Aber ... ich drücke jetzt einmal bewußt meinen persönlichen Geschmack aus – mir ist das Ganze zu ungustiös, irgendwie ...

POSPICH *zu Münz.* Sicher ist es drastisch! Aber die Leute sind heute Bilder gewöhnt!

ART DIRECTOR D'accord – aber wenn wir ein Stück Fleisch so hinhalten und sagen, das ist ein Stück von einem Kind, dann kann natürlich unser Auftraggeber sagen: Leute, was ihr hier macht, ist Kunst – O.K.! Und unser Produkt? Das sind Tennisbälle!! Und ich sehe verdammt nicht ein, daß eure Philosophie irgendwie in unser Konzept paßt – außer dem gelungenen Schock – bleibt keine Assoziation mit dem Produkt!

MÜNZ Die Kinder selber sind doch gar nicht so zimperlich! Die Kinder, das weiß man, sind grausam – also haben sie auch ihren Spaß! Ich sage nur noch Grimms Märchen. Also ...

POSPICH Also, mein Sohn darf sich jederzeit einmal einen Horrorfilm anschauen, ich finde, der verarbeitet das schon, nur wir scheißen hier so rum! *Pöschl und Balsam kommen mit einer Flasche Sekt und versuchen albernd, diese aufzumachen.*

ART DIRECTOR Warum versteht ihr das nicht? Das Kind im Kind?! The child in the child?! Ich möchte wissen, was man aus dem »Kind« herausholen kann! Da ist doch was drin! Childhood – child – song!? Das Kind im Kind!

Es fliegt ein Papierflieger auf die Bühne. Der Art Director ergreift ihn und liest die Botschaft.

Wichelwachel, schnorchgazong!?

Es entsteht Ratlosigkeit. Ein Mann stürmt in den Raum – hält ein Autoteil in der Hand oder zerbrochenen Spielzeugtraktor, zerquetschtes Kinderdreirad o. ä.

MANN So, jetzt möcht ich's wissen! *zum Art Director.* Gehört Ihnen das Kind da draußen?

ART DIRECTOR Nnnein – nnnein ...

MANN *zu allen auf der Bühne.* Ich will wissen, ob Ihnen das Kind das draußen gehört!

ALLE Nein!

MANN Das eine sage ich Ihnen: Wenn das da draußen Ihr Kind ist, dann gnade Ihnen Gott.

Forderung und Förderung des Föderalismus

Ja, Sakrament, da muß doch amal was passieren! Des gibts ja gar net. Und zwar revolutionär. Da ghört direkt a Revolution her. Und des ist der Grund, und darum wähl ich auch diesmal CSU.

Auf gehts

Der Mann mit dem Antilopentrachtenkostüm war perfekt. Er war total charivarisiert. Er nickte ständig mit hochrotem Kopf. Um diese Zeit kommt so ein Teint aus Ibiza oder Formentera. Anschließend geht er sofort aufs Oktoberfest, weil er ist ein Traditionalist. Seine Begleiterin ist eine flachsblonde Person, sie hat sich ihr Dirndl in New York anfertigen lassen, bei Sepp's im Hirschhorncenter. Die flachsblonde Person ißt nie irgend etwas, will auch heute keinen loup de mer, obwohl sie auf dem Oktoberfest ist, sie sagt: »Es ist da immer recht zünftig.« Inzwischen sind noch mehr Leute in perfekten Antilopentrachtenlederkostümen da. Unter ihnen befinden sich keinerlei Kinder, bis auf das eine, in einem Antilopentrachtenlederkostüm, und auch der Trachtenhut ist aus Antilope. Der Gamsbart ist aus Glasfibern. Der echte Gamsbart könnte auf dem Wege zum Original-Bierzelt verlorengehen. – Der Mann, der immer noch nickt, sagt: »I war ois Kind scho auf der Wiesn.« Er sagt es fast bairisch, weil er gerade keinen Geschäftsabschluß feiern muß. Alle Leute im Original-Bierzelt sind jetzt zünftig und erzählen sich, was ihre Antilopentrachtenlederkostüme gekostet haben. Ein Zeitungsverkäufer, also ein Pakistani, verkauft gerade eine Schlagzeile. Diese besagt, daß einer, der gestern noch überall im Antilopentrachtenlederkostüm zu sehen war, jetzt pleite ist. Der echte Gamsbart wurde ihm vom Hut heruntergepfändet. Es geht ein Raunen durch das Original-Bierzelt. Der Mann aus Ibiza oder Formentera erzählt eine nette Geschichte. Ein guter Freund von ihm, also ein Mensch durchaus auch im Antilopentrachtenlederkostüm und immer total charivarisiert, ging in das Spiegellabyrinth. Da er am Ende war, also total alkoholisiert, fand er aus dem Spiegellabyrinth nicht heraus. Da jedoch ein Gesetz lautet »input = output«, mußte sich der Freund im Antilopentrachtenlederkostüm entleeren und tat dies gänzlich oder, wie man so schön sagt, total. Die Wiesnbesucher konnten in das Labyrinth von außen einsehen und waren total begeistert. Der Mann nickte jetzt noch intensiver und schrie: »Das war der größte Tag auf der Wiesn!« Darauf bestellte er eine Magnum, also eine Riesenflasche Champagner, und erzählte diese Geschichte an diesem Wiesntag noch mindestens 19mal oder mindestens so oft, wie er es einem jeden erzählen konnte. – Von irgendwo draußen im Gewoge geht ein Mann mit einem Schild durch die Zünftigen, auf dem abzulesen ist, wo man sich eine Alkoholleiche abholen könne, falls noch Interesse daran bestehe. Der Mann neben mir ist ein arrivierter Ausländer im Antilopentrachtenlederkostüm und sagt, es freue ihn schon sehr, daß er wieder auf der Wiesn sei. Vor zwei Jahren habe ihm ein Subjekt, also ein anonymer Wiesnbesucher – durchaus ohne Antilopentrachtenlederkostüm –, mit der Faust derart ins Gesicht geschlagen, daß er unglücklich gestürzt sei und wegen eines Blutgerinnsels im Hirn ein Jahr stationär blieb, natürlich in einem First-class-Krankenhaus. Wahrscheinlich habe das anonyme Subjekt erkannt, daß es sich bei ihm trotz des Antilopentrachtenlederkostüms um einen Ausländer gehandelt hatte. Um sich aber noch besser völkisch zu integrieren, bestellte er sogleich eine Portion Mozzarella und Reibadatschi mit Malossol-Kaviar.

Ich greife jetzt zu meinem Antilopentrachtenledersakko, verlasse die Wiesn bei Nacht, sehe die Lichter, erkenne die Fischsemmeln wieder, das einzige, was so ist, wie es immer war auf der Wiesn, und hoffe, nächstes Jahr wieder dabei zu sein.

P. S. Wer unbedingt geschäftlich was erreichen will – nächste Woche ist in Singapur Oktoberfest. Die Firma Pfn. Rc. hat es verleast. Die nötigen Antilopentrachtenlederkostüme werden schon in Kenia angefertigt.

Der fragile Nobelpreisträger

Haben Sie das gelesen in der Zeitung, wo der Schmierfink das hineingeschrieben hat? Schreibt so einen Blödsinn – von wegen *Attacke auf Geistesmensch*, also Schlagzeile und so. Das ist doch eine Schweinerei, was sich dieser Zeitungsschmierer da erlaubt, alles erstunken und erlogen. Weil das Ganze war vollkommen anders, und ich kann es ja bezeugen, weil ich war ja dabei. Also Kron . . .-dingszeuge. Aber die Leute glauben halt immer das, was in der Zeitung steht. Früher hätten s' solche Lügner vergast. Aber heute können s' schreiben, was s' wollen. Also der Hergang war in Wirklichkeit so: Wir ham beschlossen, daß wir einmal wieder aufs Oktoberfest gehen. Und ham gsagt, wir gehn auf die Wiesn, nehmen wir aber keine Frauen mit, weil wir wolln eine Gaudi haben. Pünktlich um fünf Uhr haben wir uns dann am Haupteingang getroffen, und dann hat der Adi gsagt, also jetzt, bevor wir anfangen, legen wir uns erst einmal einen auf. Und dann ham wir ein bisserl Feuerwasser zu uns gnomma. Da hat dann der Adi gsagt, na ja, jetzt sind wir auf dem Oktoberfest, und weil wir da sind, fahrn wir gleich einmal mit der Geisterbahn. Wir ham dann gsagt, Adi, Mensch, wir sind doch keine Kinder mehr, die wo mit der Geisterbahn fahrn. Aber der Adi hat drauf bestanden. Und hat geschrien, also nein, jetzt samma auf dem Oktoberfest und jetzt fahrn wir mit der Geisterbahn. Also, tun wir ihm halt den Gefallen, ham wir uns gedacht, und sind rein in die Geisterbahn. Der Adi ist neben mir gesessen, und als der erste Geist daherkam, da zieht der Adi plötzlich aus der Joppe einen Stuhlhaxn heraus – ein Stuhlbein – und haut dem Geist – eine Art

Kreuzspinne – eine drauf, daß es nur so gekracht hat. Der Geist war aus Gips, und da war dann nicht mehr viel übrig von dem Geist – nur noch so ein Drahtgeflecht, halt das Gerippe. Ja, sag ich, Adi, magst du keine Geister, nein, sagt er, ums Verrecken nicht, die hab ich noch nie leiden können. Und dann hat er jedem Geist, der dahergekommen ist, links und rechts mit dem Stuhlbein eine serviert. Und diese Geister – wie gesagt – bestehen zumeist aus Gips, und in der Geisterbahn hat es gestaubt, wie wenn ein Mehlsack explodiert wäre, und die, die hinter uns gefahren sind, haben nur noch so Gipshäufchen angetroffen statt einen Geist. Nach dieser Fahrt haben wir uns dann alle an den Ausgang von dieser Geisterbahn hingestellt und haben uns die Gesichter von denen angeschaut, die nach uns gekommen sind, weil die haben schon ganz entgeistert dreingeschaut.

Mein Gott, das war eine Gaudi.

Doch dann war es soweit. Der Adi hat gesagt, also jetzt ist es soweit, daß es soweit ist, und wir gehen ins Bierzelt. Am besten gehen wir ins Schottenhammelzelt, obwohls nur einen Spatenbräu haben. Aber innen drinnen war es bumsvoll. Kein Platz weit und breit. Ein Gewusel überall – nicht ein Platz. Weil einem die scheiß Japaner und Holländer immer die Plätze wegkaufen. Da hat der Adi dann gesagt, also wenn es so ist, dann gehen wir rüber in die Ochsenbraterei, wo die Ochsen sind, und vielleicht kriegen wir dann da einen Platz. Aber da war dann die nämliche Situation. Überall voll, und kein Platz nirgendwo. Ich erzähl das Ganze auch nur, weil mich der Zeitungsschmierer – so einem Kerl könnt ich einen Fußtritt geben, weil nichts wahr ist von dem, was er schreibt, und wenns so ist, scheiß ich auf die Pressefreiheit –, so, und jetzt wirds interessant. In der Nähe, da wo der Ochse gebraten wird, vorn, ganz beim Ochsen selbst, ein großer Tisch – frei. Nur ein Mensch sitzt da, so ein Zwetschgenmanderl, so ein kleiner mickriger Kerl halt, und sonst niemand. Alles frei.

Jetzt ist der Adi gleich zu dem Zwetschgenmanderl hin und hat gefragt, aber ganz freundlich: Du Spezi, ist da noch frei? Das Zwetschgenmanderl, sicher ein Ausländer, hat dann wild mit den Armen herumgefuchtelt. Deutsch hat er auch nicht können, aber er wollte quasi sagen, nein. Aber da hat der Adi gleich prompt reagiert und hat dem Zwetschgenmanderl gesagt – aber ganz freundlich –, daß wir uns richtig verstehen, wir sind insgesamt sieben Metzger. Und dann ham wir uns hingesetzt. Das war auch wirklich zünftig. Ein Bier ist gleich dahergekommen und Schweinswürsterl. Bloß das Zwetschgenmanderl hat sauer dreingeschaut und hat seine Gulaschsuppen gegessen. Da hat der Adi ein ganzes Salzfasserl genommen und hat es dem Zwetschgenmanderl in die Gulaschsuppe geschüttet und hat gesagt, sauer macht lustig, Spezi. Aber das Zwetschgenmanderl hat keinen Spaß nicht verstanden. Aber mir hatten eine Gaudi, und ich hab gleich noch einen Steckerlfisch gegessen. Und der Schnaps ist auch gelaufen und noch ein Bier. Und drum muß ich sagn, daß das mit der Pressefreiheit eine Schweinerei ist, und solche Zeitungsschmierer gehören mit einem Ochsenfiesel zusammengeschlagen. Weil jetzt kommts, die Musik spielt »Ein Prosit der Gemütlichkeit«, das ganze Bier steht auf den Tischen, wir auch, und beim »Eins, zwei, drei« – »Gsuffa« haben sie noch nicht gespielt – da kommt das Zwetschgenmanderl daher zum Adi und berührt ihn mit der Hand an der Joppn. Ich habs genau gesehen, er hat ihm die Joppe angelangt und sagt: Police, police. Und soviel Englisch kann der Adi auch, und jetzt kommt es, was ich beschwören kann. Mit jedem Eid. Auch wenns der Zeitungsschmierer gelogn hat. Der Adi hat überhaupt nicht zugeschlagen, von Zuschlagen kann keine Rede sein, sondern er hat dem Zwetschgenmanderl den Maßkrug lediglich auf dem Schädel aufgesetzt, und dann war eine Ruhe. Wir haben dann noch gleich ein Bier getrunken, und es war eine Bombenstimmung. Und ich habe noch einen türkischen Honig gegessen und einen Klosterlikör, also am Oktoberfest ist es schon schön. Vor allem, wenn man mit einer Blosn hingeht, also in Gesellschaft. Bloß am Nebentisch, da waren auch so Arschlöcher, das waren so Sachsen, aus der früheren TeTeRä. Der Adi hat denen auch gleich gesagt, sie sollen sich anständig benehmen und überhaupt einmal was arbeiten. Der Adi sagt, jetzt habts ihr 40 Jahre lang im Bett rumgeflackt, und es ist schon eine Frechheit, daß sie jetzt daherkommen und unsere Hendl wegfressen. Da steht einer von diesen Rädelsführern auf und will auf den Adi losgehen, bloß der Adi hat sich besonnen und hat gewußt, er läßt sich nicht provozieren, weil er ja das Stuhlbein unterm Tisch hat. Der Adi langt hinunter und zerrt so merkwürdig. Ich denke noch, was zerrt er denn so? Was ist denn das? Da zieht der Adi mit zwei Fingern das Zwetschgenmanderl an den Nasenlöchern herauf. Ja Herrschaft, ja verreck, ist der allerweil noch da. Das Zwetschgenmanderl und das muß man zugeben, hat nicht mehr gut ausgschaut, eher schlecht, und es ist auch gleich der Sanka gekommen, und dann hams ihn mitgenommen, in die Klinik. Und jetzt steht da in der Zeitung ATTACKE AUF GEISTESMENSCH – NOBELPREISTRÄGER ERLEIDET SCHÄDELBASISBRUCH. Also sicher, so wie der ausgschaut hat, das glaub ich schon, daß der so schnell keinen Nobelpreis mehr bekommt, aber ich bin der Meinung, wenn einer schon so fürchterlich studiert hat, dann muß er doch auch wissen, und soviel Hirn muß er haben, daß er wissen muß, daß man mit einem Kopf, der wo nichts aushält, daß man damit nicht aufs Oktoberfest geht.

Aus dem Alltag eines Gemeinderates

Wir waren alle da, also mir ist nicht bekannt, daß einer gefehlt hat, weil wir waren vollzählig. Also paß auf, es waren da, der Ding war, der Ding, na sagst . . . Der Saller Wolfi war da, der Leinschwendner Sepp, der Bürgermeister, der Ziegler Fritz, naja der Fritz sowieso, und der Weber Max war da. Doch sicher, der Max war da, freilich, weil wir uns noch gfragt haben, kimmt der Max oder kimmt er nicht, könnt ja sein, daß er nicht kimmt, aber der Max war schon da. Sicher, es hätt ja sein können, daß er gar nicht kimmt, weil wir uns noch gefragt haben, ob er kimmt, aber der Max war schon da. Der war da wie eine Brezen. Also die Sitzung ist vollkommen normal hergangen, ohne besondere Vorkommnisse, wie halt im Grunde eine jede Gemeinderatssitzung halt auch. Vielleicht is's a bisserl feucht herganga. I glaub, ca. 80 halbe Bier san glaufen und deam ungefähr = 50 Obstler, aber das heißt, der Weber Max sauft ja keinen Obstler, weil er trinkt ja bloß seinen Sechsämtertropfen. Der Max trinkt keinen Obstler, der trinkt wirklich bloß einen Sechsämtertropfen. Wir haben auch diesmal wieder in der Gemeinderatssitzung einstimmige Abstimmungsergebnisse erzielt, wie sonst halt auch einstimmig. Was haben wir denn diesmal abgestimmt? Moment, jetzt muß ich sinnieren. Ja, das war der Programmpunkt eins. Ja, beim Programmpunkt eins ham wir sofort gesagt, jawoll, ganz klar, da brauchen wir nich mehr lange diskutieren, der Abort kommt rein ins Leichenschauhaus, weil wir gesagt ham, der Abort ist eine Belebung fürs ganze Gemeindeleben und eine Zukunftsinvestition. Mir ham gsagt, wenn das Geld vom Prösel kommt, und das Geld ist gekommen, dann kimmt das Scheißhaus rein. Was ham ma noch abgestimmt, ja, den Programmpunkt zwei, da ham wir auch abgestimmt, einstimmig, ohne Stimmenthaltung, da ham mir gsagt, die Fingerhakler, also der Fingerhaklerverein kriegt 8000 DM vom Kulturetat, obwohl mir in unserer Gemeinde einen Kulturetat gar nicht ham, aber mir ham gesagt, scheißegal, dann stellen wir die Sache mit dem Kindergarten noch ein paar Jahre zurück, und bitte, was war denn voriges Jahr? Die Maßkrugstemmer, der Maßkrugstemmverein, die haben auch 5000 Mark gekriegt, voriges Jahr, also kulturell ist derzeit bei uns die Hölle los. Die Fingerhakler warn auch ganz begeistert, weil mit 8000 DM hams nicht gerechnet. Also die Fingerhakler waren außer Rand und Band. Sie sind fast in Veitstanz vor Begeisterung und ham uns dann, also den gesamten Gemeinderat, eingeladen. Dann sam ma alle nach der Sitzung rauf zum Bauerngirgl. Der Saller Wolfi ist noch mitganga. Der Leinschwendner Sepp, der Bürgermeister, der Ziegler Fritz, d. h. der Fritz sowieso und a der Weber Max. Doch der Max is scho mitganga. Sicher, weil mir uns noch gfragt ham, kimmt er noch mit oder kimmt er nicht mehr. Bringt der Max noch seinen Zündschlüssel ins Zündschloß rein, aber der Max is scho noch mitganga. Die Fingerhakler in ihrer Begeisterung ham gleich eine riesige Flasche Champagner spendiert, einen echten Söhnlein Brillant, die ham ma dann gleich gezuzelt. Der Wirt vom Bauerngirgl hat sich auch nicht lumpen lassen und hat gleich eine Runde Cuba Libre spendiert, weil sein Neffe den Führerschein wiedergekriegt hat. Bloß der Weber Max hat natürlich keinen Cuba Libre angerührt, sondern hat gleich zum Wirt gsagt, komm stell a mal a Flaschen Sechsämtertropfen auf den Tisch, damit eine Stimmung aufkommt. Und ich muß sagen, es war wirklich ein netter Abend. Wir wollten aber dann doch früher heimfahren, weil wir wollten am andern Tag einen klaren Kopf behalten. Aber bevor wir fahren wollten, hat der Saller Wolfi gsagt, halt, stopp, bevor mir fahren, trinken wir noch einen schwedischen Kaffee. Und dann ham mir alle noch einen schwedischen Kaffee getrunken. Also ein schwedischer Kaffee, das ist, da nimmt man eine große Tasse, schon einen Schapfen, und da schüttelt man ein bisserl einen Kaffee rein, dann schmeißt man ein Zehnerl rein, und dann schüttet man das Ganze mit einem Obstler oder einem Enzian wieder auf, solang bis man das Zehnerl wieder sieht. Der schwedische Kaffee, glaube ich, das ist ein altes Rezept aus der Ukraine. Mir ham dann diesen schwedischen Kaffee gesoffen und sind aber dann gleich danach heimgfahrn, weil mir ham ja dann am – jetzt muß ich nachdenken – Herrgott, wann wars denn, daß ich nicht lüg . . . Ja am andern Tag – da ham mir dann das Symposium gehabt, das Symposium, mit denen von der Regierung, Regierungsmitglieder informieren Gemeinderäte, also der Saller Wolfi war da, der Leinschwendner Sepp, der Bürgermeister war da, der Ziegler Fritz, naja, der Fritz sowieso, und der Weber Max. Der Max, doch, der war schon da. Weil mir uns noch gfragt ham, kommt er, der Max, oder kommt er nicht, aber der Max läßt sich doch kein Symposium entgehen, und das muß man auch gleich sagen, das Symposium mit denen von der Regierung, das war ein voller Erfolg. Ein voller Erfolg auf der ganzen Linie. I hab jetzt die Speisenkarte nicht im Kopf, aber die Herren von der Regierung haben einen Bojolää ausgeschenkt, einen solchen Bojolää, so einen Bojolää kriegst du nicht einmal in Bojolää. Es sind auch hochinteressante Fragen erörtert worden, kommunal . . . äh . . . usw. Und der Weber Max hat auch einmal eine Frage gestellt, an den Regierungspräsidenten, übrigens ein fürchterlich gescheiter Mann, eine Kanone sozusagen, also hat der Max gsagt, ja, darf ich auch amal a Frage stelln. Da hat der Regierungspräsident gleich gesagt, weil er hat prompt reagiert, bitte sehr, Herr Weber, fragen Sie, was haben Sie auf dem Herzen? Da hat der Max gsagt, ja muß i denn bei eich so einen Bojolää saufen, habts denn es koan Sechsämtertropfen, also die Gespräche waren wirklich von höchstem Niveau. Und wir ham auch gleich gesagt, daß in dieser Angelegenheit wir gemeindeseits tabula rasa machen und ham gesagt, grünes Licht, beim Aufbau Europa solln wir nicht abseits stehen, und deshalb ham wir einstimmig gesagt, daß unsere Partnergemeinde Tomachlice bei den Tschechen, also die kriegen unsere Sondermülldeponie umsonst, weils ja sonst nichts ham. Und mir ham gsagt, die kriegen die Sondermülldeponie, auch wenn die Kaulquappennumerierer noch so schrein. Die quaken doch sowieso bloß noch wie die Frösche. So, und jetzt muß ich gleich gehn, ich muß jetzt zum Bräuwirt, weil wir ham jetzt gleich ein Arbeitsessen, weil der Saller Wolfi kommt, der Leinschwendner Sepp, der Bürgermeister kommt, der Ziegler Fritz, naja der Fritz sowieso, weil der Pamplinger möchte jetzt direkt am Seeufer eine Lackfabrik aufstellen, direkt ans Seeufer, und da ham mir gesagt, so gehts nicht, was heißt da Arbeitsplätze, mir sind doch immerhin ein Luftkurort, sicher, wir ham jetzt das neue Konzept entwickelt, in der Gemeinde, Luftkurort im Industriegebiet, aber eine Lackfabrik ans Seeufer stellen, so gehts nicht, und wir ham dem Pamplinger auch gesagt, bei dir ham mir schon oft ein Auge zugedrückt. Wir ham nichts gesagt, wie du die Pollacken in die Kühlräume versteckt hast. Wir ham auch ein Auge zugedrückt, wie du die Tamilen in dem Hundezwinger gehalten hast. Aber jetzt eine Lackfabrik ans Seeufer stellen, so gehts nicht. Mit einem Gemeinderat kann man nicht radlfahrn. Mir ham gesagt, schön, Pamplinger, wir genehmigens, aber er muß ökologisch alle Auflagen erfüllen, und wenn da wirklich eine Lackfabrik entsteht, muß er um die ganze Lackfabrik einen wilden Wein anpflanzen, ob jetzt allerdings der Weber Max noch kommt zu dem Arbeitsessen, das steht jetzt in den Sternen, weil der Max sagt, er weiß nicht, ob er Entscheidungen in der Gemeinde von einer solchen Dimension, ob er da mit seiner alten Leber noch mitfahren kann. Der Max sagt, er bräuchte halt a neue Leber. Da ham mir gleich gsagt, Max, für dich bringen mir doch noch a mal a neue Leber her. Da fahrn mir mit dir nach München in die Klinik, da woas die neuen Lebern gibt, aber der Max ist heikel, richtig gschleckert ist er, weil er sagt, wenn er schon ne neue Leber will, dann muß das auch ne Leber sein, die Hand und Fuß hat. Einen alten Lappen läßt er sich nicht neiplantieren, am liebsten wär ihm so ne Leber von nem Moslem, sagt der Max, weil die dürfen nix saufn. Von der Religion aus. Und am liebsten hätt er halt ne Leber von nem jungen Fundamentalisten, weil die ham Lebern wie die Jungfraun, weils bloß a Mineralwasser trinka, also meine persönliche Meinung is, der Weber Max ist sicher bald wieder in unserem Gemeinderat tätig, und so wie ich die Situation politisch einschätze, fallen da drüben oder da drunten, da wird doch in Gottes Namen noch a mal a Leber fürn Weber Max hergehn.

Gegendarstellung

Als Anwalt meines Mandanten, des derzeitigen Staatsministers für Finanzen, Gerold Tandler, möchte ich folgende Gegendarstellung vorbringen: Diese Gegendarstellung ist nötig geworden, da in der Presse und in Teilen der Öffentlichkeit Unwahrheiten verbreitet werden, die geeignet sind, das Ansehen meines Mandanten empfindlich zu schmälern.

Anlaß für ungeheuerliche Unterstellungen gab die Bayerische Imo Treuhand GmbH, auch BIT genannt. Es ist keinesfalls richtig, daß hier, wie unterstellt, camorraartige Verfilzungen zu Ämtermißbrauch geführt haben, weil angeblich zwischen der Verquickung von privaten Interessen und Abhängigkeitsverhältnissen nicht mehr zu unterscheiden wäre.

Auch dem Vorwurf, Geschäftspraktiken meines Mandanten Gerold Tandler mit dem Arbeitsrichter bzw. Immobilienmakler Günther Zembsch wären sonst nur in Neapel oder in Palermo möglich, möchte ich hier entschieden entgegentreten. Alle Transaktionen wurden nachweislich nicht in Italien, sondern eindeutig und überprüfbar in Bayern durchgeführt.

Es ist entstellend die Tatsache, daß wenn behauptet wird, daß die Privatinteressen des Privatmannes Gerold Tandler mit den Aufgaben des Finanzministers Gerold Tandler kollidieren würden.

Hier gilt festzustellen, daß mein Mandant niemals gleichzeitig als Minister und Kreditnehmer mit dem Arbeitsrichter Günther Zembsch in Erlangen verkehrt hat, sondern *nur* und *ausschließlich* entweder als direkter Vorgesetzter von Herrn Zembsch oder als privater Auftraggeber an den Bankmann

Günther Zembsch oder als privater Kreditgeber Gerold. Allein daß diese Unterscheidung wirklich geleistet wurde, zeigt und beweist die Tatsache, daß mein Mandant als Minister mit dem Arbeitsrichter die Sie-Form wählte; ebenso als Treugeber Gerold Tandler mit dem Treunehmer Günther Zembsch und vice versa wurde die Sie-Form benutzt, nur als privater Schuldner Gerold beim Privatmann Günther wird die Du-Form angewandt: Dies beweist, daß zwischen den Anteilseignern an der Bayerischen Imo Treuhand lediglich bei privaten Transaktionen Vertraulichkeit bestand.

Die böswillige Unterstellung, mein Mandant wäre wegen dieser privaten Schulden erpreßbar geworden in seiner Eigenschaft als Minister und Auftragsbeschaffer für den Arbeitsrichter bzw. Immobilienmakler Günther Zembsch, ist lächerlich. Hier von einem Dschungel zu reden ist aus der Luft geholt, jeder vernünftige Mensch weiß, daß Bayern nicht in tropischen Regionen liegt.

Daß der Arbeitsrichter Günther Zembsch als Nebenbrot zu seiner Beamtentätigkeit staatlich finanzierte Studentenwohnheime und Appartements erstellen ließ, ist sein gutes Recht, und es gehört ja zu den Aufgaben meines Mandanten, als Minister ebenda die Finanzierungen zielbewußt zu vergeben. Dies zu unterlassen wäre ja ein Amtsmißbrauch seitens meines Mandanten gewesen, und es spricht nur für die Selbstlosigkeit von Gerold Tandler, daß er mit sozialem Engagement als Privatmann Gerold Tandler dem Bankmann Günther Zembsch mit privaten Mitteln unter die Arme griff.

Auch wenn es in der heutigen Zeit nicht mehr opportun ist, solche Vergleiche anzustellen, aber dieses edle Verhalten meines Mandanten findet sein Vorbild in Taten, wie sie der heilige Martin von Tours oder der heilige Konrad von Altötting vollbracht haben.

Da die Rechtsform der Baufirma vom Arbeitsrichter Zembsch eine Treuhand-GmbH & Co. KG war, lag es in der

Natur der Sache, daß es einen Treunehmer und einen Treugeber geben mußte.

Die Tatsache, daß *vor* Konkurs von Herrn Zembsch routinemäßig wieder ein Tausch Treugeber zu Treunehmer stattfand und damit das Grundstück des Druckereianwesens in Neuötting Flnr. 14/356 abermals in den Besitz *meines* Mandanten und damit aus der Konkursmasse von Herrn Zembsch fiel, erklärt die Rechtskonstruktion. Daraus einen betrügerischen Konkurs abzuleiten ist abenteuerlich. Mein Mandant war nämlich sehr schnell bereit, unmittelbar *nach* der Konkursabwicklung Treunehmerschaft mit Treugeberschaft zu tauschen. Dieser erneute Tausch ergab sich halt, weil der Privatmann und nicht der Treugeber Gerold Tandler beim Privatmann Günther Zembsch Schulden hatte. Frau Staatsminister der Justiz Mathilde Berghofer-Weichner hat am 31. Oktober 1988 schriftlich meinem Mandanten bestätigt, daß keinerlei Betrugsermittlungsverfahren gegen ihn vorliegen. Die Ermittlungen wurden erst Anfang November eingeleitet und sind, wie wir wissen, bis heute ergebnislos verlaufen, dies bestätigt wiederum eindeutig die weiße Weste meines Mandanten.

Und jetzt möchte ich noch dem Gipfel der ungeheuerlichen Verleumdungen, die Gerold Tandler treffen sollen, entgegentreten. Die böswillige Behauptung, der Treugeber-Treunehmer-Tauschvertrag zwischen meinem Mandanten und Günther Zembsch sei in betrügerischer Absicht um zwei Tage vordatiert, da Herr Zembsch am Tag dazwischen Konkurs anmeldete, läßt sich leicht schon dadurch widerlegen, daß das Modell der Schreibmaschine, mit dem der Vertrag abgefaßt wurde, überhaupt erst ein Vierteljahr später in den Handel gekommen ist. Dem dummdreisten Vorwurf, mein Mandant hätte durch zugegebenermaßen schwer nachvollziehbare Transaktionen die Bayerische Landesbank in Verluste gezogen, ist zu entgegnen, Verluste dieser Bank sind durch

Fehlentscheidungen bayerischer Minister chronisch-häufig, ja ein Normalfall (fragen S' doch einmal den Herrn Huber).

Leicht fällt es auch, den Vorwurf vollkommen zu entkräften, mein Mandant hätte als Privatmann sowie als Minister gemeinsam mit dem Geschäftspartner Herrn Zembsch die Druckereibesitzerin Maria Niedermayer durch Finanzmanipulationen um ihr Vermögen gebracht – es wird der Begriff »Kalte Enteignung« verwendet. Mein Mandant habe obengenannte Druckerei samt Grund für ein Butterbrot erhalten. In eidesstattlicher Selbstauskunft könnte mein Mandant jederzeit beweisen, daß er kein Butterbrot, sondern nur belegte Brote zu sich nimmt. Keinesfalls und zu keinem Zeitpunkt hat Gerold Tandler mit Arglist oder Tücke oder mit Finanzmanipulationen operiert. Beweis: Zum Tatbestand der Arglist gehören Sachverstand und gute Kenntnis des Metiers. Daß mein Mandant über beides nicht verfügt, läßt sich schon aus der Tatsache ableiten, daß er bayerischer Finanzminister ist.

Zum allgemeinen im Raum stehenden Vorwurf der Verfilzung, des Byzantinismus, Amtsmißbrauchs, Betrugs möchte ich klarstellen: Mein Mandant ist als multipler Funktionsträger bekannt.

Beweismittel: eine Dokumentation über Herrn Tandler –
Tandler, der Vater
Tandler, der Musiker
Tandler, der Sportler
Tandler, der Ehemann
Tandler, der Chef
Tandler, der Koch
Tandler, der Maler
warum nicht auch Tandler als Tandler?

Der Revolutionär

Daß du da nimmer magst, versteht man. Wohinst schaugst. I hab des gsehn mit dem Veltlin, des kost a Manna, daß dir der Ding obabröselt, verstehst, der ganze Bergwald, der rattert oba wie ein Rollo, des is a Wahnsinn. Auf d' Rotwand hams a Straß auffi baut, verstehst, danach hams des alles asphaltiert, an Bergweg auffi, und dann hams ihn grün angstrichen, weils gsogt ham, wegen am Umweltschutz. Nein? Total, total gspinnert, nein? Wenn ma des alles anschaut, da wirst direkt verrückt. In d'Amper derfst nimmer einehupfen, die Amöven und des Zeig, ja Kruzinesen, nein? Ja, was isn des? Des Grundwasser in dem Dorf, nicht weit von da, kannst nimmer saufen, weils das Wasser vom chemischen Wert bringen müssen, ne? Und Ding, vorn . . . an . . . da den Großflughafen tuns dahin, 18 Kilometer, Quadratkilometer, tuns zuplomben, alles zubetonieren und asphaltieren, da möcht ma sagen, was man liebt, die Heimat, was man liebt, des asphaltiert man doch nicht ständig, nein? München, hams gsagt, da müssens an ersten Stock machen, ne, weils nimmer langt, von der Fläche her, ne? Dann bauns an Keller a no. Dann kannst mitm Lift München eins, München zwoa oder München dritten Stock auffifahrn, wenn des so weitergeht. Und a Autobahn nach der andern, Ding kommt, die Autobahn Altötting, die Wallfahrerautobahn, ne, nach Oideting-Braunau? Dann kommt eine . . . dann die ander nach Deggendorf, Venedig, hams gsagt, soll der Hafen von München werdn, weil Hamburg hat Cuxhaven, hams gsagt, net wahr. Na kommt die Autobahn Landshut – Regensburg – Rosenheim, ja, des wird ja alles total Los Angelesiert, ne!

Kernkraftwerk, da sagn die Amerikaner, sei »mushroom up«, die kommen wie die Schwammerl hervor, ne? Ja unser schönes Oberland, des wird bald, wenn ma des so sieht, wenn ma sich des oschaugt, des wird ja praktisch ein neues Ruhrgebiet, ja da muß sich doch amal was ändern! A Ozonloch hams, net, die ganze Atmosphäre is wie ein Emmentaler, ne? Ja Sakrament, da muß doch amal was passieren?! Des gibts ja gar net! Und zwar revolutionär! Da ghört direkt a Revolution her! Und des is der Grund – und drum wähl ich auch diesmal CSU.

Unser Heinz!

»Der Raubmörder hat mir in meinem Leben kein Glück nicht gebracht!« sagt der Heinz, und ich wäre blöd, wenn ich ihm widersprechen würde. Der Heinz erzählt die Geschichte vom Raubmörder auch nur deshalb wieder, weil er jetzt die achte Halbe zu sich nimmt, und das ist dann eben der Zeitpunkt, wo die Geschichte vom Raubmörder dran ist.

Die zufälligen Gäste, meist Touristen aus nördlichen Gefilden, erfahren dann, warum der Raubmörder dem Heinz kein Glück nicht gebracht hat. Die Geschichte ist für den Wirt sehr umsatzfördernd. Sie könnte in wenigen Minuten erzählt sein – aber der Heinz nimmt sich, wenn er gut drauf ist, einen ganzen Nachmittag, um sie wirkungsvoll an den Mann zu bringen. Dabei macht er dramaturgische Pausen, damit die Bedienung die Frage »Kriagn ma no a Hoiwe?« anbringen kann.

Die Touristen werden Zeugen von Heinz' Leidenschaften und erleben in ihm den Vertreter einer alten Gefühlskultur, die auch in unseren Gauen nur noch selten vorkommt.

Der Heinz verdingt sich als »Hausl« bei einem »Protzn«, und weil er so loyal zu seinem Herrn steht, genießt er bei jenem hohen Respekt. Loyal sein heißt für den Heinz, Haus und Hof bedingungslos zu schützen, und schützen heißt, jedweden, der sich der lüftlbemalten Villa mit den toskanischen Arkaden und der Garage, getragen von korinthischen Säulen, nähert, zu vertreiben; wie erst neulich den Kinderarzt, der zum Nachbarn wollte.

Der Heinz fräste Schnee; er fräst ja sowieso mit großer Leidenschaft Schnee.

Der Protz, der Herr der Villa und der Besitzer vom Heinz, belohnte diesen mit einer Schneefräse, so daß der Heinz im Winter immer und zu jedem Zeitpunkt den Eingang zur Villa freihalten kann. Denn der Protz weilt zwar mal dort und da, wie halt alle Protzen, schaut aber doch so alle zwei Jahre mal in seiner toskanisierten Villa vorbei, um zu sehen, ob alles geschleckt ist.

Kommt doch an einem Tag, wo der Heinz gerade schneefräst, ein Subjekt daher in Form eines Kinderarztes, um dem Nachbarskind die Diphterie auszutreiben! Und was macht dieser Kinderarzt? Er parkt! Er parkt sein Auto justament da, wo der Heinz fräsen wollte. Schneefräsen im Dienste seines Herrn.

Dem Heinz fiel alles an Vokabular ein, was geeignet ist, einen parkenden Kinderarzt zu vertreiben. Ich zitiere: »Du Dreckarsch du bläda, du Himmikruzifix du varreckta, du Loas du owaberlte du dafeide!!!« Dann stellte er noch die Fangfrage, Zitat: »Hams dir valleicht ins Hirn einegschissn?«

Diese Frage wollte der Mediziner nicht unmittelbar beantworten, sondern wandte sich brieflich an den Brotgeber und Schneefräsenmäzen vom Heinz mit der Bitte, er möge den Hausl domestizieren und zu einem zivileren Verhalten ermuntern.

Der Protz jedoch, stolz, so ein bayrisches Urvieh wie den Heinz als Hausl zu besitzen, antwortete dem Kinderarzt ebenfalls brieflich. Er verwies darauf, die Landessprache seines Hausls sei nun mal volkstümlich und stünde im Einklang mit der Natur und der Seele eines eben drastischen Volksschlages. Sei normale Konversation also.

Der Kinderarzt, ebenfalls des Bairischen mächtig, schickte dem Protzn nun ein Fax. Text: »Ja du Depp du gselchter, du Flaschlputzer du windiger, du Brunzkachl du dasoachte, vaschbiemne, du host doch glatt an Schoaß im Hirn!«

Der Protz bemühte umgehend seine Anwälte. Gerichtliche Feststellung: Ein Kinderarzt ist kein Bayer, daher auch nicht volkstümlich und somit straffällig.

Dem Heinz kann es recht sein. Er verteidigt auch weiterhin die Villa seines nordischen Gebieters und die Heimat überhaupt. Denn er ist bei den Gebirgsschützen, und diese verteidigen ja immer die alten Werte, wie auch die neue Lackfabrik am See. Seeufer und idyllisches Tal sind wie geschaffen dafür, schon von der Größenordnung her.

In den letzten 15 000 Jahren war es relativ ruhig am See. Zur Zeit der Römer war auch nicht viel los, nur im 17. Jahrhundert sausten ein paar evangelische, also schwedische Marodeure herum – und sonst war nur der Heinz da, der war schon immer da. Und weil er das weiß, verteidigt er nicht nur die Lackfabrik, sondern auch die Idee von derselben: »Auch die Natur muß sich an die Gegebenheiten einer Heiteck-Gesellschaft anpassen, da kommt keiner drum herum!«

Der von Heinz persönlich gewählte Gemeinderat stellt diese Devise auf, und ein Chor von »Jawoi« und »Genau« bestätigt die Richtigkeit dieser Wahrheit und die Wahrheit dieser Richtigkeit. Ein kurzes, sattes »Jawoi« – wòi ist immer endbetont, genauso wie »genàu« –.

Ein Gemeinderat, im Privatberuf Parteimitglied, meint: »A Luftkurort in einem Industriegebiet ist was Einzigartiges, des muaß uns erst amal jemand nachmachen!«

Das wirkt auch beim Heinz. Er ist noch ein Mensch, der einen Respekt hat vor einem Politiker, der wo den Nerv trifft, ohne zu nerven.

Wenn also der Heinz den Touristen in der Wirtschaft die Geschichte vom Raubmörder erzählt, welcher ihm kein Glück nicht gebracht hat, dann ist diese Geschichte eingerahmt von einer Musik, die für das Volk gemacht ist. Einer Musik, die weich über Resopaltische streicht und im Einklang mit dem Schmalzgeruch der Friteuse einem die Heimat schmecken läßt. Gerade wird im Bayerischen Rundfunk der neue Wiesnhit vorgestellt: »Auf dem Strom, dem riesengroßen Mississippi, da schwimmt ein winzigkleines Henderlpipi!« Der BR ist um solche volkstümlichen Geräusche besonders bemüht. Er düngt unsere Heimat mit dieser akustischen Gülle und läßt auch nicht einen Kubikmeter Äther aus . . .

Diese Musik animiert den Heinz, das Rhetorische droht auszutrocknen, »oane no«, sagt er, »oane geht no«, »oane geht oiwei!« meint er, und ich wäre blöd, wenn ich hier widersprechen würde. Mein Blick streift die Heimatzeitung auf der Wirtshausbank. Das schlagende Argument zum Thema Tempolimit bringt unser Kreisrat – »Bei uns gibt's hoid a Leit, dene wo's pressiert!« – Eine Großaufnahme zeigt unseren Gemeinderat K. L. vor einem Stollen und fünf Brezen. Er spendiert den Stollen für die Ukraine, die Brezen gehen als erste Hilfsmaßnahmen nach Kasachstan. Hier ein Hinweis zum Thema Asyl: »Bewacht eure Garagen, Hundezwinger und Holzschupfen. Es ist mit Zwangseinweisung von Asylanten zu rechnen!«

Die Heimatzeitung hat den Satz vom Heinz »oane geht no« schon öfters gedruckt. Er spricht Menschen mit großer Lebenserfahrung und tiefer Menschenkenntnis an. Der Mensch ist ein Behälter, in ihn geht etwas hinein.

Der Heinz hat die neunte Halbe fast geleert und fährt gleich anschließend mit dem Auto nach Erding, wo er mit seinen Kameraden noch den Ehrensalut der Gebirgsschützen zur Eröffnung des neuen Flughafens abfeuern muß.

Dieser wird eingeweiht und ist damit Heimat. Die Vögel und sonstiges Geflügel sind beseitigt, das Grundwasser quadratkilometerweise weggegurgelt. Jetzt kann alles in die Luft gehen. Das Erdinger Moos ist trocken und kein Sumpf mehr. In den Flughafenboutiquen kann man alles kaufen, was man braucht. Auch eine original Bavarian family – Bavarian father, mother and child – aus Plastik, in Tracht, wie Schlümpfe.

Das Heimatgefühl grassiert vor allem in schwedischen Möbelhäusern und Altmünchner Bistros.

Daß es die Bayern gegeben hat, ist erwiesen. Kelten und Römer haben hier ihre Spuren hinterlassen, auch das Volk der Passagiere.

Der Heinz kann in Oktaven rülpsen. Ob er sich damit beruflich noch verbessern kann, wird die Zukunft zeigen. Jetzt trinkt er noch schnell einen Schnaps, dann geht's zum internationalen Wetttrinken zugunsten der Aktion Sorgenkind. Die Kreissparkasse sponsert. Schade, daß der Heinz die Geschichte vom Raubmörder jetzt nicht mehr zu Ende erzählt, da kommt nämlich auch noch der Sven vor, wie er bei der Desirée am Kammerfensterl ... Oder wie der Heinz einmal im Bayerischen Fernsehen ... Halt! Nein! Dort kommt er nicht vor, der Heinz, weil in Echt wäre er ja ein Klischee.

Im Bauernmuseum

Vor einem historischen Bauernhof im Freilichtmuseum demonstrieren Frau Cyslavski und Herr Lechner handwerkliches Können aus dem 18. Jahrhundert.

Frau Cyslavski sitzt vor einem Wassertrog und wäscht altes Leinen und legt es zum Bleichen aus, aber immer nur, wenn Besucher da sind. Herr Lechner drischt mit wenig Begeisterung einen Haufen Stroh.

Besucher Heinz Voss aus Schwartau mit Ehefrau Karolin und Tochter Wilma beobachten die beiden.

VOSS Kuck mal, Karolin, wie sich die Leutchen damals plagen mußten.

Also wenn du mir noch einmal über das bißchen Wäsche jammerst.

Er schaut in seinen Plan.

VOSS *zu Lechner.* Ach sagen Sie mal, guter Mann, wo ist denn hier das historische Korbflechten und Töpfern? Wo findet das statt?

LECHNER Da links drüben, unten beim 15. Jahrhundert.

VOSS Vielen Dank. Kommt, Kinders!

Familie Voss geht. Cyslavski stellt einen Augenblick die Arbeit ein.

CYSLAVSKI Sie, Herr Lechner, is heit überhaupt a Korbflechten? Der Herr Döderlein is doch krank. Der is doch zum Urologen.

LECHNER Ja, des ganze Spätmittelalter is geschlossen.

CYSLAVSKI Und d' Steinzeit auch, weil d'Fräulein Rösner hat gekündigt.

LECHNER Äh, des werd er dann scho merken.

CYSLAVSKI Wie spät ham mers denn?

LECHNER *schaut auf die Uhr.* Ja, mir hams bald.

CYSLAVSKI Ham Sie am Samstag »Schreie aus dem Jenseits« aufgezeichnet?

LECHNER Naa, ich habs a so gsehn.

CYSLAVSKI Ich hab mers aufgezeichnet, aber die ham davor mit ihrm Tennis hams wieder amal dermaßen überzogen . . .

LECHNER As Tennis war schwach.

CYSLAVSKI Un grad wie dann die Leiche da aus dem Speicher zrückkommt, hats abgschaltet. Wie isn des nausganga?

LECHNER Da Australier hat gwonnen.

CYSLAVSKI Naa, im Film.

LECHNER Ah so ja, er hat sie dann vergift. War aber schwach.

CYSLAVSKI Glaum Ses, des is mir jetzt scho a paarmal passiert. Die mit ihrm Sport – immer wenns am spannendsten is, hörts auf, weils davor so überziehn. Ich programmier jetz ja eh scho immer a paar Minuten länger.

LECHNER Ja, des kann mir jetzt nimmer passiern, weil ich hab jetz an Video von dieser neuen Generation. Da wenn S' was einspeichern . . .

Er hört auf. Beide arbeiten wieder. Zwei Japaner kommen und knipsen und gehen.

Lechner und Cyslavski stellen die Arbeit wieder ein.

LECHNER Wissen S', diese neue intelligente Recorder-Generation arbeitet mit'm digitalen Subcode. Da strahlen die beim Fernsehen dann so an Impuls mit aus, und dann fangts immer erscht an, wenns losgeht.

CYSLAVSKI Is scho gigantisch, was ma heut so alles machen kann. Naja, i versteh eh nix davon. Äh, wie spät isn jetz?

LECHNER Der werd glei kommen.

CYSLAVSKI Also des war halt a Vorteil, wo ich noch bei der

Südbremse garbeit hab. As Kantinenessen. Ma hat halt gwußt, Punkt zwölfe gibt's was zum Essen.

Familie Voss kommt zurück.

VOSS Das gesamte Frühmittelalter und Steinzeit sind ja zu ...

CYSLAVSKI Ja, da is wer krank worn.

LECHNER Der Höhlenmensch is beim Urologen.

CYSLAVSKI Steinzeit is bis zum Wochenend gschlossn.

VOSS Ahso ja, äh, könnten Sie noch mal mit Ihrem Werkzeug da etwas mehr zu mir ...?

LECHNER Sie, am Eingang gibts fei a Postkarten.

VOSS Nein danke, ich mach mir meine eigenen Bilder. Und Sie, gnä Frau, wenn Sie etwas mehr gebeugt ... Soo ja ... *Er knipst.* Äh hallo, Sie ham ja noch Ihre Uhr an. Das ist historisch ungenau. Können Sie die bitte mal entfernen? *Lechner nimmt seine Uhr ab.* So und jetzt weiterarbeiten, ja, so is gut. Das mach ich noch auf Video, 'n super Motiv. Ach Karolin, kannst du mal dazu – Moment, halt Karolin, nein, nein, stopp. Ham wir noch ne Kassette im Auto? Die Kassette hier is aus. Die beiden hier wärn ein super Zwischenschnitt vor der historischen Eisenbahn. Das sollten wir vielleicht doch mitnehmen. Wir kommen noch mal, bis gleich.

Familie Voss geht wieder ab.

LECHNER Herrschaft, wenn der Döderlein net kimmt, sieg i's scho kommen, da muß ich an Höhlenmenschen a no machn.

CYSLAVSKI Bei der Südbremse habens auch immer Spitzen-Nachspeisen ghabt. Amal an Creme Karamel oder auch amal a Sorbet.

Ein Museumswärter kommt mit einer großen Plastiktüte.

WÄRTER So – Mittag – Mahlzeit! Ich habs aufgschriebn, wer was zahlt.

Der historische Schmied kommt dazu und kramt in der Tüte.

SCHMIED I hab den Dubbelburger ohne Sesam.

WÄRTER Is scho alles drin.

SCHMIED Ahja, da. Mahlzeit!

WÄRTER Mahlzeit!

LECHNER Mahlzeit!

Schmied breitet sich mit Lechner auf dem Tisch aus. Cyslavski geht noch ins Haus und kommt mit einer großen Ketchup-Flasche zurück.

LECHNER Aah, des tut gut.

CYSLAVSKI Gell, der Ketchup mit Schaschlikcurry is a Gewinn.

LECHNER Ja, der is irgendwie aromatischer.

Familie Voss kommt mit der Videokamera zurück.

VOSS So, da wären wir. Äh, Verzeihung, könnten Sie vielleicht noch mal da an Ihrem Arbeitsgerät ...

LECHNER *Mit vollem Mund.* Naa, Sie sehn doch ...

CYSLAVSKI Mir ham grad Mittag!

Voss schaut in seinen Prospekt.

VOSS Jaa, da nehm ich Sie eben beim Tafeln auf, wenn Sie nichts dagegen haben? *Zur Tochter.* Wilma, Karolin – stellt euch mal eben dazu.

LECHNER Nana, Sie, des is unser privates Mittag. Die historische Mahlzeit is um 14 Uhr.

CYSLAVSKI Bei der Rapsmühle, gleich neberm Parkplatz.

Mobilität, Flexibilität und Transparenz

Zeit plus Zeit ist mehr Zeit.
Brot plus Zeit ist Brotzeit.
Zeit mal Zeit ist Malzeit.

Der Ensemble-Schutz

Gerda Sawitzki bepflanzt gerade ihre neu gebaute Pergola mit wilden Weinpflänzchen. Eine Nachbarin am Zaun, Frau Strasser, evtl. mit Fahrrad, schaut zu. Die Kinder spielen im Garten.

SAWITZKI ... und da drüben an dem Pfeiler pflanz mer vielleicht noch an Knöterich. In zwei Jahren wächst der mit'n Wilden Wein zam. Dann blühts es ganze Jahr. Erst die Clematis, dann der Knöterich und dann der Wilde Wein.

NACHBARIN Ja, es is wirklich sehr schön worn.

SAWITZKI Auch bei Regen kann mer jetz im Freien a bisserl sitzen bleibm, am Abend wirds net so schnell kalt – i sags Ihnen, Frau Strasser, des war wirklich die beste Idee, die mein Mann seit Jahren ghabt hat.

NACHBARIN Ja, so a Pergola, des waar schon was. Mir hams uns ja auch scho überlegt. Also Wiederschaun, Frau Sawitzki!

SAWITZKI Wiederschaun, Frau Strasser! *Zu einem Kind, das an der Pergola herumklettert.* Sven, obacht! Ich weiß fei net, ob die Farb scho ganz trocken ist.

Herr Baller, ein Beamter, läutet.

SAWITZKI Ham Sie gläutet?

BALLER Ja!

SAWITZKI Kommen S ruhig rein, s is offen.

BALLER Ich such den Herrn Sawitzki.

SAWITZKI Mein Mann is net da.

BALLER San Sie die Frau Sawitzki?

SAWITZKI Ja, warum?

BALLER Mein Name ist Baller von der Lokalbaukommission. Ich komme in einer dienstlichen Angelegenheit.

SAWITZKI Kann ich Ihnen da auch weiterhelfen?

BALLER Sie müßten da nach meinen Unterlagen eine Art Pergola errichtet haben . . .

SAWITZKI Ja, hier. Da schaun S' doch! Is noch net ganz fertig, aber mir benutzens schon.

BALLER Schaun Sie, hier ist mein Ausweis. Äh – Frage: Ham Sie da eine Baugenehmigung?

SAWITZKI! Äh – wieso?

BALLER Sie haben da einen Baukörper erstellt, der der Genehmigung bedarf.

SAWITZKI Aber des san doch nur ein paar Steckerl mitm Dacherl drauf . . .

BALLER Ja genau. Durch das Dach handelt es sich um umbauten Raum, der genehmigungspflichtig ist.

SAWITZKI Ja, des hat uns doch kein Mensch gsagt – Doris, gehst da raus aus de Pfingstrosen!

Ein Kind spritzt Herrn Baller mit einer Spritzpistole an.

SAWITZKI Hör halt auf mit dem Schmarrn, Reinhard . . .

BALLER Lassen S' ruhig, s'san halt Kinder. Äh, Frau Sawitzki, ich mach Sie darauf aufmerksam, daß dieses nicht genehmigte Bauvorhaben den Belangen des Umweltschutzes und des Landschaftsschutzes entgegensteht und nicht dem Ensemblecharakter der hiesigen Bauordnung hier im Innenbereich entspricht.

SAWITZKI! Machen S' sich doch nicht lächerlich! Die Pergola, die sieht scho gar koa Mensch, und außerdem schaut des Haus jetzt mit Pergola viel netter aus wie vorher. Was meinen S', wenn des erst bepflanzt is.

BALLER Des kann scho sein, die tragenden Teile können S' ja stehn lassen, wenn Sie das Dach innerhalb von 14 Tagen entfernen, is für uns der Fall erledigt.

SAWITZKI Aber schaun S' doch selber – ohne Dach is doch die ganze Pergola ein Schmarrn.

BALLER Im Falle der Zuwiderhandlung mach ich Sie darauf aufmerksam, daß Sie mit einem Bußgeld von DM 3000,– zu rechnen haben. Sollten Sie dann Ihrerseits immer noch auf der Weigerung bestehen, müssen Sie mit einem Zwangsabbruch auf Ihre Kosten rechnen. Des wird fei ganz schön teuer, Frau Sawitzki.

SAWITZKI Ja Sie – jetz muß ich direkt scho amal dumm fragen, da schaun S' amal und so was da ... *Sie deutet auf ein paar häßliche Industriebauwerke* ... des derf gebaut werden, so was werd genehmigt, des stört an Ensemblegeist net, und Ihre Belange vom Landschaftsschutz und dem Schmarrn.

BALLER Frau Sawitzki, erstens können S' davon ausgehen, daß diese Gebäude alle ordnungsgemäß genehmigt san ...

SAWITZKI Ja, des glaub ich Ihnen sofort, Sie ... Sie ... *Sucht nach einem passenden Schimpfwort.*

BALLER Und zweitens kämen die sicher niemals auf die Idee, da eine überdachte Pergola wild aufzustellen. Des tät ja auch gar net dazupassen.

Wohnseminar

1. Teil

Es läutet.

Man sieht durch die Zerrlinse eines Türspions Professor Tabasaran aus Isfahan.

Ernst und Ilse Ramböck – potentielle Vermieter – öffnen.

Ilse schaut auf ihrer Liste nach.

ILSE Des is jetz wahrscheinlich der Professor.

TABASARAN Guten Tag, bin ich hier richtig bei Familie Ramböck? Ich komme wegen die Wohnung. Ich habe schon geschrieben.

ILSE Ja, geschrieben ham da sehr viele. *In die Kamera.* Mir ham uns gar nimmer retten können.

ERNST *In die Kamera.* Was glaum Sie, was da los war. Da war der Teufel los nach dem Inserat.

ILSE *In die Kamera.* Des is jetzt eh schon die engere Wahl.

ERNST *In die Kamera.* Was sagen jetzt Sie zu dem? Des soll a Professor sein.

ILSE Kommen S' rein, Herr Professor Tabasaran.

ERNST *In die Kamera.* Jetz warns auf amol olle Professoren. Naja.

ILSE So, ja, ah. Des is jetz hier die Wohnung. Ähm, da ham mir die Küche. Is alles erst vor fünf Jahren gründlich renoviert worn.

ERNST Mir ham des ois total renoviert. *In die Kamera.* De do druntn, de handeln praktisch mit so Doktortiteln.

ILSE Da, die Spüle, Herr äääh – die war vom Vormieter. Der würde großen Wert drauf legen, daß sie abgelöst wird. Wie gsagt – Sie müssens nicht nehmen, aber sagn mer mal, jemand, der jetz die Wohnung wirklich will, net, dann hat er halt auch gleich schon a Spüle.

TABASARAN Wieviel kostet die Spüle?

ILSE Ja äh, 2000 Mark sind veranschlagt.

ERNST Neu hat de wahrscheinlich noch viel mehr kost.

ILSE *In die Kamera.* I find, wenn er scho die Wohnung nehmen will, na soll er auch die Spüle nehmen ... *Zu Tabasaran.* Da Wohnzimmer, da drüben Schlafzimmer ...

ERNST Sie können auch da drüben schlafen. Des wär prinzipiell egal, und da wär dann noch ein Zimmer. *In die Kamera.* Die schlafen dann sowieso, wos wollen.

ILSE *In die Kamera.* Irgendwie is er a komischer Vogel ... *Zu Tabasaran.* Äh, sind Sie alleinstehend, oder haben Sie Familie?

TABASARAN Meine Familie lebt zur Zeit in Vancouver.

ILSE *In die Kamera.* Aha, zur Zeit. *Zu Tabasaran.* Jaa, ah, Herr ää ... Haben Sie Kinder?

TABASARAN Ja schon, habe drei Söhne und eine Tochter.

ILSE *In die Kamera.* Vier Kinder! – Da brauch mer ja gar nimmer weiterreden.

TABASARAN Mein einer Sohn studiert schon, und Tochter is verheiratet in Amerika.

ERNST *In die Kamera.* Des is mir Wurscht. Der muaß sowieso a anständige Kaution hinterlegen, und an Mietvertrag machen mir vo Haus aus nur noch befristet – ein Jahr maximal. *Zu Tabasaran.* Da hintn noch a Balkon und da eine Abstellkammer.

ILSE Ja, Herr ääh ...

TABASARAN Tabasaran.

ILSE Tabasaran. Sie hams ja gsehn im wesentlichen. Preis ist Ihnen bekannt. Sie ham ja dann auch gleich die U-Bahn vor der Nase, gell. Haustiere, des is eh klar, äh, mehr kann ma im Augenblick noch net sagen – Sie überlegen sich's ...

TABASARAN Ich würde die Wohnung schon nehmen.

ILSE *Übergeht den Satz.* Und mir überlegens uns dann ja auch noch. Ähm, Ihre Adresse ham mir ja. Kaution wär übrigens vier Monatsmieten.

ERNST Die vier Monatsmieten, des mag Ihnen jetzt a bisserl hoch vorkommen, aber es hat sich bewährt.

ILSE Also dann, Wiederschaun!

TABASARAN Wiedersehen und, äh, ich hoffe dann schon, das wird klappen.

ERNST Ja, Wiederschaun.

Tür zu.

ERNST *In die Kamera.* Der kann lang hoffn.

ILSE *In die Kamera.* Is Ihnen des aa aufgfalln, der hat doch irgendwie was verheimlicht. Der is net gradaus. Vielleicht is der politisch irgendwie . . . Wissen Sie, mit diesen internationalen Terrorismus und diese ganzen Gestalten.

ERNST Ja, jetz beruhig dich nur wieder, es kommen ja noch andere.

2. *Teil*

Es klingelt. Im Spion sieht man den nächsten Anwärter. Ilse öffnet die Tür. Adam Pfaff steht in der Tür.

PFAFF Ja, grüß Gott, mein Name ist Pfaff. I komm wega dera Wohnung.

ILSE Schön, Herr Pfaff. Äh, leider war vor Ihnen grad a Professor da, a sehr netter Herr, der hat die Wohnung gnommen. *In die Kamera.* Aussichtslos!

PFAFF Weil i wohn praktisch nur vier Tag in der Woch hier. I bin ja praktisch a Pendler.

ILSE Schön, Herr Pfaff, aber wie gsagt: Die Wohnung is wirklich schon vergeben. Müssen S' Eahna leider anderweitig bemühen. Wiederschaun. *In die Kamera.* Mir gebn doch net an jeden Gratler die Wohnung. Ham Sie de Schuh gseng? Des san oft so Saufbrüder.

ERNST *In die Kamera.* Da schickens oan vor, der dann an Brückenkopf bildet, und scho hat mers Gschwerl da herin.

ILSE Es is unglaublich, auf was für Tricks die heutzutage alles kommen.

3. Teil

Es klingelt. Iris Künicke steht in der Tür. Ilse schaut auf ihre Liste.

ILSE Des is jetz die Chefsekretärin.

ERNST Ja, vielleicht daugt die was.

ILSE *Öffnet.* Grüß Gott. Sie san, vermute ich, es Fräulein Künicke!?

KÜNICKE Richtig. Und Sie sind dann wahrscheinlich Frau Ramböck. Wir haben telefoniert.

ILSE Ja richtig. Ramböck. Des san mir. Kommen S' rein, schaun Se sichs an. Sie wissen ja, worums geht.

Ilse geht mit Künicke in die Küche. Im Off hört man das bekannte »Spüle-Sprüchlein«.

ERNST *Schaut ihr nach, dann in die Kamera.* Zu dicke Haxn. Mir ham amal, wie mir noch untervermietet ham, so a blonde Studentin ghabt, die hat an Busen ghabt, des war ääh . . .

Er hört schlagartig auf und dreht sich wieder weg. Ilse kommt mit Künicke zurück.

ILSE Also, wie gsagt: 2500 die Spüle, dann vier Monatsmieten Kaution. Überlegen Sie sichs, und mir überlegens uns dann halt auch noch derweil.

Also, äh, wiederschaun, Fräun ääh . . . Dings . . .

ILSE *Komplimentiert Künicke hinaus.*

Dann zu Ernst. Hast es gsehn . . .?

ERNST Naa . . .

ILSE Ja, hast es net gsehn? Ja wo schaust denn du hin? Mei . . . *In die Kamera.* Mei – Männer sind halt oft . . . *Zu Ernst.* Die war doch schwanger!

ERNST Schwanger!? Na, des hob ich net gsehn, i hob bloß gsehn, daß's dicke Haxn ghabt hat. Solche Stampfer.

ILSE *In die Kamera.* Ham Sie des net gsehn? Die war schwanger. Eindeutig! Des seh ich einer Frau sofort an. Die will hier rein, damits dann hier a Kind austragen kann. Die kann von mir aus gebären, so viels mag, aber nicht da herin.

ERNST Pst, sei stad, i glaub, jetzt kommt wieder oaner.

4. *Teil*

Es klingelt. Im Spion erkennbar ein Neger. Ilse will öffnen.

ERNST *Winkt ab.* Pssst, a Neger!

Beide stehen an der Tür und rühren sich nicht und lauschen.

Es klingelt nochmals.

ERNST *In die Kamera.* Ganz ruhig bleiben.

ILSE *In die Kamera.* Der geht scho wieder.

Es klingelt nochmals. Diesmal sehr heftig. Dann hört man, wie sich der Läutende entfernt.

Ilse schaut auf der Liste nach.

ILSE Komisch, Ismeier Winfried war des.

ERNST Des kann net sein, des waar doch dann a Deutscher.

ILSE *Vergleicht ihre Uhr.* Trotzdem, des kann nur der Ismeier Winfried gwesen sein.

ERNST A deutscher Neger halt.

ILSE Was ois gibt.

5. *Teil*

Es läutet. Ein leerer Spion. Ilse schaut in ihre Liste.

ILSE Des is jetz der Gynäkologe.

ERNST *Schaut nach.* Naa, niemand. Des warn wieder die Kinder.

ILSE Diese Saufratzn.

ERNST *In die Kamera.* Wissen Sie, ich muß zugeben – ich

mag Kinder eh net bsonders. Aber wenns dann auch noch so schlecht erzogen san, also keine Manieren.

ILSE Aber man darf's ja heut gar nimmer anlangen ...

... Aber dieser Gynäkologe. Jetz is es doch schon ... *Sie schaut auf die Uhr* ... der müsset doch schon längst da sein, dieser Gynäkologe, sonst kimmt doch schon gleich diese Stewardeß.

ERNST Mei, die ham halt immer viel zu tun, der kimmt scho noch. *In die Kamera.* Wissen Sie, ob der in einer Klinik oder a eigne Praxis – so an Arzt kann mer a Wohnung immer vermieten.

ILSE Mei, a Arzt is halt a Arzt. In so am Fall ließ sich auch wega der Spüle noch mit mir redn, oder?!

ERNST Naa, a Arzt da herin braucht die Spüle net nehmen, der soll sich einrichten, wia er mag.

ILSE A Arzt is halt a Arzt!

6. Teil

Es klingelt. Im Spion steht Isabelle DeKoy, eine aufgetakelte Frau.

Ilse öffnet.

DEKOY Hallo.

ILSE *Skeptisch.* Hallo.

DEKOY Hallo, wir haben telefoniert – Isabelle DeKoy.

ERNST Ja – wega der Wohnung, net.

ILSE *Schaut in ihre Liste.* Und Sie san a Stewardeß. Da san S' wahrscheinlich viel unterwegs. Da steht die Wohnung oft leer.

DEKOY *Geht an den beiden vorbei.* Nee, zur Zeit arbeite ich mehr als Model. Ich darf mich doch mal umsehen, der Schnitt an und für sich, jaa, gar nicht schlecht. Wo is'n das Bad, bitte?

ILSE Ja, na, Sie ... können sichs zwar ruhig anschauen, aber so wies ausschaut, ist die Wohnung schon so gut wie vergeben. *In die Kamera.* Des is doch ane von, ääh – des is doch a Gewerbsmäßige, des is ja allerhand, so jemand da herin.

DEKOY Wollt ihr vielleicht schon mal, daß ich ne kleine Anzahlung rüberlasse?

ILSE Nana, wie gsagt. Äh . . .

ERNST Ja warum net?

ILSE Nein, die Wohnung is praktisch schon vergeben.

ERNST Wieso? An wen denn?

ILSE Des geht dich gar nix an.

DEKOY Schade, die Bude wär so an und für sich gar nicht schlecht. Ich zahl euch 200 mehr im Monat.

ERNST Ja, warum net. Mach mer doch.

ILSE Nein. Sie brauchen sich gar nicht zu bemühen, Fräulein. Leider es is halt amal so.

ERNST *In die Kamera.* Mei Frau is da irgendwie kleinlich, weil i muaß ehrlich sagn, bei der, i war da gar net a so, äh – mei . . .

ILSE *In die Kamera.* Bevor ich so jemand hier rein laß, da laß mer die Wohnung lieber leer stehn.

DEKOY Tja schade, dann is wohl nichts zu machen. Also, tschau, ihr alten Spießer!

DeKoy geht.

ERNST *In die Kamera.* Mei, so sans, die Frauen.

7. Teil

Es klingelt. Im Spion ein Mann mittleren Alters. Ilse öffnet die Tür. Ernst und Ilse schauen. Man sieht im Treppenhaus eine Frau mit drei Kindern, die offensichtlich zu dem Mann gehören.

MANN Guten Tag, ich komme wegen . . .

ILSE Wiederschaun! *Schließt die Tür.*

ERNST Ham Sie des gseng? Des is ja, des is ja direkt . . .

ILSE *In die Kamera.* Wissen Sie, Sie hams ja selber gsehn,

was da heutzutag alles a Wohnung sucht. So jemand rein zu bekommen, des is koa Problem – also überhaupts net. Aber so jemand dann wieder rauskriegen is nahezu unmöglich. Und den idealen Mieter gibts ja gar net. Weil diese Typen, die da rumtanzen, die kommen ja nur, weils a Wohnung suchn, weils selber koane ham. A anständiger Mensch, der wo a Wohnung hat, der braucht ja gar koane mehr suchn, weil er ja selber oane hat.

Die Garage

Und, gefällt sie Ihnen? Sicher, es war für den Architekten, den Bachmeier Toni, eine Herausforderung, an dieser Stelle, also topographisch, eine Garage zu erstellen, wo man mit Fug und Recht von einer Garage sprechen kann. Das Wort Garage kommt ja aus dem Französischen. Und der Bachmeier Toni ist aber auch ein international erfahrener Garagendesigner, ein Garagist, oder wie sagt man eigentlich, Garagié? Der Toni hat ja auch schon in Oberösterreich Garagen erstellt. Vom Finanziellen will ich lieber gar nicht reden. Aber vom Stil her, weil der Toni mich noch gefragt hat, wie willst du die Garage haben, vielleicht postmodern. Da sage ich, Toni, du bist doch der Künstler und Architekt. Machen wir sie halt postmodern, aber das einzige, wenn du mich schon fragst, ich habe zu Hause eine korinthische Säule, daß man die vielleicht in die Garage integriert. Ich finde, das Postmoderne und diese korinthische Säule, das ist ästhetisch durchaus ein Volltreffer, bloß meine Frau fährt immer an die Säule hin, schon zum vierten Mal jetzt. Also ich bin der Meinung, wenn man will, kann man aufpassen, wenn man will. Also wenn sie mir noch mal hinfährt, dann kassier ich ihr den Führerschein. Aber die Garage selbst ist schon ein Bauwerk, was sich sehen lassen kann. Ich bin so begeistert von dieser Architektur – wenn ich Luft schnappen will, dann geh ich gar nicht mehr spazieren, sondern stell mich vor meine Garage und schau sie mir an. Das ist halt Architektur, jedenfalls nicht so ein Fertigbetonwürfel, so ein Betonklotz, wie sie mein Nachbar, der Dr. Bretzner, hingestellt hat. Also mißverstehen Sie mich nicht, bitte, ich habe persönlich nichts gegen den Dr. Bretzner, er ist durchaus ein feiner Mensch, sogar ein Akademiker, also schon ... irgendwie ... auch ... Letztes Jahr haben wir sogar miteinander im Sommer, im August, glaube ich, wars, da haben wir gegrillt. Aber dieser Mann bringts tatsächlich fertig. Der grillt eine Weißwurscht. Na ja, jedem Tierchen sein Plaisierchen, aber solche Menschen gibts. Der Mann ist schon ein Sonderling. Ich meine, obwohl er auch wieder großzügig ist. Im Winter, wenn ich Schnee fraise, und ich fraise sehr gerne Schnee, dann läßt er mich meinen Schnee auf sein Grundstück drauffraisen. Also das schon. Aber sonst, zum Beispiel, bringt er es fertig, und das bringt er tatsächlich, wenns saukalt ist – minus zehn, zwanzig Grad –, es kann ihm gar nicht kalt genug sein, dann begibt er sich in seine eiskalte Garage, vollkommen unbeheizt, besteigt sein eiskaltes Auto, dann fährt er weg und läßt das Tor der Garage sperrangelweit offen und riskiert dabei voll, daß ihm dabei die Hunde reinscheißen. Auf deutsch gesagt, das ist der Dr. Bretzner. Sie wollen wissen, was der für ein Auto fährt? Einen Japaner, mehr brauch ich nicht hinzuzufügen. Meines Erachtens bräuchte der doch gar keine Garage, was der bräuchte, wäre eine Schretteranlage. Zum Recyclen. Aber was meine Garage angeht, muß ich sagen, war meine Frau von Anfang an etwas obstinat, ja, weil sie immer lamentiert hat. Ich habe aber gleich gesagt, bitte, wir können die Sache diskutieren, aber ich habe gesagt, klare Verhältnisse, eines muß für allemal klar sein. Ich baue in meinem Leben nur noch einmal eine Garage, ich baue keine zweite Garage mehr. Aber wenn ich schon eine Garage baue, dann ist das auch eine Garage. Und eine Garage, die dem Namen Garage gerecht wird, das geht bei mir los bei der Ausstattung. Beim Equipment. Ja, wenn ich schon eine neue Garage baue, da kommt mir doch beispielsweise keine Billigfliese herein. Sondern da kommen mir Fliesen hinein, wo man sagt: *Hallo, das sind Fliesen.* Und deshalb habe ich auch diese portugiesische Fliese installiert, mit diesem arabischen Muster. Freilich 640 Mark der Quadratmeter. Aber bitte, das sind Fliesen, die kann ich mir dann in zwei- oder dreihundert Jahren auch noch anschauen, und dann habe ich zu meiner Frau gesagt, weil sie da auch wieder herumgenörgelt hätte, da habe ich gesagt, Moment amal, bitte, wenn ich schon eine 640-Mark-Fliese von dieser Qualität in meine Garage installiere, dann kommt mir selbstverständlich auch eine Bodenheizung in meine Garage. Warum eine Bodenheizung? Das kann ich selbstverständlich erklären. Erstens einmal, wenn man ehrlich ist zu sich selbst, wenn man aufrichtig ist, wenn man wirklich aufrichtig ist, dann wird man zugeben, man ist im Grunde seines Lebens viel häufiger in seiner Garage, als man zuzugeben bereit ist. Mal was einladen, mal was ausladen oder auch sonst, es gibt immer Gründe, sich in einer Garage aufzuhalten. Außerdem bin ich selbst sehr empfindlich für Erkältungskrankheiten. Wenn es irgendwo ein bißchen zieht, schwupps, hab ich schon wieder rheumatische Beschwerden. Was habe ich nicht an Ascorbinsäure gefressen, was habe ich nicht an Vitamin-C-Tabletten geschluckt, was habe ich nicht Geld in die Apotheke geschleudert. Bitte sagen Sie einmal Karrthar, sagen Sie ruhig einmal Karrthar. So, jetzt sage ich Ihnen einmal etwas – Karrthar – was ist das, ein Karrthar, aber das sage ich erst, seitdem ich eine Bodenheizung in der Garage habe. Außerdem habe ich zu meiner Frau noch gesagt, weil sie auch da schon wieder so ein Gesicht gemacht hat, nein, wer Alpha sagt, der sagt auch Omega. Auf die 60 Quadratmeter Auffahrt vor meiner Garage kommt es mir nicht mehr drauf an. Da kommt mir ebenfalls eine Bodenheizung rein. Warum eine Bodenheizung unter die Auffahrt? Das kann ich Ihnen leicht erklären. Unsere Jasmin fährt jetzt seit zwei Jahren mit einem Führerschein herum. Und unser Jüngster, der Jean-Claude, der ist jetzt elf Jahre alt. Also dann rechnen Sie mal mit. Sehen Sie, noch sieben Jahre, dann hat der Jean-Claude ebenfalls den Führerschein. Ja, wir wissen doch heute noch nicht, was diese Jugend morgen vorhat. Was geht durch die Köpfe dieser jungen Menschen? Wir können doch von jetzt nicht gleich auf die Zukunft schließen. Was wollen diese jungen Menschen einmal? Wohin geht der Trend? Und überhaupt diese Jugend. Wohin geht diese Jugend? Vielleicht wollen sie einmal das Auto gar nicht in die Garage stellen? Bitte! Dann sage ich, verdammt noch mal! Dann laßt doch das Auto einfach vor der Garage stehen. Scheißegal, aber dann habt ihr auf alle Fälle einmal die Reifen warm. Ich habe die Logistik für die Garage wirklich durchgecheckt, nur damit Sie einen Vorgeschmack haben. Also, in meiner Garage, da habe ich eine Stereoanlage, aber *das* ist wirklich eine Stereoanlage. Wenn einmal Festivitäten sind oder Firmungen, und die Garage hat eh schon eine gute Akustik – eine Kassette rein, mit diesen Musikantenstadl, und ab geht die Post. Ich habe in meiner Garage eine Espressomaschine, ich habe in meiner Garage ein Urinal, mit dieser Lifeheit-Schnellspülung, ja bitte, wenn es mich zwickt, geh ich doch nicht vor die Tür und piesle meinem Nachbar Dr. Bretzner vor die Haustüre, und dem seine Frau schaut dann zu. Ich habe eine Wand der Garage verspiegelt, das gibt der Garage räumlich noch eine Dimension. Meine Frau sagt, ein Hauch von Versailles, aber sie übertreibt ja immer. Aber letztes Jahr habe ich in meine Garage einen Adventskranz gehängt, nicht schlecht, nur dieses Jahr kommt mir mit Sicherheit ein Christbaum in die Garage, fünf Meter hoch, eine Nordmanntanne, die wird total elektrifiziert, und wenn ich dann nach Hause fahre, dann switche ich vom Auto aus, der Bewegungsmelder meldet mich, der Sensor, und langsam öffnet sich das Tor, ich fahre langsam in meine Garage hinein, der Christbaum brennt, aus der Stereoanlage tönt »Vom Himmel hoch, da komm ich her«, da weiß ich dann, jawoll, in dieser Garage, da ist Weihnachten. In dieser Garage, da bist du daheim.

Gemütlichkeit

Gemütlichkeit, das ist die Relation Zeit, Bier und Geld. Zeit, wenn man bedenkt, wie es früher zeitaufwendig war, zeitintensiv, direkt zeitfressend, bis eine Gemütlichkeit in unserem Sinne überhaupt erst hergestellt werden konnte. Früher, da mußte man oft ganze Nachmittage, Abende, ja oft über Mitternacht hinaus in Wirtshäusern verbringen, bis sich eine Gemütlichkeit in unserem Sinne langsam, zäh, sirupartig zu ihrem Zenit hin entwickeln konnte. Heutzutage geht das Gott sei Dank viel schneller, eine Gemütlichkeit herzustellen, weil wir verfügen über die Ad-hoc-Gemütlichkeit oder, wie sie auch jetzt genannt wird, über die Instant-Grübigkeit. Und vom Geld her, es ist noch nicht lange her, da konnte man in einem Wirtshaus ein Bier, sagen wir, für eine Mark fünfzig erhalten. Heute allerdings, in einem Original Altmünchner Bistro, zahlt man approximativ sechs DM für ein Bier, also man sieht, heute ist es ca. viermal so gemütlich wie früher. Warum das so zeitfressend war früher, so zeitaufwendig? Ich glaube, man beherrschte das früher noch gar nicht. Ein Bier einfach so bestellen, zahlen, trinken und dann gehen. Ich vermute, der Zeitverlust entstand früher beim Trinken selbst. Der Trinkvorgang früher, die Prozedur des Trinkens als solches, war ein mehr retardierter Prozeß. Ich versuche ein Beispiel. Früher, allerdings sehr früher, man befand sich unter einem herrlichen Kastanienbaum bei ca. 27–28 Grad Außentemperatur in einem wunderherrlichen Biergarten auf erdbebensicherem Gebiet. Man schnauft durch. Herrlich. Man war in Sicherheit. Diese Ruhe, diese Natur, man seufzt, leise fächelt der Wind durch die Kastanienblätter. Der Hypophysenlappen im Hinterkopf bewegt sich nur noch langsam, sporadisch, wie ein Segel in der Flaute. Eine äußerst angenehme Blutleere im Kopf macht sich breit und verschafft einem eine inwendige Tranquilität. Man blickt anhaltend in die Ferne, aber man erkennt nichts. Irgendwann dann oder auch ein bißchen später, propellert gemächlichst ein Maikäfer vorüber. Summ, summ, summ, summ. Der Maikäfer grüßt, man grüßt zurück, weil man kennt ihn ja persönlich. Wohin des Wegs, Kamerad? Eijeijei. Wieder ins Pommernland. Ach das ist ein Moment, da denkt man dann an etwas Schönes. An etwas Erhabenes im Leben, vielleicht an die Schlacht von Verdun. Die Schlacht von Verdun aber macht Durst. Oha, ein Erkenntnisprozeß bahnt sich an. Bedächtig greift man zum Krug und führt denselbigen moderat, aber zielsicher zum Kopf. Niemals mit dem Kopf zum Krug – und plötzlich hält man inne. Es könnte jetzt vielleicht noch irgendein Gedanke daherkommen. Nein, das ist unwahrscheinlich. Das ist die Gemütlichkeit.

Die Zeit

Zeit ist Zeit.
Ist Einheit für Gemütlichkeit.
Wäre Gemütlichkeit
dreitausendsechshundert
Sekunden in Zeit,
für wieviel Gemütlichkeit
bliebe dann Zeit?

Zeit plus Zeit ist mehr Zeit.
Brot plus Zeit ist Brotzeit.
Zeit mal Zeit ist Malzeit.

Der Maikäfer dreht
um den Tisch eine Runde,
Du weißt nicht das Jahr,
Du kennst nicht die Stunde.

Die Kastanie im Biergarten blüht,
freue dich,
Du bist auf erdbebensicherem Gebiet.

Das ist die Wurzel aus Zeit.
Das ist per Saldo – Gemütlichkeit.

Über Karrieren

Sobald jemand nach eingehender Beschäftigung mit Byzantinistik oder Assyrologie und nach gründlicher Kenntnis des angemessenen Verzehrs eines Wienerschnitzels den Beruf des Bootsverleihers ergreift, ist das in der heutigen Zeit ein Schritt, der mehr denn je den dramatischen Veränderungen in unserer Arbeitswelt gerecht wird.

Geschmeidigkeit im Empfinden und innere Tranquilität zeichnen ihn aus.

Sollte durch Maastricht und wegen einschneidender, fortschreitender Streichung von Feiertagen die Idee der Sommerpause verblassen, so ist der Bootsverleiher anpassungsfähig genug, den Winter durch Schlittschuhverleih in eine neue Phase der Prosperität zu führen.

Der Bootsverleiher entläßt das Boot mit einem festen Fußtritt in die Weite des Sees. Auf die Benutzung von Ellenbogen ist er nicht im geringsten angewiesen. Selbständig und frei, niemals zu falscher Loyalität verführt, entfaltet sich der stabile Charakter des Bootsverleihers ausschließlich bei privaten Aktivitäten wie z. B. Brotzeitmachen oder Zeitungslesen.

Niemals läßt sich der Bootsverleiher auf ein Intrigenspiel ein, um Oberbootsverleiher zu werden, da dieser Titel schon seit mehr als 4000 Jahren hinfällig geworden ist.

Der Bootsverleiher, der seinen Beruf mit Hingabe und Enthusiasmus ausübt, sitzt niemals im selben Boot!

Ich sage hiermit entschieden JA zum Bootsverleih, dem, wie ich meine, eine glänzende Zukunft winkt!

Sozialabbau und neue Kriminalität

Den Bayerischen Verdienstorden kriegt nicht jeder. Nur wer chronische Verdienste aufzuweisen hat. Zum Beispiel, wenn man frühzeitig Grundstücke erwirbt, wo später ein Flughafen hinkommt.

Die Verteidigung der Gummibären

Es war der zweite Samstagabend im Advent. Ein grauer Tag wars, leichter Schneefall. Ausflugsverkehr war nicht mehr viel, da hab ich mir gsagt, nein, heute sperrst du deine Tankstelle früher zu, weil wenn wirklich einer noch ein Benzin will, dann soll er doch auf die Autobahn fahren. Müssens nicht immer bei mir tanken. Wie gesagt, Advent wars, und ich hab die Notbeleuchtung eingeschaltet und bin dann gleich rein ins Haus. Samstagabend, meine Frau war schon im Bett, und wenn im Fernsehen nichts ist, dann nimmt sie ein Pulverl, und – ssssst – dahin gehts. Im Haus war eine himmlische Ruhe. Ich hab mich dann hingesetzt und habe dann mit dem Schnitzen begonnen, weil ich schnitze sehr gerne, und Sie wissen, wenn Advent ist, dann ist der Heilige Abend unvermeidlich. Irgendwas soll ja doch unterm Baum sein, hab ich gedacht. Also hab ich ein Kripperl geschnitzt und einen Stall von Bethlehem, Ochs und Esel, auch einen kleinen Jesi, den Stall hab ich selbst elektrifiziert, natürlich hätt ich auch ein fertiges Kripperl kaufen können im Kaufhaus, ein Bethlehem-Set, aber ich hab mir gesagt, nein, das schnitzt du selber, das ist doch viel persönlicher. Und wie ich da so beim Schnitzen bin, dem Herodes hab ich gerade die Ohrwaschel herausgeschnitzt – da muß man schon sehr sorgfältig sein, sonst schaut der Herodes aus wie eine Fledermaus –, da vernehm ich plötzlich so ein Geräusch, so gleichmäßig, so klackklackklack: Ich denke noch, ja Herrschaft, das ist ja ein Geräusch, jetzt bin ich neugierig geworden. Ich steh auf, geh zum Fenster und schau hinaus, was seh ich da? Nichts. Jetzt schau ich deutlicher, da auf einmal, da seh ich, wie zwei Gestalten schemenhaft an meiner Tankstelle am Gummibärliautomaten herummachen. Ich denke noch, das gibts doch nicht, da machen zwei Gestalten an meinem Gummibärliautomaten an meiner Tankstelle rum, daher das Geräusch klackklackklack. Naja, ich bin dann in den Keller runter, weil, das können Sie nicht wissen, ich habe ja meinen Gewehrschrank unten im Keller. Seit wir diese Asylanten da haben, vorne an der Türe, und bin langsam hinuntergegangen, weil ich noch sinniert habe, welches Kaliber nimmst. Ich habe mich dann für das Gewehr mit dem kurzen Lauf entschieden. Das hab ich dabei gehabt vor zwei Jahren, als ich mit dem Alischer Bebs in Kenia war. Das hat eine gute Streuung, und da kann man zwei Elefanten zusammenspannen, und es schießt durch wie durch Marmelade. Ich bin dann wieder zurückgegangen zum Fenster und habe hinausgeschaut. Da waren die Gestalten immer noch am Gummibärliautomaten. Auffallend war für mich auch im nachhinein noch, eine von diesen Gestalten hat eine weiße Jacke oder einen weißen Anorak an, so daß ich mir noch gedacht habe, komisch, wenn ich schon bei fremden Leuten Automaten knacke, dann ziehe ich doch keine weiße Jacke an. Für mich selber war es aber von Vorteil, weil ich ihn gut gesehen habe. Den mit der weißen Jacke habe ich voll im Visier, ich ziehe durch, patschbumm, Blattschuß, Volltreffer, den hat es gleich anderthalb Meter in die Höhe geschnalzt, und dann ist er wie ein Sandsack runtergefallen. Der war erledigt, der war perdu, der hat keinen Pfiff mehr gemacht, nicht so wie der andere, weil der hat dann geschrien, der hat geplärrt wie ein Jochgeier. Das wird mir unvergeßlich bleiben, wie der geschrien hat. Mami, Hilfe, Hilfe, da hab ich mir gedacht, ja mein Freund, dir helf ich schon. Und bin mit dem Gewehr hinunter. Da wollt der sich verstecken, der Kerl. Hinter einem Ford Kombi wollt er sich verstecken. Da hab ich gesagt, Freundchen, mich ziehst du nicht an der Nase herum. Aus mir kannst du keinen

Affen machen, da mußt du früher aufstehen. Da schieß ich durch den Motor durch und dann schau ma weiter. Und ich hab auch abgedrückt, und es hat ihn auch erwischt, aber nur einen Lungenstreifschuß, und er hats auch überlebt am Ende. Sie können sich vorstellen, was dann los war. Polizei und das übliche Pipapo. Aber nur damit Sie Bescheid wissen, was da heute los ist, was da vor sich geht. Der mit der weißen Jacke, der Kerl sage und schreibe noch keine 15 Jahre und der andere noch keine 16. Jetzt kommen Sie. Aber der Hammer kommt erst. Passen Sie auf, es vergehen zwei Wochen, drei Wochen, bitte legen Sie mich nicht fest. Jetzt bekomm ich einen Schrieb vom Landgericht, meine Frau legt ihn mir noch vor. Ich denke noch, klar, das ist jetzt die Vorladung in dieser Angelegenheit, daß ich erscheinen soll als Zeuge, das hab ich gedacht. Krieg ich doch glatt eine Anklage, und es findet sich tatsächlich ein Richter, was heißt Richter, ein Richterlein, ein junger Kerl noch, wahrscheinlich hat er gerade ausgelernt gehabt, der mich zu sage und schreibe 18 Monaten, zwar mit Bewährung, aber verurteilt. Natürlich geh ich in Revision, aber ich frage mich, wo befinden wir uns denn, was ist denn das für eine Gesellschaft, wo wir heute sind. Ist das ein Rechtsstaat, ist es das Deutschland, das wir gemeinsam aufgebaut haben? Ich weiß es nicht, vielleicht wissen Sies. Ich nicht.

Hausmeister-Sorgen

Wollnschläger kommt mit Blaumantel und einer fast leeren Plastiktüte auf die Bühne.
Man hört einen Rotkreuzwagen davonfahren.

Da, jetzt fahrn s'n weg. Der Herr Gansl von der Versicherungsverwaltung. Mei, er hat irgendwie an falschen Huat aufghabt ... Sie, i hob jetz koa Zeit, weil heut is wieder Montag.

Geht ein paar Schritte, bleibt wieder stehn. Am Montag is immer am schlimmsten ... Wochenende, diese Langeweile – is aber aa wirklich nix los da herausd im Block, im Grunde versteh ichs ja, net, und dann passieren diese Sachen ...

Arbeitsdienst und so hat ma heut nimmer, Stoabruch is aus der Mode, na machens alle Kraftsport, so Bodybuilding, essen diese Kraftnahrung, so Proteine – und irgendwo muß ja die Kraft hin. Mei Frau hat an ganzn Vormittag putzt, alles voller Blut, der von der Versicherung war da, um den Schaden aufzunehmen, den hams auch aufgmischt. Zu zwölft warns, da hab ich mich lieber im Hintergrund ghaltn. Er, der Herr Gansl, hat an Hut aufghabt, der dene net gfalln hat ... Manchmal könnt ma meinen, mir san im Krieg. – As Blut putzts noch lieber weg, wie wenns alles vollspeibm und vollscheißn. Da, diese Wand da, die is jetz innerhalb von 4 Monaten 7x gweißlt wordn, d. h. jetz wieder as siebtemal, i woaß aa net, was an der Wand is. Irgendwas gfallt dene net, is doch a ganz a normale Wand. Da sprühens umanand und schmierns an Scheiße hin, dabei is a Wand wie jede andere, oder? – Sie, da war a Blutlackn, da muaß oana an Liter Blut verlorn ham, i woaß net, was mit dem gmacht ham, geht mi aa nix o, nur, mir müssen halt immer hinterherputzn. Dabei hat d' Versicherung, dene ghörn hier diese Blöcke, jetz hams extra diese vandalensicheren Aborte her. Mir hat noch der Herr Gansl von der Versicherungsverwaltung, da, den wos jetz grad weggfahrn ham, »wenns so schlimm is,« sagt er, »Herr Wollnschläger, tun mir halt diese vandalensicheren Toiletten her.« Die ham ein Schweinegeld kost. Aber irgendwas hat dene an dene net gfalln. Na ham se's mit Spezialfeilen und so Zeug hams as probiert. Zweimal sans irgendwie neikomman, na hab i mir denkt, jetz fangst dir oan von dene. Na hab ich a Falle gebaut. Wissen S', da is am Schloß so a Spezialhakerl, wos nur in oa Richtung aufgeht, und sonst muaß ma an Schlüssel ham. Des Schloß hab ich umgedreht, verstehn Sie, also, wenn er drin is, schnappts zu, und er kimmt nimmer raus, praktisch wie a Hauseingang, bloß umgekehrt, Einbahnstraße, Sackgasse sozusagen. Gut, bei mir geht der Alarm, denk ich mir, haut scho, jetz hab ich ihn. Hab i mir noch zur Sicherheit mei Kleinkaliber mit, ich war noch im Lift, na hör ich einen Schnalzer, wie im Krieg, ham ihn seine Kollegen, ham ihn rausgsprengt. Feuerwehr war da, acht Löschzüge, a guate Stund bin ich im Lift gsteckt, sämtliche Sicherungen, Panzersicherung, ois hats nausghaut, sogar im E-Werk war was kaputt. Der Kerl selber war natürlich auch halbat hi. Verbrennungen dritten Grades und beide Trommelfelle platzt, obwohl des fast wurscht is, weil de san eh alle halb taub. Sie, es war wie sas im Fernsehn zur Zeit. oiwei in de Nachrichtn bringan. Aber bei solchane Schäden dieser Kategorie, des macht dann der Gansl mit seim Bautrupp, den wos grad weggfahrn ham, während des Gschmier an de Wänd, solche Sachen, oder neulich hab i a Fehlgeburt gfundn, im Radlkeller. Kimm i in' Radlkeller, denk i ma, da riacht doch was – *schnüffelt* – irgendwas riacht da, flackt da a Fehlgeburt. Glei ogruafn und gsagt, Sie, bei uns im Radlkeller flackt meines Erachtens a Fehlgeburt. Sans kemma und ham gsagt, ja, ja, des is a Fehlgeburt, und mei Frau muß wieder hinterherwischen.

Ist fast am Gehen. Wissen S', wenns hinten de Mülltonnen abfackln, des macht der Toni vom Komplex E, des berührt mich weniger, i schaug halt, daß as Feuer net da her übergreift, weil, die arbeiten ja mit Molotowcocktails und alle Schikanen, und d' Leut, weils an Rauch sehn, wenns d' Polizei rufen oder d' Feuerwehr, geht nix, weil die Zellen net gehn, jetz ham mir scho extra diese vandalensicheren Telefonhäusln, i woaß aa net, was gega de ham, de san heut so ausgerüstet, de ham vom Vorschlaghammer bis zum Preßlufthammer, ham die ois dabei. Jetz hat des brennt, jetz hab i mit der Schaumkanone neimüaßn, obwohl, da wart ich jedsmal, bis wirklich gscheid brennt, weil des is hinterher immer eine furchbare Sauerei, der Müll und der Baaz und der Schaum und des, is ois durchanand, zum Putzen kein Vergnügen, sag ich Ihnen. Es dauert eh immer, bis ich hingeh, weil ich setz oiwei mein' Helm auf. Weil manchmal schießens von die Dächer mit ihre Zwistln, so Stahlschleudern, des san solchane Kaliber!

Also, vor 13 Jahr, wie mir da einzogn san, hätt des koa Mensch denkt, daß des sich so entwickelt, da warns noch so kloa, hams ind' Windln gschissn, und jetzad ... Oana hat erst d' Frau Niedermeier d' Treppn obilassn. Obwohl, bei der Frau Niedermeier wundert mich des garnet, weil, ich habs ihr a paarmal gsagt, also mehrmals hab ich ihr gsagt, Frau Niedermeier, sag ich, tun S' sich mit dene nicht anlegen, diese jungen Leute sind Argumenten nicht zugänglich. – De Wohnung werd grad renoviert, da kommen jetzt so a Zivilwache soll neikemma, werd aa höchste Zeit, weil, schaung S', am Samstag, nachm Fußballspiel, ein Mordstumult, sans halt amal aufanander selber losgangen, da heißts, Herr Wollnschläger an die Front. I nimm mei Kleinkalibergwehr, setz mein Helm auf, sans scho alle davo, nur oana is no umanandgschlichn und hat bluat wiad Sau, na sag i, schaug, daß d'weiderkimmst, da werd net umananderbluat', sag i, i hab dann wieder de Sauerei da herin, na sagt er, naa, er suacht sei Ohr. Kaaffst dir halt a neie Uhr und jetz schleichst di, sog i, sagt er, naa, sei Ohr, sei Ohrwaschl moant a, is abhanden, des hat eahm da anda obigrissn, denk i mir, wuist aa net aso sei, huifst eahm suacha. Mir suachan so umanand, er werd oiwei nervöser, kimmt d' Familie Sönkes mit eahnam Hirtenhund. Der Hund hat gschnufflt, und de ham so a lange Ausziehleine, de so länger werd, wissn S', na sag i, Frau Sönkes, gehngas nauf mit Ihrm Barri, haltn S' Ihrn Barri fest, weil mir suchen hier ein Ohrwaschl, der ander is natürlich kaasweiß wordn, wie ern Hund gsehng hat. Es war dann unklar, hat der Hund jetz des Ohrwaschl derwischt oder net, mir hams jedenfalls nimmer gfundn. Der ander is na gangen, der hat noch a Verabredung ghabt, d' Frau hat natürlich wieder hinterherputzt, und heut find ich des Ohr unter der Gummimattn bei de Briefkästn. Ich hab gmoant, a Orangenschalen, und jetz hab ichs. *Schaut in die Plastiktüte*. Aber ich glaub, des kann ma nimmer verwenden. *Schnuppert, hält dann die Tüte in Richtung Publikum.* Da, riechen S' amal. *Riecht selber noch mal.* Des ko ma nimmer verwenden, i glaab, i haus in' Abfall. *Geht los, hält noch mal an.* Aber i sag Eahna des oane, der Wohnwert in dieser Anlage is in de letzten Jahre beträchtlich gesunken.

Zeitzeichen

Würden Sie mir verzeihen? Die Devise der Zeit heißt doch *Verzeih mir*! Verzeihen liegt voll im Zeitgeist. Dieser Geist ist einer alten Geisterbahn entlaufen und vermutlich nicht so viel wert wie ein Himbeergeist. Diesen braucht man nicht zu beschwören, aber andere Geister, die jetzt Zeichen setzen, wie die Justizministerin a. D. Sie *weint*, weil ihr ständig die Dankbarkeit ausgekommen ist. Tränen sind ein Zeichen der Rührung, und unsere Zeichner haben leider, und das ist ein historisches Manko, versäumt, die Berghofer-Weichner zu karikieren, wie sie stets einen Anlaß für Dankbarkeit abgegeben hat. Ein dankbares Objekt für Karikaturisten haben wir schon lange kaum mehr in unserer Politikermenagerie gehabt. Hoffentlich verzeiht man uns die Schlamperei.

In der Mode, als Zeichen großer Aufgeschlossenheit, hat sich der Sommerstoiber durchgesetzt, ein Signal für Tradition und Bodenverwurzelung. Man ist mit absoluter Mehrheit davon überzeugt, jedem zu verzeihen, wenn er das Maul hält und beschließt, Majorität zu bleiben.

Sicher wird bald ein Tarif eingeführt für ordnungsgemäßes Verzeihen. Ich wollte auch schon anfangen zu verzeihen, als Zeichen des guten Willens, nämlich dem Bayerischen Rundfunk, weil er sein Sendezeichen mit einem Synthesizer ins Traditionsgebiet hineinbieselt; aber ich habe ein Hackbrett vor dem Hirn und denke mir – nein, dem Bayerischen Rundfunk verzeihe ich nichts, jedenfalls nicht diesen akustischen Urin, der ein Zeichen der Zeit ist.

Der neue Wirtschaftsminister Wiesheu hat uns aber schon verziehen, daß wir alle keinen bayerischen Verdienstorden haben; aber den kriegt halt wirklich nicht jeder, sondern nur wer chronische Verdienste aufzuweisen hat. (Zum Beispiel wenn man frühzeitig Grundstücke erwirbt, wo dann später ein Flughafen hinkommt.) Es heißt zwar: Unerbittlich sucht der Orden seinen Träger, aber ein gutes Leumundszeugnis ist die Voraussetzung, und das kriegt man nur, wenn man nicht vorbestraft ist.

Jedenfalls mit den Spitzen im Wirtschaftsministerium (ÖKONOMIE und GASTRONOMIE) ist ein Zeichen gesetzt worden. Verzeihen Sie, wenn mir gleich die Tränen der Rührung kommen bei so viel Dankbarkeit. Die Zeichen der Zeit liegen herum wie Konfetti im Rinnstein am Aschermittwoch, wenn es regnet, und unaufhaltsam werden sie in den Gully gespült.

Dem Karl Valentin, glaube ich, haben sie schon längst verziehen, daß er kein Mitglied der Narhalla war, und die Stadträte gehen auf den Viktualienmarkt und spielen Liesl Karlstadt und Karl Valentin, um zu beweisen, daß diese Narren waren, sie selber aber deren Freiheit hätten. Herrgott, das ist doch ein Zeichen für Volksnähe. So urig und originell wie die städtischen Friedhöfe, sind sie doch auch ein Zeichen dafür, wohin uns die Zeit schon gebracht hat. Ich hoffe schon, daß ich mich korrekt ausdrücke, wenn ich sage, die Zeit hat uns im Griff.

Ist es nicht so, daß, wie unser Bundespräsident es formuliert hat, einmal eine dunkle schwere Zeit über uns gekommen, daß er selber auch über uns gekommen ist, wollte er damit sicher nicht sagen. Die Zeit kommt und geht wie der Föhn – manche kriegen Kopfweh, andere merkens nicht, und die Karikaturisten malen immer wieder einen Wetterbericht.

Der nächste Winter kommt bestimmt, und beim Loden-Frey wird schon der Wintertrachtenstoiber in die Kollektion aufgenommen. Was Warmes mit Tradition.

Gerade wollte ein Sportclub für ein Sommerfest eine Negerband engagieren, »amal was anderes«. Ein Sportfreund riet, dies gleich in der Zeitung zu annoncieren, aber ein anderer, der die Zeichen der Zeit erahnte, warnte: »Nein, schreibts es nicht in der Zeitung, daß wir eine Negerband mit echten Negern haben, sonst kunnts ebba sei, daß des a Skinhead liest und uns dann unser Sportheim ozündt.«

Und weil Verzeihen heute so im Trend liegt, möchte ich Ihnen versichern, daß ich Ihnen jedenfalls bis zum nächsten Mal verzeihe, außerdem vermute ich, ja ich verfüge über eine beinahe abgesicherte Ahnung, daß wenn Sie den ausstellenden Karikaturisten ein Bild abkaufen für echtes Geld, diese Ihnen Ihr Vorhaben durchaus verzeihen.

Wer sich in diesen Zeiten ein Bild kauft, der hat die Zeichen der Zeit verstanden. P.S. Übrigens, der Kulturreferent hat versichert, daß er sich jede Nacht demonstrativ mit einer Fackel in der Hand vor einen städtischen Friedhof stellen wird, um gegen die bestehende Friedhofsordnung zu demonstrieren.

Stronzo-Stronzata

Ein Mann – M – hält einen Brief in der Hand, der noch ungeöffnet ist. Er doziert über Geldmangel – er kann das Öl für die Heizung nicht zahlen – schon die 3. Mahnung! (»Ich heize doch sowieso nur, wenns saukalt ist.«) Den Elektriker zahlt er sowieso nicht, weil dieser ein Pfuscher ist. Das Auto, das draußen steht – es bräuchte eine neue Batterie, aber es ist leider auch kein Benzin drin, und ohne Geld kann er nicht tanken. Die Kreditkarte und ihr Wert ist, weil ein Komplott der Bank vorausgeht, umstritten.

Endlich öffnet er den Brief – liest schnell hinweg und bleibt plötzlich stehen. Der Brief ist vom Nachbarn, und dieser bezeichnet ihn als einen Scheißhaufen. M ist begeistert: eine Beleidigung! – Scheißhaufen – das bringt auf dem Klageweg Geld. M rechnet – wieviel kann es werden: 10 000.–, 15 000.– oder 50 000.–? M ist enthusiasmiert: »Ich bin ein Scheißhaufen« – toll – »und ich hab es schriftlich« – M ist ein gemachter Mann.

M doziert über die menschlichen Schwächen seines Nachbarn, der z. B. Laub einfach liegen läßt und M folglich ein versautes Grundstück hat. Ms Ehefrau bringt einen Brief herein und geht dann ab. M liest dem Publikum den Brief vor, der von Verbalinjurien nur so sprüht. M ist begeistert: Er ruft seine Frau, sie soll den Anwalt anrufen und fragen, was eine Beleidigung wie »Scheißhaufen« kostet –

Ms Frau erkundigt sich.

M liest noch einmal die Beleidigungen und läßt sie im Munde zergehen.

Ms Frau muß noch mal Erkundigungen einziehen.

B tritt ein, und M liest ihm den Brief vor.

M ist begeistert, er ist ein gemachter Mann. Er stößt mit B an – eine Flasche Sekt auf den Nachbarn. Ms Frau kehrt entzückt zurück und nennt wieder eine neue Summe, die ihr der Anwalt genannt hat – man denkt darüber nach, was man mit dem Geld alles unternehmen wird.

Plötzlich tatü tata – ein Krankenwagen –, es stellt sich heraus, daß der Nachbar gestorben ist.

M und Ms Frau schimpfen und verunglimpfen den Nachbarn, dessen Brief nun nichts mehr wert ist – der Nachbar ist ein Scheißhaufen.

Medienkultur und Kultursponsoring

*Der Künstler, der die Armut durch eigenes Erleben
wirklich kennt,
der weiß, daß Armut sehr viel mit Geldmangel
zu tun hat.*

Disaggissimo

Herr Pflanzl, Direktor der Kreissparkasse
Herr Pfeiffer, Presseheini
Herr Schmitz-Zeiszyk, Künstler
Herr Spitzer, Musiker

DIREKTOR Wenn wir Asylanten und Flüchtlingen einen Bausparvertrag verkaufen, dann können Sie sicher sein, daß wir von der Sparkasse uns dabei etwas überlegt haben. Dieser Kundenkreis ist natürlich etwas mobil – aber selbst nach einer erfolgten Ausweisung hat die Sparkasse doch bewiesen, daß sie auch in ambulante Personen ein hohes Maß an Vertrauen setzt. Es wird unsererseits niemand gezwungen zu bauen. Aber allein der Wille zum Bausparen für sich ist doch lobenswert, aber diese – entschuldigen Sie den Ausdruck – diese scheiß Presseheinis machen daraus eine Affäre und – ach ja – da sind Sie ja –, das ist der Herr Pfeiffer, gell – von der Heimatzeitung –

PFEIFFER Ja, Pfeiffer –

DIREKTOR Ja gut, Herr Pfeiffer – also es geht um folgendes – in Stichworten – Sie wissen – Deutsche Bank – Dresdner Bank – Hypo haben neben der sattsam bekannten Sportförderung – Kunst und Künstler – aber vor allem auf internationalem Niveau gefördert. Und sie haben ihre Chefetagen mit allem möglichen gepflastert – von Chagall bis Ding – na ja, Sie wissen schon, die Modernen halt. Und wir, Herr Pfeiffer, und das ist unsere Philosophie, also die Philosophie der Kreissparkasse – wir wollen ebenfalls eine Förderung ermöglichen, ein Sponsoring, aber – Herr

Pfeiffer, für unsere Künstler – vor Ort. Wir wollen der Kunst die Wege ebnen – Geld und Kunst, das ist heute kein Widerspruch mehr. Wir wollen, daß hier bei uns der Künstler einen Katalysator findet, einen Freund, der ihn bei der Hand nimmt und ihm sagt – »ja, es ist jemand da, der weiß, eine lebendige Heimat existiert nur da, wo deine Kreissparkasse mit ihrem Know-how dir ein Signal setzt« – und das Ganze – also die ganze Aktion heißt und steht unter dem Motto »Kreissparkasse meets art«.

Pfeiffer notiert: »Kreissparkasse meets art«,

DIREKTOR Genau: Kreissparkasse meets art.

PFEIFFER Genau.

DIREKTOR Ich werde dann eine kurze Rede halten und unseren Künstler, den Herrn Schmitz-Zeiszyk, vorstellen – übrigens müßte der schon längst dasein –
also ich stelle sein Werk vor, das heißt, also er nennts: »Risse in der Gesellschaft« –

Pfeiffer notiert: »Risse in der Gesellschaft«.

DIREKTOR Ha ha, mein Gott, na ja, Sie wissen schon, diese Künstler – also ich selber hab des Werk noch gar nicht angeschaut, aber ich, für mich ist so was sowieso nichts – also in mein Zirbelstüberl kommt so was eh nicht hinein – aber Herr Pfeiffer – bitte, in Ihrem Artikel wäre es schön, wenn vor allem darauf hingewiesen wird, daß die Aktivität der Kreissparkasse gewürdigt wird, als Mäzen und so – also hervorgehoben wird. Und ich übergebe dann auch den Scheck an den Schmitz-Zeiszyk in Höhe von 5000,– DM.

PFEIFFER Ja, ich mach dann ein schönes Foto von der Scheckübergabe.

DIREKTOR Genau, der Scheck im Mittelpunkt, und Sie sagen mir dann, wie ich den Scheck halten soll.

PFEIFFER Jetzt hätt ich aber noch eine Frage.

DIREKTOR Bitte, Herr Pfeiffer.

PFEIFFER Warum kriegt der Schmitz-Zeiszyk die 5000,– DM?

DIREKTOR Ja lesen Sie Ihre eigene Zeitung nicht – wer hat denn dann den Artikel geschrieben?

PFEIFFER Das war sicher der Chef.

DIREKTOR Natürlich, das war Ihr Chef, der Herr Ammesmeier.

PFEIFFER Da war ich in Urlaub.

DIREKTOR Weil es ist doch so, der Schmitz-Zeiszyk, ob der ein guter Künstler ist, das übersteigt meine Kompetenz – wie gesagt, über Geschmack läßt sich streiten, aber Schmitz-Zeiszyk ist seit Jahren finanziell am Paddeln – also ich plaudere kein Bankgeheimnis aus – er ist ständig unter dem, was wir als Kreissparkasse konzedieren können.

PFEIFFER Steht der so unter Wasser?

DIREKTOR Was heißt da im Wasser stehen – der ist ein Tiefseetaucher, aber ohne Sauerstoffflasche – ha ha –

Pfeiffer will notieren, aber der Direktor hält ihn davon ab.

DIREKTOR Aber es war unmöglich, ihn absaufen zu lassen, weil er ist ein enger Verwandter ...

PFEIFFER ... von der Großbäckerei Furtner.

DIREKTOR Sie sind ja doch informiert.

PFEIFFER Ja, der Chef hat mir ...

DIREKTOR Also jetzt standen wir vor dem Problem – was – tun? Den Furtner fragen, ob er seinen Neffen auslöst, wollten wir diskretionshalber nicht – äh – also dann, ich habe dann die Idee gehabt – also wir von der Kreissparkasse haben gesagt – wir machen einen Wettbewerb »Disaggissimo« – Kunst im Landkreis und mit Hilfe Ihrer Zeitung, also vom Herrn Ammesmeier selbst, der die Jury geleitet hat, war klar, den ersten Platz macht Schmitz-Zeiszyk und kriegt die 5000,– DM, also den Scheck, und das Geld zahlen wir auf sein Konto bei uns ein, dann ist er wieder frisch, und unsere Kunstpromotion hat eine Öffentlichkeit – imagemäßig, also wir haben eine Fliege mit zwei Klappen geschlagen.

DIREKTOR ZU SPITZER Herr Spitzer, sind Sie soweit?

SPITZER Ja.

DIREKTOR Der Herr Spitzer gestaltet den musikalischen Teil der Vernissage und spielt eine eigene Komposition – wie heißt Ihr Arrangement, Herr Spitzer?

SPITZER Inkasso.

DIREKTOR Sehr gut – aah ja, da kommt ja unser Künstler – unpünktlich sinds halt, die Künstler – aber vor allem, wenns unbekannt sind, weil wenns berühmt sind, brauchens nicht mehr pünktlich sein – ha ha – Sind Sie soweit, Herr Schmitz-Zeiszyk?

SCHMITZ-ZEISZYK Ja.

DIREKTOR Also meine Damen und Herren – bevor wir also jetzt zur Enthüllung schreiten, spielt uns unser Herr Spitzer noch eine eigene Komposition vor – Inkasso –

Spitzer spielt. Nach einiger Zeit wird der Direktor nervös und applaudiert.

DIREKTOR Danke, Herr Spitzer, für diesen Ohrenschmaus. Also fang ma an – Sehr verehrte Damen und Herren, bitte erlauben Sie, daß, daß wir von der Kreissparkasse Filiale Hausen Ihnen heute unseren Künstler – den Herrn Schmitz-Zeiszyk vorstellen, der Herr Schmitz-Zeiszyk arbeitet seit Jahren an dem Projekt mit großer Intensität – das Thema heißt »Risse in der Gesellschaft«, und dieses Thema hat bei uns in der Kreissparkasse sofort die Alarmglocken klingeln lassen, und wir haben sofort spontan gesagt, jawohl, da ist einer unter uns, der den Finger auf die Wunde legt, was gerade in der heutigen Zeit so wichtig ist, daß einer einen Sensor hat, da wo es brennt und knirscht im Getriebe – der ein Gespür entwickelt hat für diesen erschreckenden Mangel an Mitgefühl – einer, der weiß, wo es hapert am Sozialen, äh, und an der Aufrichtigkeit. Und damit es zwickt, das Gewissen, das veranschaulicht uns der Herr Schmitz-Zeiszyk mit seinen aufwühlenden Darstellungen – *zu Spitzer* – jetzt Tusch – und jetzt möchte ich das Kunstwerk enthüllen – *Applaus* – und jetzt überreiche ich Herrn Schmitz-Zeiszyk den Scheck in Höhe von DM 5000,–. *Zu Schmitz-Zeiszyk.* Diesen Scheck brauchen Sie nicht, aber das Geld geht unmittelbar auf Ihr Konto.

PFEIFFER Bitte den Scheck höher halten, danke.

DIREKTOR Die Kreissparkasse möcht hier noch einmal manifestieren, daß wir hautnah, an der Kreativität – äh – bitte, Herr Spitzer!

PFEIFFER *fotografiert.* Ich hätte noch eine Frage, Herr Pflanzl.

DIREKTOR Bitte, Herr Pfeiffer.

PFEIFFER Wie lange geht denn die Ausstellung?

DIREKTOR Ja heute, den ganzen Nachmittag bis 17^{30} – Schalterschluß –

SCHMITZ-ZEISZYK *rastet aus.* Was, aber das gibt's doch nicht, das ist doch ein Wahnsinn –

DIREKTOR Bitte, Herr Schmitz-Zeiszyk, beruhigen Sie sich – hat Ihnen das die Frau Kuschmelka nicht gesagt, das war doch vereinbart.

SCHMITZ-ZEISZYK Das ist doch ein Irrsinn, eine Provinzkasse.

Er nimmt sein Kunstwerk und geht.

DIREKTOR Aber morgen ist doch der Weltspartag, da muß das Zeu – äh, Sie verstehen, an diesen Platz kommen die Sparschweine hin und die Luftballons.

SCHMITZ-ZEISZYK Was ist schon der Einbruch in eine Bank gegen die Gründung einer Bank!

DIREKTOR Hä hä, jetzt zitiert er den Bert Brecht, also, sie sind schon sehr sensibel, diese Künstler, aber sie haben einfach ein gebrochenes Verhältnis zum Geld – bevor es jetzt dann gleich ein paar Canapés gibt und was zu trinken, spielt uns der Herr Spitzer noch was Schönes – wie heißt das Stück?

SPITZER Disaggissimo.

Innenansichten

Immer wenn der Kunstmaler Holger Bögl seinen Galeristen aufsuchte, blickte er traurig drein.

Er ahnte, daß der Besuch wenig Erfreuliches bringen würde. Der Galerist selber wußte ebenfalls, daß, wenn Herr Bögl kam, es ihm wieder schwerfallen würde, vitale Zuversicht auszustrahlen, die in demselben einen Splitter von Hoffnung aufkeimen lassen könnte.

Anfang des Jahres aber änderte sich diese desolate Grundsituation schlagartig.

Herr Bögl war gekommen, um nach der Nachfrage nach seinen Werken nachzufragen. Natürlich fragte er nicht direkt nach, sondern erfuhr die nackte Wahrheit aus der Tatsache, daß der Galerist wieder einmal locker, aber trotzdem engagiert mit ihm über Rotweine plauderte, diesmal über einen Chorey-les-Beaune 1985.

Im Gegenzug legte Bögl dem Galeristen eine Röntgenaufnahme seiner Lunge vor.

Das elektrisierte diesen. »Toll!« sagte er.

»Aber, aber . . .!« beschwichtigte Bögl und bemerkte, das Röntgenbild signalisiere Krebs.

»Macht nichts!« erwiderte der Galerist und hängte es an die Stelle von Bögls »Stilleben«.

Sofortiger Verkauf!

Der Galerist wurde hektisch. Er drängte Bögl, schnell alles zu beschaffen, was dieser auf Zelluloid über sich in Erfahrung bringen konnte.

Der Galerist sprudelte.

Holger Bögl jedoch versickerte zunehmend, während der Galerist ihm bei jedem Besuch mehr Röntgenbilder abtrotzte.

»Daß ein Innenleben so progressiv sein kann!« jubelte der Galerist jetzt bei des Malers Beerdigung.

Der Cineast

Sicher, der Nero – also der Kaiser Nero war ja im Grunde der Peter Ustinov – also das war ja eigentlich der Nero – kann schon sein, daß der Nero amal jemand anders war, aber im Grunde war er der Peter Ustinov. Das ist klar, weil wenns den Peter Ustinov nicht gegeben hätte, dann wüßte auch heute kein Mensch, daß der Nero die Christen verfolgt hat. Und dann diese Wagenrennen – da waren doch dann immer diese Wagenrennen. Sie habens sicher auch gesehen – so Wagenrennen, wo die Pferdl – also dann is einer zertrampelt worden – und die Wagenrennen, des war schon toll – ja ja, der Nero –

Wissen Sie, ich selber hab ja auch schon an mehreren Filmen mitgewirkt – schaun S', ich hab auch a Foto – da, des is der Beppo Brehm – ham S' den noch kennt, an Beppo Brehm – ich bin da hinten – des war eine Szene, da war ich auch dabei. Ich hab a Bier trinken müssen, als wir – weil mir waren mehrere – und der Beppo Brehm hat laut gsagt: »Ja – es Schlawiner – es Bazin, es gselchte – es Hundling – es varreckte« – und i woaß des wia heit, weil ich bei dem Film dabei war. I war damals no Hausmoaster in der Finkenstraße, und der, wo über mir die Wohnung kriagt hat, war beim Arri irgendwie, und der hat mich entdeckt, weil er gsagt hat – sie brauchen in der Szene mit dem Beppo Brehm jemand, der sei Bier glaubwürdig trinkt. Und des war dann die Szene – wo der Beppo Brehm des hat sagen müssen: »Ja – es Schlawiner – es Bazin, es gselchte – es Hundling – es varreckte.«

I hab mir des gmerkt, weil der Beppo Brehm hat des mindestens zehnmal, ach, des glangt ja ned, sagen müssen, und I hab immer, während der Beppo Brehm des gsagt hat, trinken müssen – aber halt ned nur so, sondern echt – damits glaubwürdig is – und so bin ich zum Film komma. Halt verschiedene Filme – ich hab mit dem Fassbinder gedreht, des war eine schöne Zeit – einmal, da bin ich bloß mit der Rolltreppen gfahrn – den ganzen Tag mit der Rolltreppen, mir war ja scho ganz schwindlig. Die Hanna Schygulla is mit mir de Rolltreppen gfahrn – sie hat dann irgendwann amal zu mir gsagt – ich kann mich noch gut erinnern, wie sie gsagt hat: »Mein Gott, diese ewige Rolltreppe.« – Ich hab dann zu ihr gsagt: »Ja, da haben S' recht, aber was hilfts, wir müssen filmen.« Der Film war dann aber auch ein Bombenerfolg, sogar in Spanien, glaub ich, Österreich und so. Obwohl die Szene mit dieser Rolltreppe gar ned drin war – das heißt, man sieht die Schygulla, wia sie von der Rolltreppe kommt und an mir vorbeigeht, und ich hab nichts machen dürfen, ich hab so tun müssen, wie wenn das normal wär, daß die Schygulla an mir vorbeigeht! Ich hab noch dem Dings, dem Aufnahmeleiter und sogar dem Kameramann gsagt, ich könnt vielleicht ein Lied pfeifen oder daß ich ausrutsch, grad, wenn die Schygulla an mir vorbeigeht, aber des habens nicht realisiert. Ich hab ihnen oft mehrere Vorschläge gmacht, aber mei, irgendwann laßt mans dann bleiben. Sicher, der Film war dann doch ein Erfolg, aber man hätte sicher noch mehr draus machen können. Der Beppo Brehm – wie der des gsagt hat mit dem »ja es Schlawiner, es Bazin, es gselchte« – da hab ich aso aufgstoßen – also halt einen Kopperer – grülpst. Und des hat der Kameramann des Dings, der hat des gelten lassen, und die vom Ton waren begeistert, aber beim Fassbinder, mei –

Mit dem Film ist es heit überhaupt traurig – die wirklich guten Schauspieler kriegen keine Rollen mehr, und die Gschichten, wo sie drehen, bloß noch Tragödien – derweil gäbs wirklich so viel zum – Stoffe gibts, wie Sand am Meer.

Allein was heute in die Krankenhäuser los ist oder auf die Ämter – die ganze Korruption. Der Tappert –, also *ich* find den Wussow ned schlecht, aber der könnt doch auch amal an Arzt spuin, aber mehr in einem Heimatfilm – den Tappert kennens in Italien, in Frankreich, überall, dann sollens halt den Film gleich auf englisch drehen, warum nicht – dann wirds bestimmt ein Erfolg, aber international. Und weils immer jammern – weils kein Geld ham –, aber die ganzen Verfolgungsjagden im Film, mit den Autos, die drehens immer neu – da brauchens doch bloß immer so eine Verfolgungsjagd sich ausleihen und dann einsetzen. Da könnt auch das Fernsehen an Film a bissl unterstützen – sollns ihnen halt diese Verfolgungsjagden umsonst geben – dann haben die sich das Geld amal gspart.

Aber überall fällt ihnen halt nix mehr ein – warum tut man nicht die Lindenstraße verwerten nach Stoffen fürs Kino – da gäbs Tausende von Schicksale und Probleme, wo man Filme draus machen könnte – Marienhof genauso. Eine gute Filmstory, das ist des, was sie heute brauchen. Jetzt passen S' auf, jetzt erzähl *ich* Ihnen was.

Den Herrn Krischke werden Sie nicht kennen, der Herr Krischke – er war aber wahrscheinlich bei der Fremdenlegion, weil er ein solches Vorleben gehabt hat, daß er dahin hat gehen müssen. Er hat persönlich eine Familie ermordet, in der Nähe von Hamburg, und hat dann sich Sexsklavinnen gehalten und hat auf der Flucht, weil er einen Polizisten erschossen hat, die Elbe durchschwommen und ist dann im Osten Stasi-Offizier geworden, dann habens ihn über Wien eingeschleust, und der hat dann die Pläne vom Krauss-Maffei weiterverraten und mit den Franzosen Geschäft gmacht. Seine Frau is dann auf einer Südseeinsel von einem Hai gfressen worden – also wirklich irrsinnige Sachen sind dann noch passiert – auf alle Fälle is er dann zur Fremdenlegion, um die Akten zu vertuschen – und vorige Woche stellt sich raus, daß er gar nimmer lebt. Er hat unter mir die $1^1/_2$-Zimmer-Wohnung ghabt – aber ich habe ihn auch schon länger nicht mehr gsehn. Aber wie ich das ghört hab, mit dem Radiumschmuggel, hab ich gleich an ihn denken müssen, weil es waren auch immer so russische Weiber um ihn herum. Jetzt stellt sich raus, daß er tot war – umgebracht – aber nicht in seiner Wohnung – weil er war verbrannt worden und die Asche von ihm war in einem Einkaufsbeutel. Ja und – und jetzt, passen S' auf, jetzt wirds noch spannender – die Asche habens analysiert, und die ist nicht vom Krischke, sondern von jemandem, der sich als Krischke ausgegeben hat. Toll – Wahnsinn – oder – die Geschichte ist doch filmreif – so was müßte doch in einen Film – da wär dann was los (nicht wie heute, der deutsche Film ruht sich viel zu sehr auf Charlie Chaplin aus).

Aber jetzt verrat ich Ihnen was: Diese Geschichte vom Krischke, die is von mir.

Gedanken eines Medienkaufmanns

Sie, ein Freund von mir, der Kreiß Herbert, der hat sich neulich das Knie anghaut, also mehr privat hat er sichs angehaut. Also, er hats mir erzählt, außer mir weiß es noch sei Frau, sei Tochter, ja und *Sie* wissens jetzt. Diese Information war eigentlich gar nicht top secret, aber es ist nicht durch die Medien gegangen. Ja, ich weiß auch nicht warum, das wär doch amal eine interessante Meldung gewesen. Während der Peter, der war mit dem Kreiß beim Essen, also der Alexander mit dem Dalli-Dalli, aber des wissen Sie wahrscheinlich, weil des is durch die Medien gegangen. Es ist unklar, ob die beiden Suppe gegessen haben oder nicht, es ist aus dem Bericht nicht eindeutig hervorgegangen, also sagen wir lieber, sie haben halt eine Vorspeise zu sich genommen, dann ein Hauptgericht sowieso, wahrscheinlich eine Nachspeise und dann mit Sicherheit ein Getränk, beide. Also diese Information, daß sie da essen warn, die hat Hand und Fuß, die ist verbürgt. Des hat mir der Kreiß Herbert persönlich erzählt. Er hats aus der Presse. Also wir haben das verbreitet, und der Kreiß meint jetzt, das stimmt. Also mir lassen ihn das meinen, denn wir Medienkaufleute, wir sind der Ansicht »Meinung ist Macht«. Also nicht Wissen, sondern Meinung. Die Meinung ist unser pekuniäres Fundament, weil Wissen ist ja kein Geschäft, das wissen Sie doch selber am eigenen Leib, wieviele Leute informiert sind und keine Ahnung haben. Wenn einer was weiß, dann braucht der unsere Medien überhaupt nicht und unsere Meinung auch nicht. Oder glauben Sie, daß der Sokrates eine Zeitschrift wie »Essen und Trinken« abonniert hätte? Der hat selber gegessen und getrunken, der hat seine Symposien halt so abgehalten. Aber er hat dann damals schon selber gesagt, er weiß nix. Drum hat er auch selber nichts veröffentlicht. Er hat auch selber noch gedacht. Des war damals natürlich noch leichter, weil damals hats ja noch keine Zeitschrift wie »Essen und Trinken« gegeben oder auch keinen »Stern« oder »Brigitte« und was wir alles haben. Der Mann war also ideologisch vom Essen und Trinken ziemlich losgelöst. Genau wie unser derzeitiger Bundeskanzler. Obwohl der bei Staatsbanketten inzwischen ein deutsches Grundnahrungsmittel wieder mehr namentlich ins internationale Rampenlicht bringt. Er trinkt übrigens nicht nur, des mag Sie interessieren, an Pfälzer Wein, sondern auch ab und zu an Bocksbeutel oder an Badenser. Das gilt als verbürgt, das weiß man heute, und mir ham des auch schon mehrmals veröffentlicht. Diese knallharten Fakten sind aber publizistisch immer noch unterbewertet. Schad, daß er heute nicht als Festredner da is. Weil er hat immer so amüsante Sprüche auf Lager. Überhaupt die Langeweile, also die Fadheit, diese ... substantielle Armut ist doch das, was heute am vitalsten auf dem Vormarsch ist. Und zwar in allen Bereichen. Also eine Totalfadisierung. Und damit diese Poverität wieder ein Geschäft wird, also auch finanziell was hermacht, brauchen wir neue Formen und die neuen Medien. Zum Beispiel, wie man einen Wetterbericht amal ganz anders bringt. Also, daß sich der Elmar Gunsch den Bart abrasiert oder daß man die Wetterprognose amal aus am Raumschiff überträgt, des sind doch Perspektiven, das schmeckt doch förmlich futuristisch, da wird so ein Wetterbericht die reine Mediensensation, wenn mans genial präsentiert, es Wetter selber ist ja eigentlich eh zweitrangig, da ham wir ja keinen Einfluß. Sehen Sie, und genau da liegt die Aufgabe und die Zukunft von einem Medienkonzern. Daß er einen üppigen Formenreichtum entwickelt, wenn die Ideen ausgehen. Des is wie in einem normalen mitteleuropäischen Gasthof: Mit vier Beilagen und drei Instantsoßen zaubert man approximativ neunundvierzig Gerichte. Und wenn man jetzt noch zwei Salate mit zwei verschiedenen Dressings dazunimmt, also wenn man French- oder American-Dressing noch mit einbezieht, dann haben wir auf den Schlag zweihundertfünfundvierzig eigenständige Hauptgerichte. Und genauso ist es in unserer Medienlandschaft. Die Speisekarte in so einem Gasthof ist das Medium zwischen Gast und Wirt, und sie hält meistens, was sie verspricht. Und obendrein kann der Gast dann auch noch Sonderwünsche anmelden. Die werden dann auch noch erfüllt. Also demokratischer gehts doch kaum. Also der Gast ist König, aber welcher König geht heute noch in so ein Gasthaus? Und genau so ist es bei unseren Medienkonzernen. Jeder Bürger kriegt die Meinung, die er will. Und er will ja a Meinung. Und wenn er eine Meinung nicht will, dann haben wir eine andere parat. Er kriegt jedenfalls die Meinung, die er meint, haben zu müssen. Für so was ham wir eine differenzierte Medienlandschaft. Und da liegt die enorme Verantwortung von uns. Weil wir können ja nicht jeden Tag was Bleibendes bringen oder schaffen. Des würde uns ja alles bleiben. Aber bringen müssen wir ja jeden Tag was. Also was bleibt uns übrig für die Zukunft? Das Beliebige. Es lebe die Beliebigkeit! Schaun Sie, wir Europäer stöhnen heute unter dem geistigen Ballast früherer Generationen. Eine Handvoll Dichter und Denker hat uns ein riesiges Kulturerbe hinterlassen. Wir sind heute viel viel mehr, aber wir hinterlassen nichts. Unsere Jugend solls amal besser haben. Nirgendwo ist die Meinungsfreiheit so garantiert wie da, wo die Meinungen besonders uninteressant sind. Wir garantieren also durch unsere Programmatik die freiheitlich-demokratische Grundordnung, die steht und fällt also praktisch mit der Fadheit. Es gibt Staatsformen, die *eine* öffentliche Meinung favorisieren wollen, des is dann genauso fad. Aber wo landen sie? Unweigerlich bei der Diktatur. Mir haben keinerlei Meinung, aber die dürfen wir überall und frei äußern. Unser Problem is heute also vielmehr, daß wir jemand finden, den das auch interessiert. Schaun Sie, früher war der natürliche Feind der Demokratie und damit auch eines jeden Verlegers der Analphabet. Heute ist es der Anvideobet. Mit seinem asozialen Verzicht auf Meinungsaufnahme über unsere mühsam aufgebauten neuen Medien blokkiert er unseren Fortschritt. Und des sag ich Ihnen, die meisten von denen san net amal in nem Bücherclub organisiert, diese Anvideobeten, da schauns schon nicht, und dann lesens auch noch einfach nur des, was ihnen Spaß macht, oder gar nix. Diese Anvideobeten versuchen doch nur, rücksichtslos ihr Privatleben durchzudrücken auf Kosten unserer gewachsenen Medienstruktur. Die sind also nicht nur verantwortlich für die schleppende Geschäftsentwicklung im Kabelfernsehen, sondern auch für unsere Bücherberge. Ein Butterberg läßt sich noch an die Sowjetunion wegsubventionieren, aber einen Bücherberg nehmen uns die ja nicht einmal geschenkt ab. Der Anvideobet ist ein innerer Feind, ein heimtückischer, des abendländischen Bildungskonzepts. Da redens vom Humboldt, dabei sind wir doch eine europäische Schicksalsgemeinschaft. Da sitzen einige angebliche EG-Bürger in der Toskana und ignorieren und boykottieren beharrlich die hochsubventionierte holländische EG-Tomate, und in Frankreich wird heute noch da und dort gespeist, als obs unsere Zeitschrift »Essen und Trinken« nie gegeben hätte. Wir Europäer haben heute keine Qualitätsprobleme, sondern Quantitätsprobleme. Mehr Zeitschriften, mehr Schallplatten, mehr Sendungen, mehr Bücher, alles bei höheren Auflagen, die müssen ja von irgend jemand konsumiert werden. Ja wer soll denn das alles lesen und anhören und anschauen? Da müssen wir wirklich zusammenhalten. Das braucht Konzentration, also Wettbewerb ohne Konkurrenz, obwohl Konkurrenz kommt ja von concurrere, also gemeinsam laufen, sagen wir also besser, eine Konkurrenz ohne Risiko, halt die Konzentration. Sonst gehts uns wie dem Isländer, eigenständig, aber peripher. Nirgendwo in der Welt wird soviel Isländisch gesprochen wie in Island, aber was hams davon? Bei 250 000 Einwohnern kann man doch keinen Medienkonzern aufbauen, zumindestens nicht rentabel, diese Isländer sind also heute noch gezwungen, sich persönliche Erfahrungen mündlich mitzuteilen, ohne jedes Medium. Dabei ist der Mensch ein Medium. Person kommt von personare, das heißt hindurchklingen. Der Kreiß Herbert, Sie wissen schon, mein Spezi mit der Fußverletzung, durch den klingts wirklich hindurch. Der hört im Radio an Bayern 1, während er im ZDF an Sport anschaut, gleichzeitig zeichnet er sich im Video den Spielfilm mit Heinz Rühmann im Dritten auf, nebenbei ißt er, trinkt er und dabei liest er »Essen und Trinken«, außerdem hat er noch an Plattenspieler, an Kassettenrecorder, zwei Kinder und a Frau. Also der Kreiß Herbert, Sie wissen schon, der mit der Knieverletzung, ist nicht irgendeine Person, sondern eine Persönlichkeit. Übrigens, der Herbert Kreiß ist auch noch Mitglied von am Bücherring.

Savoir-vivre

Mit dem Alter siehst du die Welt
differenzierter. Du trinkst ned bloß a Bier,
du trinkst mal an Obstler, mal an Grappa.
Man ist einfach bereit, mehr auf sich zukommen zu lassen.

Der Altstadt-Liebhaber

Herr Meisinger beißt in eine Bratwurst, hält eine Breze in der Hand. Ausgezeichnet. Einfach exorbitant. Diese Thüringer Bratwurst, extraterrestrisch, wirklich gut gewürzt, die Wurst schmeckt einfach wurstig. Ein Wunder, daß diese Wurst den Kommunismus überlebt hat. Der ganze Marxismus, und das ist ja das Unglaubliche, hat ja vor allem die Gastronomie gedemütigt. Die bürgerliche Küche, schon der Name bürgerlich, war ihm ein Dorn im Auge. Und dann haben sie sie bekämpft, aber die Geschichte hat gezeigt, die Idee einer frischen röschen Breze hat obsiegt. Die Russen haben zwar immer das Lied »Kaputie publicki« gesungen, das heißt auf deutsch »kauft Brezen«, »Horaschi publicki«, »frische heiße Brezen«. Aber im Alltag sans der Brezen gegenüber sehr reserviert gegenübergestanden. Weil die DDR-Führung bekanntlicherweise zuckerkrank war. Aber Schwamm drüber. Diese Sache ist jetzt ausgestanden. Interessant nur noch, daß der Osten schon 1983 pleite war. '83 wohlgemerkt! Bei der Stasi haben sie das genau gewußt, und so haben halt seit dieser Zeit, also '83, Insider rechtzeitig mit dem Räumungsverkauf der DDR begonnen, »GDR for sale«. Ich selber bin erst 1986 eingestiegen. Also haben gewisse Herrschaften mir demzufolge drei Jahre die Nase im voraus gehabt. Was die Realisation anbelangt, ich bin auch als Sponsor aufgetreten, hab selber qualifizierte Leute freigekauft und denen dann die Möglichkeit gegeben, mit Zins und Zinseszins sich selber wieder zurückzuzahlen. Also wenn einer beispielsweise ein guter Metzger war und deshalb mit dem System in Konflikt geraten und eingelocht worden ist, dann hab ich die – sagen wir einmal – ca. 60 000 Mark aufgebracht, daß er freikommt. Ein Lösegeld quasi. Und hab ihn dann bei mir im Westen eingestellt als Metzger, daß er eine Thüringer Wurst macht. Und so hat er sich dann selbst abbezahlt, indem er sich bei mir amortisiert hat.

Ich hab ihn auch immer motiviert, indem ich ihm erzählt hab, wie schön des is, wenn man ein Geld verdient und man zu einem Besitz kommt. Verstehen Sie mich richtig, ich will mich nicht durch den Besitz bereichern, aber Besitz als solcher bereichert ungemein. Es ist einfach schön, als Besitzender. Schon in der Früh, wenn ich aufstehe und frühstücke und ich weiß, also mir gehört doch einiges, also ich bin nicht unbesitzend, sozusagen solvent, verstehen Sie, nicht knabbern müssen, sondern im Gegenteil, da ist ein Polster, da ist man als Mensch einfach ausgeglichener.

Manchmal denke ich, wenn ich so nervöse Gischpeln, so fahrige Personen sehe, denen fehlt ein Selbstwertgefühl. Wahrscheinlich habens nix. Nicht einmal eine Immobilie oder so was. Besitz beruhigt, das ist ein Lebensgefühl, ich kanns nur weiterempfehlen. Einfach angenehm. Sonst würdens doch gar nicht so viele anstreben, wenns nicht attraktiv wäre.

Schaun S', jetzt zeig ich Ihnen was. *Zeigt ein Foto.* Das ist die Altstadt von Zittau, gehört mir, naja, ich bin ein Sammler, aber natürlich keine Briefmarken, schaun S', mit meinen Pratzen, das hätt doch keinen Sinn, nein, ich sammle Schlösser, Villen, Altstädte aller Art. Hier die Altstadt von Stralsund, gehört auch mir, bis auf das, was dem Boris Becker gehört. Cottbus, das da war ein Schnäppchen, Cottbus, ich habs eingetauscht gegen eine Retortenstadt bei uns. Gegen Neu-Gablonz. Ich hab mit der Treuhand, nein, keine Angst, ich nenne keine Preise.

Wenn Sie mich fragen, ich hätte vor ein paar Jahren gar

nicht gewußt, daß es so was gibt wie Zeitz, und jetzt hab ichs in meiner Sammlung. Lauter Filetstücke. Jugendstil, Art-Deco, Renaissance, alles da. Leider immer noch mißbraucht von Bewohnern, die in Juwelen sitzen und gar nicht merken, wo sie sich befinden. Da nisten Mieter in Schmuckstücken, also das kann doch nicht der Sinn einer Altstadt sein, daß man so eine als Notunterkunft zur Verfügung stellt. Ich finanziere gerade ein Alternativprojekt für Altstadtbewohner in den neuen Bundesländern, das heißt Single-Mobil, eine heizbare Unterbringung für Leute, die kein Geld haben, aber trotzdem wohnen wollen.

Er zeigt auf Umzugscontainer.

Und hier ist eine Propangasflasche, das ist die Heizung. Und man wohnt sozusagen mietfrei. Also jeder Altstädter, der freiwillig auszieht, kriegt dieses Single-Mobil von mir umsonst.

Ansonsten halte ich mich doch gerne in den neuen Bundesländern auf. Nur manchmal macht man noch Erfahrungen, die sind einfach deprimierend, zum Beispiel Rostock. Ich bestelle eine Veuve Cliquot, also eine echte Veuve Cliquot, und tatsächlich, der Ober bringt eine Veuve Cliquot, einen französischen Champagner. Sapperlot, denk ich, jetzt tut sich was im Osten, Rostock kommt. Aber merkwürdig, ich fühle, da stimmt was nicht, und wirklich, ich hätts mir denken können, ich steck den Thermometer ins Glas, messe, 17 Grad, Wahnsinn. Ich sag zu dem Ober, 17 Grad, das ist doch eine Veuve Cliquot, Mensch, jetzt wirds aber Zeit, daß ihr einmal umdenkt, das ist doch eine Barbarei, eine Veuve Cliquot ist doch kein Rotkäppchen, kein Punsch, eine Veuve Cliquot muß 9 Grad haben, vielleicht in Ausnahmefällen $9^1/_2$, aber 17 Grad, das ist deprimierend. Aber ich hab's mir schon angewöhnt, wenn ich hier bin, weil ich weiß, es ist deprimierend. Wähl ich zum Beispiel King Prawns, dann hab ich immer so Farbtafeln dabei, z. B. hier, so schauen King Prawns aus, weil die kennens nicht, das ist deprimierend, oder Trüffel, dann zeig ichs ihnen, hier, das ist ein Trüffel, und wo wohnt der Trüffel, das wissen sie auch nicht, also zeig ichs ihnen auf der Landkarte. Da schauts her, das ist Perigord, das ist die Heimat vom Trüffel.

Die Menschen sind so verbogen, nur mit Aufklärung gehts. Ich bin gern bereit und zeig ihnen alles. Zum Beispiel Beaujolais oder Languedoc, liegt in Europa, dann zeig ich ihnen eine Karte von Frankreich. Frankreich kennens. Oder Italien, Montepulciano, Barolo.

Naja, sie werdens schon noch lernen. Man braucht halt a Geduld, wir haben ja auch unsere Zeit gebraucht, bis wir zur Normalität gefunden haben.

40 Jahre Kommunismus zu kompensieren, das ist schon deprimierend.

Menschenfresser

Wir haben gesagt, Mariele, Mariele, du konntest ja letztes Jahr nicht mit uns mitkommen, weil du warst ja verhindert, du hast ja deinen Pilz ghabt, und außerdem hast du den Führerschein gmacht, gell. Du hast ja den Führerschein gmacht und hast dazu 93 Stunden gebraucht, ich mein, du hast jetzt den Führerschein, ham mir gsagt, Mariele, aber es ... du warst verhindert, du konntest nicht mit uns mitfliegen, außerdem sind wir ja letztes Jahr nur auf die Virgin Islands gefahren, des war wegen diesem Benefiz-Essen, dieses Wohltätigkeits-Essen, das war dieses Lobster-Festival ... äh, äh, zu Gunsten der Tiramisù-Geschädigten. Und wir haben gesagt, Mariele, dafür kannst du dieses Jahr mit uns mitfliegen, wenn wir diesen Gastronomie-Adventure-Trip machen. Äh, der Gastronomie-Adventure-Trip wurde von der Zeitschrift ... ähm ... nicht »Essen und Trinken«, auch nicht »Der Feinschmecker«, sondern wurde von – »Le Gourmeur« veranstaltet – der »Le Gourmeur«. Und die haben des organisiert, und wir sind dann, an dem Donnerstag, wo es so saukalt war, da sind wir dann vom Franz-Josef-Strauß-Airport weggeflogen, nonstop, direkt über Singapur, dann nach Sydney, weil Sydney war unser Headquarter. Und wir sind dann, jetzt warten Sie, des war dann, ich komm immer mit der Zeit durcheinander, weil da war dieser Jetlag; der Vati hat auch gesagt, Jetlag, na, des hättens ja in den Prospekt reinschreiben können, daß da ein Jetlag is, ne, weil mir ham ja den Tag bezahlt, aber mir ham ihn nicht gekriegt, ne, so ein Jetlag, das ist ungefähr so was, wie ... äh ... ein Disagio bei der Bank, ne, das Geld sieht man auch nicht mehr. Naja, und dann war der erste Gastronomie-Adventure-Trip, der stand unter dem Motto . . . äh, »Essen . . .«, äh . . . »Wir fliegen zu den Aborigines, essen wie vor 10 000 Jahren«. Wir haben halt gedacht, naja, des is halt ein . . . äh . . . das ist halt ein – Motto, wir haben ja nicht gewußt, daß die wirklich wie vor 10 000 Jahren fressen, nein; und ich muß auch sagen, was sich diese Aborigines ausgedacht haben, also das ist – mit essen hat das nichts zu tun, gell. Des ist auch kein Abenteuer, sondern ein Skandal. Da ham sie dem Vati zum Beispiel ham die serviert . . . e so . . . em . . . äh, hm, so, so . . . Insektenrouladen, nicht, und dann so Termitenravioli . . . also grauenhaft, nein. Der Vati hat sich wirklich überwunden, daß er überhaupt – es zu sich nimmt, ne. Und wie er des wollte, da kommt der Bürgermeister oder was er ist, von diesen Aborigines und spuckt dem Vati auf diese Ravioli drauf, net. Der Vati hat gleich den Guide kommen lassen, hat gsagt: »Sie, der Kerl, der speit auf meine Ravioli drauf.« Dann sagt der Guide: »Naja, des is bei denen eine alte Tradition, das bedeutet bei denen ›guten Appetit‹.« Und dann hat der Vati gsagt: »Ja sagn Sie dem amal, ob er nicht weiß, daß die 10 000 Jahre jetzt vorüber sind«, net – also fürchterlich! Und der Vati hat sich wirklich, also – überwunden! Es war so ungustiös, ge? So ungustiös! Und trotzdem, der Vati beißt rein, nein, also staubtrocken. Der Vati hätt beinah einen Hustenanfall bekommen, gell – also so trocken. Der Vati hat gesagt, »also ein – Gugelhopf ist ein feuchter Schwamm dagegen«, ne – grauenhaft. Und dann – ham sie ihm eine Sauce gebracht, eine Pfefferminzsauce, und dann sagt der Vati: »Naja, was heißt Pfefferminzsauce! Muß ich 20 000 Kilometer fliegen, daß ich eine Pfefferminzsauce bekomme?« Oder, damit Sie sichs vorstellen können, was die noch serviert ham: Dann ham sie einen Heuschreck serviert – ein Heuschreck, so groß wie ein Dackel. Aber den Heuschreck selber, den verzehren sie nicht, ne, sie essen nur seine Exkremente, ne, auf deutsch, den Scheißdreck. Also hören Sie auf. Wir ham drei Kreuze gemacht, wie wir endlich wieder im Headquarter waren. Aber dann, beim »Le Gourmeur«, ham sie sich dann schon angestrengt, sie ham gewußt, jetzt müßten sie sich ins Zeug legen, und im Mainland haben wir dann bekommen, jetzt warten Sie, wir ham gegessen, ein – das war sehr gut – à point, also das Fleisch war à point, ehm – einen Carpaccio, ein Fleisch vom Koalabären. Nur dann ham sie wieder eine Pfefferminzsauce draufgeschüttet. Die tun auf alles Pfefferminzsaucen drauf. Wissen Sie, weil diese Australier haben das schwere Erbe der englischen Küche angetreten. – Oder wir ham gegessen, das war ein Auflauf, ein ... ehm ... Soufflé an Flamingozungen, hats geheißen. Flamingozungenauflauf an Bordeaux-Wein, nicht. Aber da war gerade diese Mururoa-Sache, diese Gaudi mit diesen Atomtests, Sie wissen schon. Und dann kommt der Guide daher und sagt, ob wir ausnahmsweise statt diesem Bordeaux vielleicht doch lieber einen Trollinger trinken. Und dann hat der Vati gesagt: »Naja, also wenn wir damit dem Chirac eins auswischen, in Gottes Namen, trinken wir auch einen Trollinger dazu.« Und dann kam diese Enttäuschung, so eine Enttäuschung, also ich hab den Vati noch nie so enttäuscht gesehen. Wissen Sie, aber es ist auch im Prospekt gestanden, es hat ja auch geheißen, wir bekommen einen Tafelspitz vom Riesenwaran. Es ist ja ausdrücklich drin gestanden, dann kommt der Guide daher im letzten Moment und sagt, den Riesenwaran können sie nicht mehr servieren, der letzte Waran ist vor drei Monaten ausgestorben, ein Zahnarzt-Ehepaar aus Ebersberg bei München hat den letzten gefressen. Also, Sie hätten unsern Vati sehn sollen. Der Vati war – also, vollkommen desillusioniert. Er hat gesagt, »warum mache ich die Reise, warum mach ich diese Reise«, er sagt, »einmal in meinem Leben hätte ich halt so gern einmal etwas Ausgestorbnes probiert.« Naja, dann haben sie sich dafür entschuldigt und haben ersatzweise diese Eier serviert von diesen Sch . . . äh . . . Riesenschildkröten, wissen Sie, und der Guide hat gesagt, er geht davon aus, äh . . . die sterben auch bald aus. Und dann haben sie sie serviert und haben wieder diese Pfefferminzsauce drauf. Na ja, also jetzt, kurze . . . lange Rede, kurzer Sinn, und dann kam der Höhepunkt der Reise: Das Motto hat geheißen »Wir fliegen zu den Papalangi«, das sind diese Man-Eater, wobei ich sagen muß, der Begriff Man-Eater ist mißverständlich, denn sie essen ja Frauen auch. Also wir sind rübergeflogen mit Transfer und Propellermaschine und dann – eine Hitze – ich sag Ihnen, eine Hitze, brüllende Hitze, Dreck, Schlamm, Mücken, Schnaken, Bremsen, nicht wahr, fürchterlich, bis man zu diesen Man-Eatern kommt. Stundenlang sind wir mit dem Ranch Rover durch diesen Dreck, weil dieser Stamm ist ja erst vor einem Dreivierteljahr entdeckt worden, aber sie sind bereits . . . äh . . . katholisch – also den Papst kennen sie. Und einer von ihnen, der Medizinmann, hat sogar diesen Karl Moick, diesen . . . äh . . . vom . . . vom . . . Musikantenstadl, hat er schon auf einem Bild dabei gehabt. Und . . . äh . . . und ich muß auch sagen, diese Man-Eater, sie sind auch . . . also . . . herrlich in ihrem Benehmen, wie sie uns empfangen ham, mit einer Herzlichkeit und einer Natürlichkeit, mit einer Nonchalance haben sie uns begrüßt, und sie haben getrommelt – sie trommeln ja so gerne –, mit einer Inbrunst haben sie getrommelt; »Stille Nacht« ham sie getrommelt und . . . ehm . . . und das Kufsteinlied und »Horch, was kommt von draußen rein«. Also diese Man-Eater. Und dann muß ich noch sagen, ja, als es dann soweit war, bevor wir zu Tisch gebeten wurden, äh . . . ist der Guide noch mal gekommen und hat uns gesagt, »wer jetz dann kein Menschenfleisch nicht essen will, braucht es auch nicht zu essen, der kann ersatzhalber auch Maultaschen oder Spaghetti oder ein Tiroler Gröstl bekommen, also keiner muß es essen«. Nur unser Vati hat gesagt:

»Kommt nicht in Frage, ich hab das Fleisch bezahlt, ich habs gebongt, und wir essen es auch.« Und wie diese Man-Eater auch den Tisch gedeckt haben, das muß man gesehen haben. Also und mit einem Geschmack, diese Man-Eater. Sie ham ein Dekor und auch ökologisch, also zum – alles so schön hergerichtet, keinerlei Plastik, nur Porzellanteller, wunderbar gedeckt, der Tisch, also, man ... man muß zugeben und sehen, diese Man-Eater, sie sind auf der Höhe der Zeit, sie wissen, das Auge ißt mit. Und dann, bevor wirklich serviert wurde, hat unser Vati, weil, wissen Sie, unser Vati ist seit diesem Rinderwahn, mit dieser BSE-Geschichte, ist unser Vati sehr hellhörig, alles, was Fleisch angeht. Und dann hat er den Guide kommen lassen, hat gesagt: »Bitte sind Sie so nett und verraten Sie mir, woher kommt das Fleisch?« Aber der Guide hat ihn gleich beruhigt und hat gesagt, nein, er garantiert, das Fleisch ist clean, also er gibt ein Zertifikat, sie legen eine Hand ins Feuer, also sie sind da ... also wir brauchen keinerlei Angst zu haben, das Fleisch ist vollkommen in Ordnung. Er sagt, das Fleisch kommt höchstens, er sagt, wenn diese Man-Eater einen erwischen, vielleicht einmal von den Boat-People, dann kann es sein, daß er in den Topf kommt, oder in seltenen Fällen, aber wirklich nur sehr selten, wenn er überhaupt hergeht, dann vielleicht einmal ein Blauhelm, aber er sagt, wenn da ein Engländer dabei ist, dann lassen sie ihn sowieso wieder laufen. Also ich sags ganz ehrlich, ich bräuchte kein, äh ... kein Menschenfleisch essen, und das Mariele hat auch gesagt, nein, also jeden Tag müßte sie das wirklich nicht haben. Und wir hams auch nicht mitgenommen, weil sie hams uns als Suppe in Konservendosen noch verkaufen wollen, nicht? Also man muß es wirklich nicht immer essen, aber auf der andern Seite sag ich halt, mein Gott, man war einmal dabei, man hats einmal probiert, man kann halt doch einmal mitreden.

Der Ruhe-Erzwinger

»Ist da noch frei?« frage ich, hoffend, in der Gaststätte noch einen Platz zu ergattern.

»Freilich«, sagt der Mann am Tisch. »Setzen S' Eahna ruhig hin.«

Endlich, ich sitze. So, und jetzt die Speisenkarte. Da plötzlich – Grrrummelgrr – ein tiefes Grollen unter dem Tisch – Grrmmgrrnaff. Ich lasse erschrocken die Karte fallen.

»Der tut nichts«, sagt der Tischnachbar, »der ist heute nur etwas schlecht aufgelegt. Wenn Sie sich ruhig verhalten, dann macht er nichts. Bloß, tun S' um Gottes willen nicht mit der Hand auf den Tisch schlagen – da erschrickt er. Er ist nämlich ein Rottweiler, und die sind halt einmal sehr sensibel.«

»Jaja«, sage ich. Trotz einer gewissen Beklemmung bestelle ich Würstel und ein Bier. Als ich mir prophylaktisch den Senfnapf hole, geht's los. Grrrummgrrmchnaahrrrr. Ein bestialisches, animalisches Grollen. Unter mir sitzt einer, der frißt auch Menschen.

»Brav!« gebietet sein Herrchen. »Schön brav. Der Herr ist auch ein Gast – so wie du, hähä«, lacht der Dompteur. »Aber beherzigen Sie, was ich Ihnen sage: keine Bewegung – möglichst.«

Leider kommt das Bestellte, die Würstel. Die Bedienung stellt sie etwas unsanft auf den Tisch. Grrmrrchchmrrwoouu. Jetzt kriege ich Angst. Unter dem Tisch rumort es. Hoffentlich beißt er nicht zu.

»Sie können schon essen«, sagt mein Vis-à-vis, »aber bitte achten Sie auf Ihr Besteck, das Klicken mag er nicht. So was mögen Rottweiler generell nicht so gern.«

»O. K.«, sage ich. Ich schwitze. Vorsichtig, wie wenn man operiert, schneide ich die Wurst und dosiere den Druck aufs Messer, damit nicht plötzlich ein Aufprall aufs Porzellan passiert.

Das Sauerkraut läßt sich geräuschlos mit der Gabel lupfen.

»Er ist eine Seele von einem Hund«, sagt sein Besitzer. »Er haßt die Nervosität beim Menschen.«

Ich trinke, aber dann muß ich das Glas abstellen, leider zu hart, obwohl der Bierdeckel dämpft. Grurrgrrrwuff. Ich schnaufe durch und halte den Atem an. Ich hätte gerne meinen Fuß bewegt, aber jetzt bin ich steif wie ein Zaunpfahl. Ich bewege mich nicht mehr.

Der Bestienbesitzer zündet sich gemütlich eine Zigarre an. »Und? Schmeckts?« fragt er.

Ich nicke vorsichtig, um kein Geräusch zu machen. Ich müßte jetzt auf die Toilette, aber ich trau mich nicht, mich zu erheben.

Ich frage: »Sie, ich müßte einmal – Sie verstehen, aber – der Hund?«

»Ja, Sie haben recht«, sagt der Mann, »ich rauche noch meine Zigarre zu Ende, und dann gehen wir sowieso. So lange können S' doch noch durchhalten?«

Ich nickte eifrig.

»Hat's nicht geschmeckt?« fragt die Bedienung.

»Doch – aber zuviel«, sage ich gepreßt, »und ich möchte gern zahlen.«

»16 Mark 20 machts.«

»Achtzehn«, sage ich.

»Und zwei Mark zurück«. Peng – die zwei Mark knallen auf den Tisch. Wuffrgrrmichrrhrrwaff. Unter dem Tisch ein Inferno – fürchterlich – das Raubtier ist zum äußersten gereizt.

»Pfui!« brüllt sein Meister. »Zurück – pfui!«

Die Bedienung ist auch zu Tode erschrocken, von unten tönt's: UWAUWAU.

»Hätten S' halt zur Bedienung ›Es stimmt schon‹ gesagt, dann wäre das nicht passiert.«

Inzwischen bin ich aber soweit, mein linker Fuß ist weitgehend verheilt, und in vier Tagen kann ich wieder ohne Krücken gehen.

Wirtshausgespräche

An der Wiedergeburt muß was dran sein,
deswegen ham mir wahrscheinlich diese
Überbevölkerung.

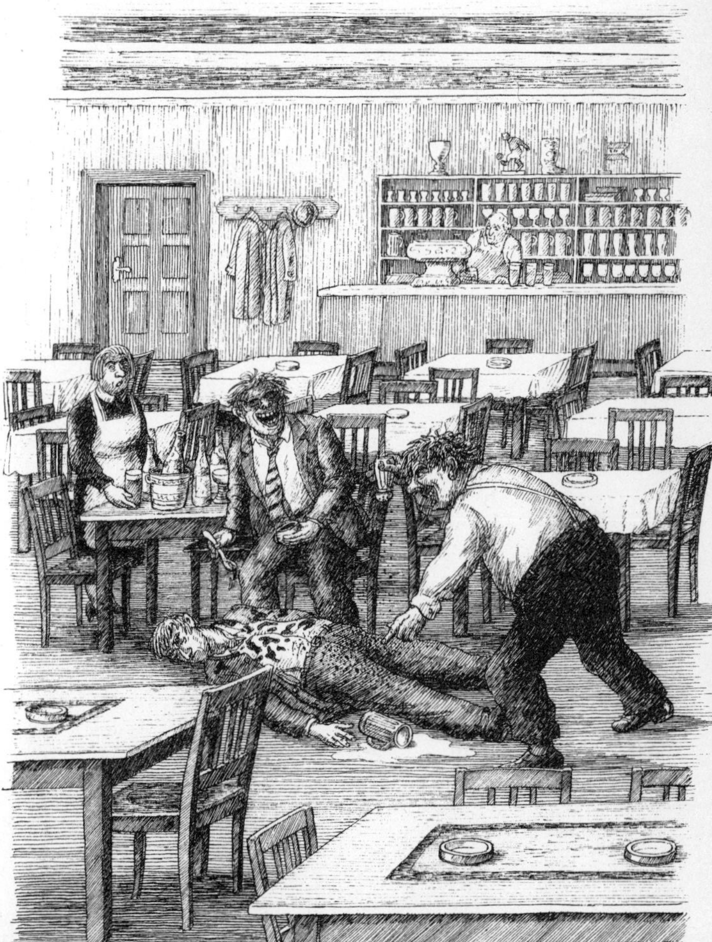

Veteran und Reservist

Personen:
ANNA *Bedienung*
OTTO *Zapfer*
HERR CROTT *Stammgast*

Außerdem ein Veteran, ein Reservist, ein Penner und ein Taxifahrer sowie Heinz, ein Hamster aus Syrien.

Ort: ein Wirtshaus an der Ecke.

Ein Penner steht an der Theke; am Stammtisch sitzt Herr Crott; am Nebentisch sitzen ein Veteran und ein Bundeswehrreservist, gerade entlassen; an einem Stehtisch stehen zwei Vertreter. Zur Wirtschaft gehören noch Otto, hinter der Theke, und Anna, die Bedienung.

ANNA So, der Herr möcht zahlen. Sie ham ghabt a kleines Helles und ein Sol-Ei . . .

PENNER Kannt i vielleicht no so a Sol-Ei . . .

ANNA Jetz zahlen S' doch zerscht amal des, des san – *rechnet* – zwei Mark fuchzehn. *Gibt dem Penner einen Rechnungszettel.*

PENNER *liest* Wieviel?

ANNA Zwei Mark fuchzehn.

PENNER Wieviel macht da des Sol-Ei?

ANNA Der obere Betrag.

PENNER Aha. Ja – Moment . . . *Kramt in seinen Taschen.* Da, des san derweil scho mal fuchzehn Pfennig, jetz an Moment. *Sucht weiter.*

OTTO *schaut ihm dabei zu.* Oh mei . . .

ANNA Herr Crott, kriegn ma noch a Bier?

HERR CROTT Ah ja, n kleines Schnelles fürn Heimweg.

ANNA *zum Penner.* Ham S' jetz den Restbetrag?

PENNER Zwoa Mark warn des?

ANNA Ja, genau, zwei Mark.

PENNER Ah ja, genau, zwei Mark, genau. *Sucht wieder.* Herrschaft haa ...

ANNA Oiwei desselbe mit dem. Wer hat denn den überhaupts neilassn?

OTTO Der is vo selber reikemman. Auf einmal war er da.

ANNA Hat der net Lokalverbot?

OTTO Mei, er is halt so anhänglich. Der kimmt oiwei wieder, obwohl er nie a Geld dabei hat.

PENNER Na, Sie, also ...

ANNA Zwoa Mark.

OTTO Wie oft mir den scho nausgschmissn ham.

ANNA Sagn S' amal, wie oft ham Sie jetz scho Lokalverbot ghabt, da herin?

PENNER Mei, wieso des, so a Schmarrn ...

OTTO Der is wie ein Zeck.

ANNA *stellt Crott das Bier hin.* Der hat scho mindestens zwanzigmal Lokalverbot ghabt. Also was is jetz: zwei Mark!

PENNER Sie, ich bin jetz grad in einer momentanen Verlegenheit ...

OTTO Aha. Momentan.

PENNER Ja, mei! Aber ich könnt Ihnen, da schaun S' her, des is a Nahkampfspange, a echte, ausm Zweiten Weltkrieg, für Verdienste im Nahkampf.

ANNA Wie, zoagn S' her ...

PENNER Da müßtn S' mir allerdings no zehn Mark drauflegn, de is in Wirklichkeit mindestens dreißig Mark wert, also für Sie waar des direkt a Gelegenheit ...

VETERAN Was, wo, zoagn S' amal, wo? *Schaut den Orden*

an. Ah, des is a Hosenscheißerordn, ham mir gsagt, den könna S' wegschmeißn.

PENNER Naa, hee, wieso, der is wertvoll.

VETERAN Ah, a Hosenscheißerordn is.

ANNA Bhaltn S' n. Zwoa Mark samma.

RESERVIST Derf i amal . . . *Schaut Orden an.*

PENNER Des is original ausm Zweiten Weltkrieg, der is mindestens dreißig Mark wert, für Kenner sogar vierzig.

VETERAN A Hosenscheißerordn is.

RESERVIST Für a Markl dad i'n Eahna abkaufn.

PENNER Ah ja, dean Ses her. *Nimmt die Mark, haut sie auf die Theke.* Da, stimmt scho.

ANNA Was hoaßt da »Stimmt scho«, i kriag no a Markl.

PENNER Ah ja, des Sol-Ei.

ANNA Also, jetz hörn S' amal auf, jetz hab i's satt mit Eahna. Schaun S', daß S' nauskemma, Sie ham jetz endgültig Lokalverbot.

OTTO Lassn S' Eahna ja nimmer blicken da herin, sonst holn mir d Polizei.

PENNER So ein Saftladn . . . *Geht.*

ANNA As nächstemal kriegen S' nur no was gega Vorauskasse, daß S' es genau wissn!

OTTO Und as übernächstemal holn mir d Polizei!

ANNA Des is doch jedesmal desselbe mit dem Kerl. Ham S' des wieder gsehn? Herr Crott, des Sol-Ei, des kann i abschreibn.

OTTO A so was von defizitär . . .

ANNA Wenn ma solchene Leut sieht, na vasteht ma direkt, warums die Neutronenwaffe baun, so Leut wie der san ja total unrentabel, solchene Parasiten . . .

VETERAN Des hätts zu meiner Zeit net gebn. Da hat ma solchene Subjekte eingsammelt. A Schaufel in d Hand, a Tritt in Arsch und ab in Steinbruch. An Schnaps hätt i no gern.

ANNA Sofort!

RESERVIST Mir aa oan! Und eahm sein auf meine Rechnung! Ha! Des war jetz a Gschäft. Der Mo hat ja keine Ahnung ghabt. Da, der Ordn, der is ausm Weltkrieg eins, der is ja im Großhandel scho mindestens hundert Mark wert. Der geht auf der Zürcher Kriegerordenbörse nicht unter dreihundert Franken weg.

VETERAN Aber a weng putzn derfstn scho. So was ghört gepflegt.

OTTO Da, zwei Schnäpse die Herrschaften, zum Wohlsein.

RESERVIST Mögn Sie aa oan?

OTTO Naa, i derf net. Obwohl, oan ... Anna, noch an Schnaps.

VETERAN Wenn er vom Ersten Weltkrieg is, na hab ich noch an Respekt. Wei, im Zweiten Weltkrieg, da hat's ja gar koan Nahkampf in dem Sinn mehr gebn. De im Nahkampf, de san alle kaputtganga, also, wenn oana mit ara Nahkampfspange hoamkemma is, na war was faul, drum ham mir gsagt, Hosenscheißerordn. Also, paß auf, wo warn mir. *Wendet sich auf dem Tisch aufgebautem Kriegsspielzeug zu: Zahnstocher, Salzfaß, Knorrwürze, Senfglas.* Da Russe drängt von hintn am Dnjepr mit seine Panzerverbände, da Rumäne hier, und sagn mir amal, da Italiener als Bündnispartner hat ja total versagt. Mei, mir ham praktisch ois selber macha müassn. Mir ham mit der 8-8 unheimlich neighacklt. Da hätt ma schwörn können, keine Maus is mehr lebendig, aber oiwei wieder hat irgendwo a Russ rausgspitzt. Sovui ham mir gar net umpflügn könnan, wie da daherkemman san. Also ein Menschenmaterial war des, des war direkt sagenhaft ...

ANNA Iiih, pfui Deifi, a Ratz!!

OTTO Was, wo?

ANNA *zeigt auf Hamsterkäfig, der bisher mit Handtuch zugedeckt war.* Da! Pfuideifi, wer hat da den Ratzn daherbracht?

OTTO Des is doch koa Ratz, des is der Heinz, mein Hamster.

ANNA Des is mir egal, schaug, daß d den Ratzn nausbringst, des is ja widerlich, ääh ...

OTTO Wieso, des is der Heinz aus Syrien, der tut keiner Seele was. Ich hab ihn ja auch nur vorübergehend mitnehmen müssen, weil in meim Mietvertrag san nur Zierfische genehmigungsfrei, und fürn Heinz hab ich noch keine Aufenthaltsgenehmigung, weil, mein letzter Hamster, der Wallenstein, der wo genehmigt war, den hab ich in der Nacht versehentlich zertreten.

ANNA Äääh, hör auf, mir grausts aso, tu des Viech weg.

OTTO Da schau her, des is mein Mietsvertrag. Siehst – desweg hab ich an Heinz mitbracht ...

ANNA Ja, aber da herin gilt net dein Mietvertrag, sondern die Gaststätten-Hygieneverordnung, und des da is ein Nagetier, und Nager ham da herin nix zum suchen: Naus mit dem Viech.

OTTO Ja – *nimmt den Hamster* – aber könn man net derweil aufn Fernseher naufstelln, da stört er doch net.

ANNA Na hängst aber wenigstens wieder des Handtuch drüber.

OTTO Aber na sieht er ja nix mehr, der Heinz, wo er doch so interessiert is.

ANNA Also, von mir aus, aber stell ihn weit weg.

OTTO Hast as ghört, Heinz ... *Stellt ihn auf den Fernseher.*

VETERAN De Hitlersäge, 1200 Schuß pro Minute, waar ja theoretisch ideal gwesn für diese vielen Russn, aba mir hams ja bloß im Winter gscheid eisetzn können, weil im Sommer is so hoaß wordn, da hats nach a paar Minutn scho an Lauf verbogn, des war dann kein präzises Arbeiten mehr ...

OTTO Mei, so a Haustier, des is scho a Aufgabe. Er braucht a Pflege, er braucht ja jemand, der ihm zugetan is. *Kramt in der Eßvitrine.*

VETERAN Zum Russenwegputzn ham mir damals no koane Computer net braucht, des war alles Handarbeit.

OTTO So, da ham mir was Feines fürn Heinz. *Nimmt ein Pflanzerl aus der Vitrine.*

ANNA Naa, Otto, des laßt da, des is vo heit. Da, nimm des, des is von vorgestern.

OTTO Ah ja, tuas her.

ANNA Herr Crott, noch eins?

CROTT Ja, noch n kleines Schnelles fürn Heimweg.

VETERAN Da, in de Fingerkuppn, da hat ma a Feingefühl braucht, da, wegam Munitionsverbrauch, da hast nur ganz kurz antippen dürfen, prrrrt hats gmacht, und a Garbe is naus.

OTTO Da, Heinzi ... *Heinzi frißt nicht.* Ah, der arme Kerl, schmeckts eahm wieda net. Er hat oiwei so wenig Appetit. Schad, daß der Penner scho weg is. *Zum Veteran.* Mögen Sies vielleicht, er mags net.

VETERAN Ja, tuas her, und noch an Schnaps. Mir ham damals an Mussolinischeiße fressn müssn, des kennt heut koa Mensch mehr. *Beißt ins Pflanzerl.* An Ketschap, bitte.

ANNA So, Herr Crott, ein kleines Schnelles zum Heimgehn.

HERR CROTT *blättert in einer Illustrierten.* Danke.

ANNA Ham S' es scho glesn, Herr Crott, jetz soll ma in Zukunft wahlweise Steuern zahln können oder die Patenschaft für an Beamten übernehmen. I glaub, des mach i vielleicht, da weiß i dann wenigstens, wos Geld hinkommt, weil bei de Steuern woaß des heut koa Mensch mehr. Wissen S', des is praktisch so, wie wenn ma jetz so a Patenkind in Indien hat, nur net so preiswert.

VETERAN Ah, des haut doch nie hin! Wenn koana mehr Steuern zahlt, wer finanziert nachad die ganzn Arbeitslosn?

ANNA Mei, de werdn in Beamtenstand erhobn, dann ham mir die Arbeitslosigkeit praktisch glei aa beseitigt.

OTTO Ja, genau. Ich hab mich scho länger nach einem umgschaut, un jetz hab ich mich für den da entschlossen. *Zieht Fotos aus der Tasche.* Schaun S' da, des is der meinige, der Herr Rösner, a Postinspektor im Außendienst. Da, auf dem Foto is er noch a bißl magerer, da war er noch Auszubildender.

ANNA Mei, zeig amal, mei, nett is er. Wie alt is er denn?

OTTO Jahrgang 49. Er is sehr zielstrebig, er möcht bald pensioniert werdn.

ANNA Ja, aber Otto, du kannst dir doch bei deine Einkünfte keinen ganzen Postler leistn.

OTTO Nanaa, mir san a Patengemeinschaft, mir san zu dritt. Und wenn er befördert wird, na muß noch a vierter mit einsteign. Wie waars, Herr Crott?

HERR CROTT Nein.

ANNA Der Herr Crott is doch selber a Beamter, der kann doch keinen Beamten in Patenschaft nehmen.

HERR CROTT Genau.

ANNA Naa, aber ich hab mirs auch schon überlegt, aber wenn, dann nur einen vom Gewerbeaufsichtsamt. Da hätt ma dann an persönlichen Kontakt und im Zweifelsfall auch amal an Nutzen. Draufbracht hat mich der Dr. Schmidinger, mei Zahnarzt, der hat an echten General gnommen. Mit so Orden halt, den ladt er so hie und da bei gesellschaftlichen Anlässen amal ein, in voller Uniform natürlich, da setzt ern dann beim Essn immer so hin, daß man 'n auch gscheid sieht. A netter, bescheidener Herr, der General. An Weihnachten wollt er ihm seinen Mercedes schenken, den hat er fei nicht angenommen, also hochanständig, und der Dr. Schmidinger sagt auch, die Generäle, de san gar net des Teure, ma könnt noch viel mehr befördern, wenn net diese teuren Waffen wären. Da müßt ma halt amal sparen. Diese teuren Overkills nehmen unseren Soldaten praktisch die Arbeitsplätze weg. Ma kann's nicht mehr finanzieren.

OTTO Ja, mit de Beamte is des asselbe. Des Teure an dene san ja im Endeffekt auch net nur die Gehälter, sondern die Folgeschäden, von dem, was's machen, weils immer noch was leisten müssen, stimmts net, Herr Crott?

HERR CROTT Ja, da is was dran. Ach, aah . . .

ANNA Noch a kleines Schnelles?

HERR CROTT Ja, genau.

OTTO Also, wenn die Beamten endlich amal überhaupts nix mehr leisten müßtn, des waar für unsere Volkswirtschaft eine Riesenerleichterung, na hättn mir praktisch nur noch die reinen Lohn- und Gehaltskosten und a paar Beförderungen . . .

ANNA Ja, und die Kosten für die Aufenthaltsräume, Kantine, Büromaterial, Heizkosten und so . . .

OTTO Aber die teuren Dienstwägen, die bräucht ma dann aa nimmer, weil, sie müßtn ja nimmer in der Gegend rumfahrn.

ANNA Ja, da gibts ja Staatsdiener, de ham Dienstwägn, da kostet ein Vorderreifen mit Felge mehr, als wie mei Schwiegermutter Rente hat, des hab i glesn.

OTTO Ja, aber was hatn die nachad für an Mann ghabt?

ANNA A Kriegsopfer war er von Beruf, sie hat a Kriegerrente. So, Herr Crott, jetz . . .

HERR CROTT *ist vom Stuhl gefallen.*

ANNA Otto, ruf as Taxi fürn Herrn Crott, der möcht jetz hoamgeh . . . *Nimmt aus Herrn Crotts Geldbeutel Geld, gibt Wechselgeld und steckt Herrn Crott seinen Geldbeutel wieder ein.* So, Herr Crott, mir ham jetz ghabt 1, 2, 3, 4, 5, 6, 7, 8, 9, 10, 11, 12 kleine Schnelle, ah halt, und des da noch, 13 . . .

OTTO *bestellt im Hintergrund das Taxi für Herrn Crott.*

Wenig später kommt ein Taxifahrer zur Tür herein.

TAXIFAHRER As Taxi!

ANNA Herr Crott, as Taxi.

OTTO Da, des is Ihr Fahrgast ... *Deutet.*

TAXIFAHRER Hat er gspiebm?

ANNA Nanaa, der Herr Crott macht so was net, gell, Herr Crott ...

HERR CROTT *grunzt.*

TAXIFAHRER Ja, also, was is jetz?

OTTO Geh, fassen S' halt gschwind mit an. Herr Crott, auf gehts ...

TAXIFAHRER Eigentlich derf i ja gar net, i hab an Herzfehler ... *Hilft.*

ANNA *nimmt Geldbeutel aus Herrn Crotts Tasche.* Der Herr Crott wohnt Herzogstraße 18, 3. Stock, bei Crott, 3x läutn, na werd er abgholt. *Gibt dem Taxifahrer einen Zwanzigmarkschein.* Da, 14,20 kosts oiwei, gebn S' mir auf 15 Mark raus, wei an Rest gibt er oiwei Trinkgeld.

TAXIFAHRER *schleppt mit Otto Herrn Crott.* Moment, glei.

OTTO Am bestn fahrn S' über Clemensstraß und d Wilhelm nachad links nei ...

HERR CROTT *und der* TAXIFAHRER *verlassen das Lokal, Anna liest die Bildzeitung.*

VETERAN De Hitlersäge hat ja einen Höllenradau gmacht, da, wennst an ganzn Tag kämpft hast, also ständig dieses Prrr Prrr, gell, des hats nausghaut wie Dünnschiß. Dazu des Gschrei von de Verwundeten, des war praktisch Schwerarbeit, und auf der andern Seitn die Stalinorgeln, de ham aa ganz schee pfiffn, und nie was Gscheids zum Essn ...

RESERVIST Da Leopard is aa net leiser, mei, mir hättn scho so an Gehörschutz, aba den setzt koa Sau auf, weis so hoaß is in dem Kastn.

VETERAN Ah, es habts ja keine Ahnung, es habts ja nix

erlebt. Ringsumher is gestorben worden, da macht ma sich heut gar keine Vorstellungen mehr, a richtiges Massensterben halt . . .

ANNA Da, Otto, da schau her, da stehts: Heinz Rühmann glaubt an Wiedergeburt.

OTTO Ja, ich glaub auch, da muß was dran sein, deswegen ham mir wahrscheinlich diese Überbevölkerung.

VETERAN Da ghört amal wieder a gscheider Krieg her, na sans glei a paar weniger. Des is ein Naturgesetz, wie eine Selbstreinigung förmlich, wei, der Krieg is der Vater aller Dinge, des hat da Dings gsagt, da . . . ah, noch an Schnaps, an Obstler!

OTTO Ja, aber der nächste Weltkrieg, des moan i, werd a Vollreinigung, jetz, mit diesem Atom- und Neutronendings . . .

RESERVIST Was habts es gega de Neutronenwaffe? De is ethisch betrachtet wertvoller, weis die Sachwerte nicht antastet.

ANNA Da kann dann der Heinz Rühmann, wenn er wieder aufd Welt kimmt, sein Flugzeug praktisch gleich wiederverwenden.

OTTO Naa, des stimmt net, weil er kimmt ja nimmer als Heinz Rühmann aufd Welt, sondern als wer anders, also den Flugschein, den muß er auf alle Fälle nomal machn, wenn er gstorbn is.

RESERVIST Wenn einer in am Atomkrieg stirbt, na is er meistens selbst mit schuld. Unser Bevölkerung is ja in erschreckendem Maße uninformiert.

VETERAN Ah, hör ma doch auf! Keine Ahnung habts es jungen Hupfer.

RESERVIST Ja! Wissen Sie zum Beispiel, wie ma sich verhält, wenn a Nuklearschlag kimmt?

VETERAN Ah, i hob scho ganz anderne Sachen erlebt wie an Atomkrieg.

RESERVIST Da schaun S', i habs schriftlich! Des weiß halt bloß keiner. Da, hier! *Holt Bundeswehrbroschüre, liest vor und demonstriert.* Merkblatt: Schütze dich gegen die Wirkung von A-, B- und C-Kampfmitteln, des is Atom, Bio und Gas. Hier. Atomare Kampfmittel: Wenn erwartet wird, daß der Feind Atomsprengkörper einsetzt, nutze jede Deckung aus. *Springt hinter die Theke.* Also, wenn der Atomschlag von da kimmt . . . *Deutet.*

ANNA Obacht, da steht a Glas mit Sol-Eier, passen S' auf!

RESERVIST Wo? Ah ja da, – dann: Dichte den Kampfanzug ab. *Macht seinen Anorak zu.* Bedecke Hautverletzungen mit A-B-C-Schutz-Wundschnellverband, des hab i jetz koan da, des ghört aber heut in jede Hausapotheke, habts es oan da?

ANNA Naa.

OTTO Daheim vielleicht . . .

RESERVIST Na also, sehgts es, keine Ahnung! Dann: Setze Kapuze auf. *Setzt Kapuze auf.* Ziehe Handschuhe an. Handschuhe?!

ANNA Neba da Spüle san Gummihandschuh.

RESERVIST Ah, da, aber de san mir z kloa. Des könnts euch ja vorstelln. Schütze dich gegen Blendung. *Setzt Sonnenbrille auf.* ABC-Schutzmaske bleibt zunächst in der Tragebüchse. Jaa, und nachad, ganz wichtig, gega Strahlung! Habts es a Alufolie?

ANNA Moment. *Holt Folie, gibt Reservist ein Stück.* Da, is so recht?

RESERVIST Naa, des glangt net, i geh von am Totalschlag aus.

ANNA Mehr kriegn S' aber net, de brauch i zum Knocheneiwickln.

RESERVIST Aber im Ernstfall bräucht ichs ganz, für meine Knochn. *Wickelt sich in die Folie ein.* So. Jetzt wirf dich bei überraschender Atomdetonation sofort in Deckung,

Gesicht an den Boden, Hände unter den Körper. *Wirft sich unter Kneipentisch.* Zähle die Sekunden bis zum Eintreffen des Detonationsknalls. 1 – 2 – 3 – 4 – 5 –

OTTO Ah, der mit seim Schmarrn. *Schaltet den Fernseher ein.* Schau mir halt amal, was kimmt.

Aus dem Fernseher kommt ein Explosionsgeräusch und ein Filmbeitrag über Wirkungsweise von Atombombe, Neutronenwaffe und Cruise Missile.

RESERVIST *setzt sich wieder.* Ja, es habts jetz gsehn, so ungefähr gehts.

ANNA Gell, ma kann also doch allerhand machen bei so am Atomkrieg. Wissen muß mas halt.

RESERVIST Ma muß sich halt richtig informiern und net bloß blöd daherredn.

ANNA Kriegn ma noch a Bier?

RESERVIST Ja.

VETERAN Und mein Obstler, habt S' den vergessen?!

OTTO *spielt mit dem Hamster, im Fernsehen drunter wirkt die Neutronenwaffe.*

Eintracht

Personen:
ANNA *Bedienung*
OTTO *Zapfer*
EBERHARD *Bayern-München-Fan*
ADE *noch ein Bayern-München-Fan*
Ort: ein Wirtshaus an der Ecke.

Kneipe. Anna hinter der Theke; Eberhard am Flipper; am Tisch daneben ein paar Fußballfans, darunter Ade. Otto betritt das Lokal.

ANNA Ja Otto, wo bleibst denn?
OTTO Wieso, is doch eh no net vui los.
ANNA Des is egal, mir ham 17 Uhr ausgmacht.
OTTO Du kannst heut von Glück redn, daß ich überhaupts kemmen bin.
ANNA Mei, was hastn heut für a Ausred?
EBERHARD *am Flipper.* Zefixhimmiarschundzwirn, Scheißkastn!
OTTO Des is keine Ausred, des is die bittere Wahrheit. Heut, an der Bushaltestelle, da hams also direkt vor mir, habn a paar so Rowdies, ham da vor mir so an Mann verhauen, also, so richtig zammgschlagn hams'n. Wann i zerscht aus dem Bus ausgstiegn waar, na hätts mi derwischt.
ANNA Und, is koa Polizei kemmen?
OTTO De ham doch Wichtigeres zum tun. Des war ja koa Demonstration, sie habn ihn halt zammgschlagn, net.

ANNA Des warn sicher wieder so Hausbesitzer mit ihre Kernkraftwerke.

OTTO Naa, so schlimm warn die net, des warn mehr so Fußballer.

ANNA Ah ja, heut is ja Pokalspiel.

OTTO Ja, genau, also, de ham jedenfalls behauptet, der Mann wäre eine Bayernsau.

EBERHARD Was? Wer hat da Sau gsagt?! Hast du Sau gsagt?! *Packt Otto.* Hast du vielleicht Sau gsagt, Opa?!

OTTO Nanaa, ich hab gar nix gsagt, ich hab nur jemand zitiert.

EBERHARD Wer hatn nachad Sau gsagt?!

ANNA Niemand. So kommunistische Hausbesitzer.

EBERHARD Ah. So. *Flippert wieder weiter.*

OTTO Nanaa, des warn keine Kommunisten, des warn Fußballfans, des war also net aso wichtig in dem Sinn, aber der Mann hat tatsächlich nimmer aufstehn können.

EBERHARD Diese Eintrachtsäue, aber de wern ma heut aufmischn. Zefix, Scheißkastn! *Haut an den Flipper.* Eintracht Zweitracht, Bayern schießt, daß es kracht! Hihaho! Eintracht geht k.o.! 1 – 2 – 3 – Bumm, Eintracht fällt um. Prost!!

Ein paar Fans brechen lärmend auf, Eberhard und Ade bleiben noch hocken.

ANNA Kriegn ma noch a Bier?

EBERHARD *rülpst.* Diese Eintrachtdrecksäu, aber da, wenn i heit oan dawisch, der werd aufgmischt.

ANNA So, einmal Cörry mit Pommes . . .

OTTO Für wen?

ANNA Da, der Herr . . .

EBERHARD Zefix, Scheißkastn!

OTTO So, bittschön, der Herr, einmal Cörrywurst mit Bommfrit, an guatn.

EBERHARD Herrschaftseitnzefix!

OTTO Sie ...
EBERHARD Da stellstas hi, Opa.
OTTO Ja Sie ...
EBERHARD De Sauhund, de varrecktn!
OTTO Sie, was sind denn des für Ausdrück!
EBERHARD Halt dei Mäu, du Schwammerl.
OTTO Ja, Sie, was sand denn des für Ausdrück?!
EBERHARD Halt dei Mäu, Opa, kimm, schleich di.
OTTO Ausdrücke hat der, den kannt ma ja direkt anzeign, wega Beleidigung.
ANNA Sei stad, Otto, der hat no net zahlt.
OTTO Ja, aber »Du Schwammerl«, des is durchaus eine Beleidigung.
ANNA Wieso? Des kimmt oiwei drauf o.
OTTO In Nürnberg, da hams a Marktfrau zu zweitausend Mark verurteilt, weils an Polizistn bloß geduzt hat. De hat sonst no gar nix Despektierlichs gsagt, also, von Schwammerl war da noch gar keine Rede, obwohls a Marktfrau war.
ANNA Naja, aber Otto, du bist doch koa Polizist.
OTTO Ja, aber »Du Schwammerl« is scho a starkes Stück, Pilze und so, gell?
ANNA Mei, i dad sagn Ansichtssache, gell, aber bei am Polizisten, da san des halt doch andere Maßstäbe, mögn ma noch a Bier?
ADE Naa, zoin. Mir müaß ma ins Stadion eilaffa.
ANNA Woaßt Otto, zu am Polizisten derf ma net amal Witzbold sagn, also Witzbold, des is für an Polizistn scho der Tatbestand einer Beleidigung.
OTTO Ja, aber wieso? Witzbold, wann zu mir oana Witzbold sagt, des is doch eher was Positives.
ANNA Jaa, privat vielleicht, aber der Polizist, der war ja im Dienst. Na hat a Radlfahrer »Sie Witzbold« gsagt, des hat fei sexhundert Mark kost. Des hab i glesn.

OTTO Sexhundert Mark?!

ANNA Sexhundert Mark, des hab i glesn.

OTTO War der so beleidigt?

ANNA Ja, der Ausdruck »Witzbold« hat den in seiner Menschenwürde zutiefst getroffen. Und der hat »Sie« gsagt, gell, wenn der »Du« gsagt hätt, na waar des auf Zweitausendsexhundert kemman.

OTTO Wieso?

ANNA Du hast doch grad selber gsagt, as »Du« zu am Polizistn kost zweitausend. Und sexhundert Mark fürn »Witzbold« macht zweitausendsexhundert.

OTTO Obwohl, des mit dem »Du« is auch so a Sache, des hab i jetz grad amal glesn, daß »Du Arschloch« als Beleidigung, des is wesntlich preiswerter als »Sie Arschloch«. Weil, in »Du Arschloch«, da is noch ein versöhnlicher Rest, während »Sie Arschloch« ...

EBERHARD Huiii, da ander! Hast du Arschloch gsogt, ha?

OTTO Neinnein!

EBERHARD I hobs doch ghört, daß du Arschloch gsagt host, Opa.

OTTO Naa, ich hab wieder nur zitiert.

EBERHARD Er, da ander, hat Arschloch gsagt.

OTTO Ich hab Sie nicht gemeint, Ehrenwort.

EBERHARD Arschloch hat er gsagt, bist du vielleicht für d Eintracht, na sagst as am bestn glei, na geh ma naus! Geh ma naus, Opa, ha?!

OTTO Neinnein, ich hoff ja genauso, daß mir gwinnen.

EBERHARD Werd scho guat sei, Opa, wei irgendoan back i no heit, des hob i im Urin, Meister, also, des schwör i da, irgendoan zerbaazlds heit no, des gib i da schriftlich, du Klätzn.

ANNA Na zahlen S' aber zerscht noch, gell.

EBERHARD Logo. Is scho recht. Da, riach amal, Schwammerl. *Hält Otto seinen Schlagring unter die Nase.*

Otto Ja, hoffentlich wirds ein faires Spiel.

Eberhard Ja, des hoffn mir aa, aber echtes Fairplay, vastehst, weil, sonst sorgen mir für Gerechtigkeit, aber scho wirkli, ge! *Fuchtelt mit seinem Morgenstern herum.*

Anna Geh, zoagn S' mir doch amal da Ihre Ausrüstung her – was ham S'n da ois? – Sie ham ghabt einmal Cörry-Pommes und zwei Halbe, gell? Macht neun Mark zwanzig.

Eberhard *zeigt her.* Da schaugn S' her, Mangan-Stahllegierung. Des pfeift ei!

Anna Mei, da können S' zuhaun, ha? Neunzwanzig macht alles . . .

Eberhard Ja logo! Ade, zoag amal dein Killer her!

Ade kommt und zeigt Stahlrohr.

Eberhard Satt, ha? Made in Germany.

Ade Hi ha ho, Eintracht geht k. o. *Geht.*

Eberhard *zerknüllt Zehnmarkschein und schnippst ihn auf die Theke.* Da, stimmt scho . . .

Anna Dankschön, der Herr, an schönen Abend noch, gell.

Otto Und a schönes Spiel. Mir halten Ihnen die Daumen.

Eberhard Geh weida, habts es net a paar Bierdosn, wei, des werd heit a intensiver Abend . . .

Otto Naa, leider, des kriagn S' vielleicht no draußt am Kiosk, wann er no offn hat, daß es da vielleicht . . .

Man hört von draußen hessischen Schlachtenbummlergesang: Gling, Glöckschä, glingelingeling, gling, Glöchschä, gling. De Aindrachd dee wärd Maisda, da Äffzeh Gölln wädd Zwaida, dö HaÄßVau wädd dridda, un Bajann geht äß bidda.

Eberhard Ja, oiso, i muaß naus. Heut wird Bayern Tore schießen, oder Eintrachtblut wird fließen. Haa, haa, haa!

Otto Der hat mich an Schwammerl gnennt.

Anna Mei Otto, sei froh, daß er dich Grischperl net verhaut hat.

OTTO Der hat mich Schwammerl gnennt, den hätt ich anzeign können. Und geduzt hat er mich obendrein. Den hätt ich glatt können anzeigen. Also, wenn ma zu am Polizistn »Du« sagt und des scho zweitausend Mark kost, na hätt der mit seim »Du Schwammerl«, und des hat er mehrmals gsagt, des hätt den an Haufn Geld kost.
Von draußen dringt Gebrüll herein.

OTTO Du Schwammerl, des hätt den also mindestens ...
Eberhard fliegt mit einem Urschrei blutverschmiert rückwärts zur Türe herein.

ANNA Ja, um Gotteswilln, ja was is denn des?!

OTTO Is Eahna was passiert?

EBERHARD Diese Scheißeintrachtsäue!!

ANNA Soll mas Rote Kreuz rufen?

EBERHARD Naa! Polizei! Polizei! De ham mi beleidigt, de zoag i o!! De ham Bayerndrecksau zu mir gsagt, des muaß gesühnt werdn!

OTTO Ja, und verletzt ham Se sich obendrein.

EBERHARD Schnell, rufts d Polizei, des war eindeutig eine Beleidigung.

OTTO Einhundertzehn, Funkstreife ...

ANNA *winkt ab.* Ah geh, an Lappn, der ganze Boden is ja voll Bluat.

OTTO Da ham S' a Taschentüchl.

EBERHARD Es habts doch an Fernseher da herin, is des a Fernseher?

OTTO Ja, warum?

EBERHARD Ja, na schalt doch ei, Mann, jetz geht glei des Spui o. Schalt doch ei, du Schwammerl!!

ANNA Otto, schalt ei. – Was is, mögn ma noch a Bier auf den Schreck?

EBERHARD Logo. *Putzt seine Verwundung.* Diese Scheißeintrachtdrecksäue ... *Aus dem Fernseher Stadion-Ton, ein Reporter erklärt die Mannschaftsaufstellung.*

ANNA So, da ham mir noch a Helles . . .
EBERHARD So, und jetz gehts auf!!
OTTO Ja, jetz gehts glei los. Hoffentlich werds a faires Spiel!

Der angebrochene Abend

Personen:
EMMI *Bedienung*
ERWIN WURSTER *Erster Vertreter*
JOST KRABBE *Zweiter Vertreter*
EDE *Ein Bayer*
Ort: ein Wirtshaus an der Ecke.

Im Wirtshaus. Der Vertreter Erwin Wurster sitzt vor, oder genauer hinter einem leeren »Herrengedeck«. Die Bedienung Emmi wirft gerade eine Münze in die Musikbox und wählt.

WURSTER Fräulein! – Herr Ober!
EMMI Ja bitte?
WURSTER Bringen Se noch ein Herrengedeck für nen Solisten mit Zukunft. *Lacht.*
EMMI Wie meinen Sie des?
WURSTER Na, der Abend hat doch erst angefangen.
EMMI Aha, da schau her ... *Die Musik setzt ein.*
WURSTER Is hier immer so viel los?
EMMI Drei gscheide Gäst am Abend san besser wia zwanzig Vertreter.
WURSTER Wenn Se wollen, bestellt man das Bier wieder ab.
EMMI Gfällts Ihnen net da herin?
WURSTER So wars nicht gemeint. Sie sind dochn ordentlicher Fliegenfänger hier. Stehen Sie auf der Speisekarte?
EMMI Sie dadn mi ja doch net verdauen.
WURSTER Mein Spitzname is Rübezahl. Sagt Ihnen das was?

Emmi serviert das Herrengedeck.

WURSTER *betatscht Emmi.* Rübezahl isn guter Pfadfinder, hahaha.

EMMI Gell, Sie san doch a Vertreter, ich habs gleich gwußt.

WURSTER Und du bist ne Bedienung, stimmts? Da schau her, Kindchen! *Zieht prallvolle Geldspange.*

EMMI O mei ... *Geht weg und singt zum Musikboxschlager.*

EDE *ein betrunkener Bayer, wankt zu seinem Tisch und setzt sich.* Emmi, bring mir a Zwetschgenwasser!

EMMI Geh, du hast doch scho gnua.

EDE Ein Zwetschgenwasser!!

EMMI Aber nacherd geh mer hoam.

EDE Daheim geh mer speibm, haahaahaa ...

JOST KRABBE *ebenfalls Vertreter, betritt das Lokal.*

WURSTER Na Jost, alte Krähe, wo steckst du denn?

KRABBE Erwin, grüß dich, altes Sumpfhuhn.

WURSTER Fräulein, bringen Se nochn zweites Gedeck.

KRABBE *setzt sich.* Immer auf der Lauer, was? – Na, hats gestern noch geklappt mit der Schnalle?

WURSTER Ach Scheiße, ich hab mir nochn paar Jägermeister eingemützt und hab die Alte in ihren Gonokokken schmoren lassen. Und, wo wart ihr noch?

KRABBE Au Mann, ich bin unter die Schluckspechte gefallen. Der Dölzov hat ne Leber wien Löschblatt.

EMMI *stellt Ede das Zwetschgenwasser hin.* Aber dann is a Ruah.

EDE Is scho recht. Geh, leck me doch am Arsch ... *Kippt den Schnaps.* So, und jetz bringst mir no a Halbe! Als Betthupferl!

EMMI *serviert das zweite Herrengedeck.* So, bitte.

KRABBE Hallo!

WURSTER Fräulein, ich warne Sie, lassen Sie sich von dem Herrn hier nicht eingliedern. Hahaha.

EMMI Ah, geh, ich kenn doch as Sexte Gebot.

KRABBE *singt.* Ach wie so gliederlich sind Frauenheheerzen . . .

EMMI Es seids doch laare Hosen. Trinkts, sonst kimmts no auf dumme Gedanken. *Geht.*

KRABBE Was für Hosen?

WURSTER Geiles Stück Fleisch, was da rumhoppelt. Hab ich schon fast abonniert.

KRABBE Komm, Tripperkönig, erst mal Prost. *Sie prosten sich zu und trinken.*

EDE Geh weider, jetzt bring mir no a Halbe!!

EMMI Naa, du hast gnua.

EDE Weil – daheim, da geh mer dann speibm.

EMMI Ja, hoffentlich net da herin. Wennst da herin speibst, des kost dich an Fuchzger.

EDE Mei Magn woaß genau, was si ghört; der woaß, was er mit mir macha darf. Jetzt bringst eahm no a Halbe, hat er gsagt, und dann geht er ins Bett. *Rülpst kräftig.* Ja, brav is er. *Streichelt seinen Magen.*

KRABBE Es geht doch nichts über die deutschen Südstaaten! Wasn das fürn Kanake?

WURSTER N sauber abgefüllter Seppel.

KRABBE Wetten? Der kommt nicht über die Straße! Dem gehts wie den Igeln, hahaha!

WURSTER Leberschaschlik – von dem möchte ich auch nicht kosten, hahaha.

KRABBE Sicher n blendender Autofahrer. Hahaha.

WURSTER Na, du bist ja auch kein Trockendriver, hahaha. Prost. *Trinkt.*

KRABBE Prost Erwin, auf meinen neuen Wagen. *Trinkt.*

WURSTER Is dir der Daimler endlich verreckt?

KRABBE Gott sei Dank nicht. Ich hab ihn grad noch abstoßen können. An so nen Idioten. Hat genau hingehauen mit der Lieferzeit für meinen Porsche. Porsche hat schon n ganz anderes Pedal. BMW und diesen ganzen Schrott laß ich stehen, einmal Vollgas, und der schnuppert am Auspuff. Aber hat schon auch entscheidende Nachteile, son Porsche. Kleiner Kofferraum, und ab 230 wird er seitenwindempfindlich! Andererseits, rein wirtschaftlich: 9,5 Liter Normalbenzin. Das verbraucht schon jede Schnecke auf der Autobahn. 9,5 Liter bei 210 PS, Mann, stell dir das mal vor! Da sauf ich ja mehr am Tag als die Karre.

WURSTER Also überhaupt kein Schluckspecht.

KRABBE Schont die Devisen. Mann, son Daimler könnt ich mir heute gar nicht mehr leisten.

EMMI *stellt Ede ein Bier auf den Tisch.* Also, des is fei jetzt wirklich as allerletzte, Ede.

EDE Scho recht. Daheim gehn mir speibm.

WURSTER *deutet auf sein leeres Schnapsglas.* Du auch? – He, Christkind!

EMMI Ja, bitte?

WURSTER Zwei Doppelte zum Leberflambieren! Trinkste einen mit? Dann sind wir komplett!

EDE Ah ja, von mir aus.

KRABBE Er nun wieder!

EMMI Naa, der hat scho gnua!

WURSTER Wer redet denn von dieser Küchenschabe, Christkind! Wir wollen mit dir Weihnachten feiern!

KRABBE Oder ist dir Ostern lieber? Der Erwin isn alter Rammler, hahaha. *Rülpst.* – Sie hörten den Landfunk.

EMMI So, bitte.

WURSTER Also, was trinkste?

EMMI Na, wenn die Gentlemen meinen, ma will ja net unhöflich sein, dann nehm ich a Pepsi mit Schuß. *Geht zur Theke und schenkt ein.*

WURSTER *zu Krabbe.* Den Schuß kann se auch von mir haben. Hahaha!

KRABBE Aber nach fuffzehn Jägermeistern und ner Flasche

Börbon nicht mehr. Da is Schonzeit für Rebhühner. Hahaha.

WURSTER Vielleicht nochn Gnadenschuß. Hahaha.

KRABBE Solange das Magazin voll ist und der Lauf nicht verbogen, hahaha. Ich war gestern so übern Jordan, mir hätteste Rachel Welsh aufn Bauch binden können: ich schwör dir, ich wäre Jungfrau geblieben. Hahaha. Ehrlich.

EMMI So, bitte. *Stellt die Schnäpse ab.* Also, dann, Chirio, die Herren.

KRABBE Horrido, die Dame!

WURSTER Voilà, Madame – *zeigt auf Stuhl* – auf den angebrochenen Abend!

EMMI *setzt sich.* Es seids aber auch keine Ministranten.

KRABBE Und du, hast du n Weihwasserbecken? Hahahaha. Prost!

WURSTER Wie wärs, Madame, gehn wir gemeinsam beichten?

KRABBE Wenn, dann alle drei!

WURSTER Kleiner Dreier? Seid ihr noch zu einer Sünde fähig, oder habt ihr schon die Absolution gekriegt? Hihihaha . . .

KRABBE *trinkt seinen Schnaps vollends aus.* Prost! Tja, son Fruchtwasser zwischen Tür und Angel baut einen wieder auf. Aber gestern, das war nur noch ne Desinfektionsorgie.

EDE *winkt matt.* Hsst – hsst – hsst . . .

KRABBE Hsst?

WURSTER Eh, Madame, ich glaube, der Kanake will ins Bett.

EDE *winkt matt.* Hsst – hsst . . .

EMMI I kimm glei wieder. – Also Ede, jetz mach mer Bilanz.

EDE Assasah . . . bring mer no a Halbe.

EMMI *nimmt Edes Bierdeckel und rechnet.* Also des warn jetzt . . . du hast jetz ghabt elf Halbe, na halt, zwölf Halbe, de letzte hab i ja gar net aufgschriebn.

EDE Scho möglich. Assassas ...

WURSTER Ich geh mal ’n Neger abseilen. Bis gleich. *Ab zum Klo.*

EMMI Na ham mir ghabt, des warn zehn Jäger; de vier Pils hat der Berti scho zahlt, na hast no ghabt vier Obstler und ein Zwetschgenwasser.

EDE *wacht auf.* Was? I?! A Zwetschgenwasser?! So ein Schmarrn. Ich trink nie ein Zwetschgenwasser.

EMMI Ah geh, i hab dirs doch grad bracht und du hast es gsoffn aa.

EDE Ich trinke nie ein Zwetschgenwasser, und des kon i beweisen ...

EMMI Wie kamad des nacherd auf dein Deckel?

EDE ... weil, ich trink ein Bier, gell, Pils auch, Jägermeister jederzeit, an Obstler sowieso, aber ein Zwetschgenwasser kimmt bei mir nicht in Frage.

EMMI Geh, i bin doch net blöd! Außerdem, der Herr – der wo jetz am Klo is, der hats aa gsehn.

EDE Der ko des gar net gsehng ham, weil i gar kein Zwetschgenwasser nia net trink. Jetz paß auf, i hab ghabt: Heut in der Fruah, beim Schnapperwirt, des warn sieben.

EMMI Des interessiert mich net, mich interessiert ja nur, was du bei mir da herin ghabt hast.

EDE Jaso, also: I bin einikemma, da war der Kramerbert, war scho da, da hab i zerscht de Pils ghabt.

EMMI Geh, de san doch scho zahlt.

EDE De san scho zahlt. Genau. Klar. Und jetz paß obacht!

EMMI Geh sei stad, i habs doch aufm Deckl.

EDE Des warn aaah – elf Halbe ...

EMMI Und des, wo i grad bracht hab?

EDE Jetz hast du wieder recht. Zweife warns. Zwölf.

EMMI Siehgst as.

EDE De Jägermeister san sowieso klar, des woaßt du eh besser ...

EMMI Zehn Jägermeister.

EDE Ja, zehn Jägermeister, da herin, weil beim Schnapper, da hab i aa scho . . .

EMMI Des ghört jetzt net da her!

EDE Guat, Schwamm drüber, na ham mir no de Obstler.

EMMI Ja, viere warn des.

EDE Ja, viere, also, na warn mir doch beinand.

EMMI Naa, weil da fehlt no des Zwetschgenwasser.

EDE Des war koa Zwetschgenwasser, des war ein Himbeergeist.

EMMI Ah geh, des is doch desselbe.

EDE Naa, des is nicht dasselbe, und des kon i beweisn! Weil, ich trink auch kein Sekt. Net, daß ich n net vertrag, aber i mogn net. Und genauaso is des mit dem Zwetschgenwasser.

EMMI Na zahlst halt an Himbeergeist, der kost desselbe, des is doch mir wurscht.

EDE Aber mir net, weil i net zahl, was i net bstellt hob, und dei Zwetschgenwasser, des konnst dir an Huat naufschreibm.

EMMI *gütig.* Dann hast halt an Himbeergeist ghabt.

EDE Ja, eben, eben! Aber koa Zwetschgenwasser. Drum zahl i ja den Himbeergeist, aber net alle zwoa.

EMMI Wieso zwoa?

EDE Ja, Himbeergeist und Zwetschgenwasser is doch zweierlei. A Zwetschgenwasser is doch ein ganz anderes Getränk, du Rindviech.

WURSTER *kommt zurück.* Na, kommst du klar mit dem Playboy? *Setzt sich.*

EMMI Also, Ede, na ham mir alles mitanand vierzig Mark und achtzig.

WURSTER Eh, schöne Frau, hast du uns ganz vergessen?

KRABBE Wir trocknen hier aus!

WURSTER Ich fühl mich wien Knäckebrot.

EMMI I kimm glei.

EDE *steht auf, gibt Geld her, wankt in Richtung Klo.* A Zwetschgenwasser und a Himbeergeist, des is ja grundsätzlich ganz was anders. Scho vo Haus aus. *Dreht sich noch mal.* Stell mir no a Halbe hin. Zum Abischwoabm. *Ab*

EMMI Nomal asselbe?

WURSTER Ja! Und dir nochn Schuß! Hahaha.

KRABBE Junge, ich sag dir, dieser Weißwursttarzan hat ganz schön einen hintern Karton geklimpert. Das ist scho fast ein halber Dölzov. Was wir gestern geschluckt haben, ich und Dölzov – im Annabelle, da warst du ja noch mit von der Partie, hatten wir doch schon ganz schön Jägermeister aufgeladen.

WURSTER Ich war da schon beim Wodka.

KRABBE Wie du dann gegangen bist, da hat der Hahn erst richtig zu tropfen angefangen. Volle Brause. Wir sind dann ins Greyhound. Pinkus mit dem gelben Porsche, Pinkus knallt uns zwei ganze Flaschen Börbon auf den Tisch. Wir waren nur zu dritt, du hast ja gekniffen.

WURSTER Was heißt hier gekniffen, ich hab diese Schnalle zu Hause ausgespuckt und bin dann am Jägermeister klebengeblieben.

EMMI So, bitte, da wärn jetzt zwei Doppeldecker. Bei wem darf ichs aufschreiben?

WURSTER Da bei ihm, dem Jost; ich bin der Erwin, und wie heißt du?

EMMI Emmi.

WURSTER Emmi. Gut, daß du keine Nonne geworden bist, also dann prost, Emmi.

KRABBE *singt.* Emmi, du bist genau die Medizin, die mir mein Arzt verschrieben hat.

EDE *wankt vom Klo zu seinem Tisch zurück.*

KRABBE He, Meister, komm mal her!

EDE *lallt.* I hob jetzt koa Zeit. *Setzt sich.*

KRABBE Komm, trink ein mit, die Emmi hat Namenstag!

EMMI Ah, gebts dem nix mehr.

WURSTER Weißte was, Emmi, zum Namenstag stellste uns 'ne Pulle Sekt auf den Tisch des Hauses.

EMMI Sekt oder Schaumwein?

KRABBE Sekt! Wir sind doch keine Gastarbeiter!

EMMI *geht zur Theke.*

WURSTER *ruft ihr nach.* Und haste nicht 'nen Happen zum Unterlegen? Meine Knolle knurrt!

EMMI A Cörrywurst hättn mer da oder Leberkäs Hawaii.

WURSTER Ne lange Wurst is immer gut.

EMMI Mit Pomm Fritz?

KRABBE Zweimal, und viel Ketschap!

EMMI Okey, zwei Cörry mit Pommes ... *Ab in die Küche.*

EDE *lallt.* Mir eine Halbe!

KRABBE He, Meister, du wirst ja beim Nachschub sträflich vernachlässigt!

WURSTER Willsten Schluck Feuerwasser, Chef? *Winkt mit dem Schnapsglas.*

KRABBE Wer wird denn 'ne Tankstelle auslassen! Prost, Meister!

EDE *wankt herüber und holt sich einen Schnaps.* Daheim dean mir speibm. *Wankt zu seinem Tisch zurück.* Assassass ...

WURSTER Na komm, Chef, wohl bekomms.

KRABBE Prösterchen.

EDE *kippt den Schnaps, setzt sich, stützt den Kopf auf den Tisch, rührt sich nicht mehr.*

KRABBE Ja, wer wird denn so schnell abschlaffen. Meister – *hält ihm den zweiten Schnaps hin, Ede reagiert nicht* – He! – *schüttelt ihn* – kommkommkomm!

WURSTER Hier wird brav aufgeschlabbert, was bestellt ist.

EDE Assassass ...

KRABBE Na, wenn er's vorne nicht haben will, vielleicht

schmeckts ihm hinten. *Kippt Ede den Schnaps in den Kragen.*

ERWIN WURSTER *und* JOST KRABBE *brüllen vor Vergnügen, Ede macht eine matte Abwehrgeste.*

EDE Herrgottzackrament ...

ERWIN *und* JOST *wiehern.*

EMMI *kommt mit den Würsten.* So, zwei Cörry ... Ja, Ede, was is denn mit dir?

KRABBE Tja, der Meister wird nachdenklich.

EMMI Also naa.

KRABBE *schnuppert an der Wurst.* Da fehlt aber eindeutig Ketschap.

EMMI Moment.

WURSTER Und noch zweimal doppeltes Mundwasser!

EMMI Ja, sofort!

WURSTER Und den Schampus!

EMMI Sowieso. *Sie eilt zurück in die Küche.*

KRABBE *beißt von der Wurst ab.* Mahlzeit.

WURSTER Mahlzeit.

KRABBE Ob unser Meister Appetit hat?

WURSTER Der ißt nur Weißwurst. *Er hält Ede die Wurst hin.* Chef, da, probier mal!

EDE Assassass ...

WURSTER Das hebt die Kondition, Chef.

KRABBE Nicht so bescheiden, Meister. *Steckt Ede eine halbe Wurst ans Ohr. Brüllendes Gelächter.*

WURSTER Der Chef ist sehr wählerisch. Er mag die Wurst nur gut gewürzt. *Schüttet Pfeffer auf die Wurst am Ohr.*

EDE Assassass ... *Streift die Wurst ab.*

KRABBE Ein Kostverächter.

WURSTER Er ist zu faul zum Kauen. Hat wohl mehr Durst.

WURSTER *und* KRABBE *schütten Ede Bier über den Kopf, spicken ihn mit Pommes frites und Wurst und wiehern dabei vor Vergnügen.*

EMMI *kommt mit dem Sekt und dem Ketschap.* Ah, geh, was machts denn da?

WURSTER Wir können doch diesen Kurgast hier nicht verkommen lassen. Hahahaha ...

EMMI Es seids doch ... *Kann sich das Lachen nicht verkneifen.*

KRABBE Gib die Pulle her.

EMMI Machts doch bittschön koa Sauerei da herin.

WURSTER *schüttelt bedeutungsvoll den Ketschap.* Chef, schau mal, ne amerikanische Wunderwaffe. *Batzt Ede Ketschap ins Hemd.*

EDE Assass ... *Matte Abwehrgeste. Brüllendes Gelächter der anderen.*

KRABBE *schüttelt die Sektflasche.* Meister, du mußt morgen wieder fit sein im Büro – *Korken knallt* – oder bist du nur ne Halbtagskraft? *Sprüht Ede mit Sekt voll, den Daumen auf der Flasche.*

EDE *will dem Strahl ausweichen, klatscht der Länge nach auf den Boden.*

EMMI Also, jetzt hörts auf, des könnts woanders machen, aber net da herin. I muaß ja wieder wegputzen.

WURSTER Chef, im Würzen war ich Weltmeister. *Schüttet Salz, Pfeffer und Maggi auf den brachliegenden Ede.*

KRABBE *trinkt Sekt aus der Flasche.* Viel zu schade für diesen Kanaken.

EMMI Geh, des muaß doch net sei, hörts doch auf. Sei Alte liegt im Krankenhaus und hat an Krebs, an Führerschein habens eahm auch noch weggnommen, wo er doch Kraftfahrer is von Beruf.

WURSTER Ach so. *Nimmt Edes Hand, schüttelt sie.* Nichts für ungut, Chef, das Leben spielt einem manchmal ganz schön mit.

KRABBE Mensch, das is ja traurig für den Meister. Komm, Erwin, wir zahlen. Ich hab nochn Tisch im Greyhound sitzen. Ich will nochn bißchen die Sau rauslassen. Ich meine, so lustig is das hier auch wieder nicht. *Zu Emmi.* Wir zahlen!

EMMI Gehts scho?

WURSTER Hast recht, das hier is nicht abendfüllend. Also, Kopf hoch, Chef, das wird schon wieder. Halt die Ohren steif.

EMMI Also, es habts jetzt ghabt: *Wurster und Krabbe richten sich zum Gehen.* Aah, vier Herrengedeck, dann vier Doppeldecker, ah, na, fünf Herrengedeck warns, zweimal Cörry mit Pommes, zwei Pepsi mit Schuß und einmal Sekt. Jägermeister war keiner dabei, guat, na ham mirs . . .

WURSTER *und* KRABBE *warten im Stehen auf die Rechnung, Ede wird überhaupt nicht mehr beachtet. Das Licht geht langsam aus, während Emmi rechnet.*

EMMI Brauchen S' an Beleg?

Hobby und Freizeit

Im letzten Fasching bin ich amal als SA-Mann gegangen. Man möchts ja nicht für möglich halten, aber ab und zu eckt man noch an.

Der Hobby-Feuerwerker

Elmar Heiduk in seinem Wohnzimmer vor dem Fernseher.

HEIDUK Ahh, was war jetz gestern? I woas jetz gar nimmer – oder wars vorgestern? Des war ganz gut. Er is noch mit einer Hand is er noch an der Dachrinne vom Kirchturm g'hängt. Zerscht mit der ganzen Hand und dann noch mit drei Finger und dann mit zwei, und dann is der kommen mit de Lederstiefel und is ihm so auf die Finger – sooo, ääh –, und na hat man untn aufplatschen sehn. Des war toll, obwohls nur schwarzweiß war.

Naja und dann, was war denn dann noch? Dann war nimmer viel los – ah ja, Ding hob i noch gseng, Karl Moik und Carolin Reiber mitm Musikantenstadel – Unterwegs in die innere Mongolei mitn Ding, am Urviech – des war auch recht nett.

Naja, und dann war nimmer viel los.

Was hab i dann noch gschaugt? Nachtgedanken mitn Kulenkampf. Mei – nicht mehr viel los. Mir is dann richtig fad worn.

Ich bin dann noch a bisserl spaziern ganga – wissen S' da, glei da draußn, wos des neue Möbelcenter hingstellt ghabt ham.

Naja – also wenn der Telefonmast aus Holz net da gwesen wär, ich hab dreimal hinspritzen müssn, mitn Spiritus, bis anbrennt is.

Es is aber dann doch anbrennt, weil a bisserl a Wind aufkommen is. Ich habs mir dann angschaut bis zum Schluß, wia des brennt hat. Hab ich mir von daheim, vom Fenster aus hab ichs mir angschaut. Jaja, genau, des war am Freitag, weil am Samstag da war doch der Dallas im Österreicher, dens im Schweizer scho wiederholt ghabt ham. Ich habn aber im Deutschen a scho gseng, und auf Video hab ich'n auch.

Und dann, was war dann noch?

Ach ja – Besucher aus dem All. Des war toll. Da wo de Marsmenschen oder was des warn, die ham doch da dem andern die Händ abghackt, und die Eingeweide hams eam rausgrissn, und dann hams es in a Friteuse nei und hams gessn. Des war so rösch, des hat so geknuspert – wie so Chips. Aah, des war toll. Ich habs auch gleich aufgnommen auf Video.

Und was war jetz dann noch?

Dann war eigentlich nimmer viel los. Irgendwas über Tomaten in Brüssel, dann Nachtgedanken vom Kulenkampff und dann is mer eigentlich fad worn.

Ich bin dann noch a bisserl spazierengangen, da draußen, wos des neue Teppichland hingstellt ham. Ich hab an Spiritus mitgnommen. Aber wie ich hinkommen bin, hats scho brennt. Da is so a netter älterer Herr auf mich zukommen mit am Benzinkanister.

Mir ham uns dann auf a Bankerl gsetzt und hams gemeinsam angschaut, wies brennt hat. Der Herr hat gmeint, mir wern uns jetzt dann wahrscheinlich öfters sehn.

Jaaa, was gibts denn heut noch? *Schaut in die Programmzeitung.* Miami Vice – und da . . . *Deutet ins Fernsehen.* Bunt ist die Welt. Wissen S' was, die ham doch da hinten – hams an neuen Baumarkt-Hobbycenter hingstellt. Sie, wissen S' was, i geh noch a bisserl spaziern, weil des is ja irgendwie fad.

Er deutet aufs Fernsehen.

Geht mit seiner Spiritusflasche ab.

Der NS-Sammler

Also, ich bin jetzt amal, im letzten Fasching, nicht wahr, bin ich jetzt amal als SA-Mann gegangen, hähä, naja ... man möchts ja nicht für möglich halten, nicht wahr, aber ab und zu eckt man noch an, net wahr? Jaja, wissen Sie, des ... ich hab natürlich eine private These dafür, nicht wahr, des hat natürlich nicht zuletzt schon auch damit zu tun, meines Erachtens, net wahr, weil bei der SA warens früher natürlich auch schon mehr so Plebs da, warn da schon mehr dabei, solche Proleten, net wahr, solche underdogs, net wahr? Während natürlich bei der SS warens schon mehr die bürgerlichen Kräfte, net? Also ... haha ... jetzt im kommenden Fasching hab ich mir gedacht, jetzt geh ich amal als Sturmbannführer, schau mal, wies nausgeht, net? *Lacht.* Naja, ich mach gern amal an Scherz. Aber, ganz im Ernst, wissen Sie, ich bin ein Sammler, ich sammle ja das Dritte Reich, ja sicher, net, ich hab jetzt, jetzt warten S' amal, ich sammle jetzt doch schon seit circa ... seit circa zehn Jahren hab ich mich aufs Dritte Reich versiert. Ich hab auch die ganzen Nahkampfspangen, die Eisernen Kreuze, nicht wahr, die Blutorden, die Orden, wo sie sich im Generalgouvernement verdient ham, des hab ich alles. Ich hab mich ja erst neulich in Zürich, auf der Börse, hab ich mir die Originalreitpeitsche vom Himmler ersteigert, mit Originalspuren drauf. Die is aufgerufen gwesen, mit siebenhundertfünfzig Schweizer Franken und is dann hinauf auf ... äh sage und schreibe tausendfünfhundert Schweizer Franken. Warum? Ja geh, die Frage ist berechtigt, das kommt daher, weil der Amerikaner unwahrscheinlich auf den Markt drückt, net wahr, der Amerikaner drückt schwer herein, gell.

Trotz der Dollar-Krise, net wahr: Aber auf alle Fälle, ich habs. Ich hab mir bei der Gelegenheit, hab ich mir noch ein Ding ersteigert, eine spanische Garrotte, ich weiß net, ob S' des kennen, wissen S' was des is, eine Garrotte? Nein? Des is so eine ... wie soll ichs Ihnen erklären ... des is eine Vorrichtung, so eine Apparatur, da wird praktisch der Kopf, der Schädel, samt Genick eingefädelt. Und da befinden sich links und rechts solche Schrauben dran, da wird dann langsam zugedreht. *Macht ein Würggeräusch.* Des is praktisch ein Erstickungstod. Wahrscheinlich haben sies in Spanien abgeschlagen wegen dieser Demokratisierung, net, und die ham dann gedacht, naja, wenns in Spanien amal wieder einen Rückschlag geben sollte, da brauchen sies wahrscheinlich wieder selber. Da is's schwierig, daß mans kriegt. Also auf alle Fälle, ich habs. Schauen Sie, ein guter Bekannter von mir, der sammelt ja das Dritte Reich schon sehr lange, der hat ja schon, damals in der Korea-Zeit hat der ... äh, hat sich der ... der hat frühzeitig a Nase dafür ghabt, verstehn Sie? Der hat gewußt wo ... hähä ... net wahr? Der wohnt da draußen in München ... Geiselgasteig ... Grünwald draußen, ich weiß nicht ... da, wo der Heinz Rühmann draußen gwohnt hat, wunderbar. Tausend Mark der Quadrat-, äh ... zentimeter, sehr schön. Der hat da, der hat sich jetzt so ein Haus gebaut, auch sehr schön, wissen Sie, so im Salzburger Landhausstil, mit so einem Reetdach, so friesisch, also sehr schön. Und der hat ... auch das Grundstück ist eine Rosine, net? Der hat, vorn hat der so einen alten Baumbestand, und dann hat der, vor dem Haus hat der einen Mordstrumm Schwimmingpool. Des Haus ist L-förmig angelegt, und in die Ecke von dem Haus hat der sich einen Originalofen aus Dachau reingstellt. Ja, da fragt man sich natürlich, woher hat er den? Das wird er uns aber nicht sagen, nein ... haha ...! Der fährt häufig zum Beispiel – nach Warschau, net wahr, geschäftlich, da bringt er mir immer diese Dinger mit, jetzt müaßt i schaun, dann zeig ich Ihnen einen, vielleicht hab ich einen da . . . *Er sucht*. Da ist er nicht, da hab ich auch keinen. Der sammelt auch schon. Der fährt häufig nach Warschau, da bringt er mir diese Ding mit, diese gelben Sterne, die kennen S' schon, nein? Aus dem Ghetto, nicht? Die warn also so, die ham sie sich früher da – *deutet auf Brustmitte* – angeheftet, oder auf der Seite. Die Kinder hams auf der Mütze getragen, gibts auch so kleine. Zu einem Preis, bringt der mir mit, nicht wahr . . . Schwamm drüber, net . . . haha . . . Dann bringt er mir mit, diesen polnischen Wodka, der is sowieso besser wie der russische. Und dann bringt er mir noch mit, diese, wie Pyjama schauens aus, die Original-KZ-Uniformen, ganze Wagenladungen voll. Auch zu einem Preis . . . hahaha . . . ja was soll ich da sagen? Wissen Sie, der hat mich übrigens drauf gebracht, des wird Sie interessieren, der sagt, dieses Auschwitz, Sie wissen schon, nein, des Dings da, da sagt er, das ist ja in Polen! Des is ja gar net in Deutschland, ham Sie des gwußt? Nein? Wissen Sie, ich sag des ganze nur deshalb, jetzt sans über vierzig Jahre, jetzt ist der ganze Zauber doch vorbei, net wahr? Jetzt kommt der Karinhall-Stil. Ganz neue Dinge. Ich kann Ihnen nur einen Tip geben: Wenn Sie an Antiquitäten interessiert sind, steigen S' ein, kaufen S' sich, net, dann liegen S' im Trend. Ich sag Ihnen des, weil ich hab a . . . hähä . . . a Nase für des, ich hab einen Riecher, glauben S' mirs!

Esoterik und Erfüllung

Ein guter Nachruf ist so was wie
die Posthumkosmetik einer Biographie.

Dr. med Wilh. Brobek
Hals-Nasen-Ohrenarzt
Dr. phil. Hans Pietingl
NACHRUFE
INDIVIDUAL u. SERIELL

Die Hölle

Man kann sich ja an die eigene Nase fassen, wenn man so blöd ist wie ich, aber wenn man mit einer Firma wie der Firma Ismeier über 20 Jahre in Geschäftskontakt steht, dann kommt man doch nicht auf die Idee, daß es sich bei dieser Firma um lauter Verbrecher handelt. Lauter Mafiosi. Ich habe bei dieser Firma Ismeier alle fünf Jahre einen Pkw gekauft und habe ihn immer bar bezahlt. Ja, komm ich da auf die Idee, daß bei dieser Firma lauter Halunken, lauter Al Capones sind? Es war doch nicht meine Idee, bei dieser Firma Ismeier einen Leasingvertrag zu unterschreiben, das war doch nicht meine Idee, und ich Rindvieh unterschreibe diesen Leasingvertrag. Seither kann ich dieser Firma monatlich DM 420,30 in den Hintern stopfen, natürlich bin ich noch hingegangen, persönlich, und hab gesagt, Winfried, ich Idiot war noch per Du mit dem Sauhund, mit diesem Leasingvertrag, sag ich, da haben wir doch einen Fehler gemacht. Wissen Sie, was der Kerl mir sagt, sagt der glatt, was heißt da wir, da bleibt einem doch die Luft weg. Aber dann hab ich geantwortet, aha, jetzt weiß ich, woher der Wind pfeift, wenn Sie so daherreden. Aber dann nehm ich einen Anwalt, den besten Advokaten weit und breit, und führe einen Prozeß, daß die Funken spritzen, und ich habe gleich einen Prozeß geführt, und den habe ich auch gewonnen – moralisch –, und dann sag ich zu dem Richter, Herr Richter, das darf doch wohl nicht sein, daß ein Mensch, der sich immer bemüht hat, mit Anstand durch dieses Leben zu gehen, seine Steuern zahlt, nicht einmal einen Strafzettel gekriegt hat oder fast nie, daß man den dann mit einem Leasingvertrag die Gurgel abschneidet. Da sagt der Richter – doch, das geht. Ja Herrgott, das ist doch ein Sumpf, ein Morast, wo wir uns heute befinden, unter den Menschen ist keine Ehrlichkeit, keine Aufrichtigkeit, die Menschen haben keine Religion, d.h. eine Religion, wenn sie sie hätten, dann wüßten sie doch, daß sie hinunter müssen in die ewige Finsternis, wenn sie Leasingverträge machen, dann wüßten sie, daß da unten einer auf sie wartet mit Hörnern auf dem Kopf und daß sie in einen Suppentopf hinein müßten, wie ein Pomme frite würden sie geröstet. Die Därme würde man ihnen rausreißen, die Zehennägel mit der Zange, und einen Dreizack kriegten sie in den Arsch, aber glauben Sie, daß diese Kreaturen noch einen Glauben haben, ich nicht. Die, wenn die Hölle hören, dann meinen sie, es handelt sich um einen Verkehrsstau. Die zahlen auch sicher keine Kirchensteuer, da lob ich mir diese Islami, gegen die kann man wirklich sagen, was man will, man kann viel gegen die sagen, aber die haben wenigstens noch einen Glauben. Die wissen wenigstens noch, was eine Hölle ist. So ein Islami, der stibitzt was, der läßt etwas mitgehen, runter muß er, in die Verdammnis. Trinkt er einen Alkohol, das weiß er, das darf er nicht, zack, runter muß er, in den Höllenschlund, und da muß er an einer Bar sitzen und einen Jägermeister nach dem anderen trinken, in Ewigkeit, Amen, weil die wissen noch, was Höllenqualen sind. Bei uns aber, die wissen gar nichts mehr, nichts, wie es da unten zugeht. Mein eigener Sohn, der weiß ja nicht einmal mehr, daß der Teufel Hörner hat, daß er nach Schwefel stinkt, das weiß er nicht, daß der Teufel einen Pferdefuß hat, das weiß er nicht. Wenn ich zu meinem Sohn sage, so, du Kerl, jetzt kommt der Sparifankerl (Deifi) und holt dich, dann meint der, es handelt sich um ein japanisches Computerspiel. Ja, was lernen denn die jungen Leute heute in Religion? Diese modernen Pfarrer. Ich kann sie nicht mehr sehen, mit ihrem ständigen FRIEDE, FRIEDE, ÖKUMENE, FRIEDE, ich kanns nicht mehr hören, statt diesem Wort zum Sonntag sollns doch einmal einen Höllenreport bringen, eine Reality-Show, damit man sieht, wies da unten wirklich zugeht. Dann würden ihnen die Leasingverträge schon zum Arsch rauspfeifen. Warum schaun sich denn die jungen Leute diese Horrorvideos an, ja warum denn? Weil die Predigten in der Kirche heute so lahmarschig sind, daß nichts mehr los ist. Aber jetzt hol ich das Neue Testament, weil da steht alles drin, dieser Johannes, das war ein kluger Kopf, der hats geschrieben, diese Apokalypse, da kann mans nachlesen Wort für Wort. Einst wird kommen der Erzengel, mit flammendem Schwert wird er kommen, zu vertilgen das Ungeziefer, hinweg mit dem Gesindel, hinweg mit Antichrist und diesen Autohändlern. Und das werde ich jetzt fotokopieren, und dann schicke ich es als Fax an die Firma Ismeier.

Pyrodorm 2000

GERHARD Herr Sulzberger, wo isn der Herr Wiemer?

SULZBERGER Keine Ahnung.

GERHARD Holn S'n amal, schaun S', wo er is ... – Herr Muff, wie schauts jetz aus mit Neuabonnenten?

MUFF An Großauftrag von der Fa. Tempora hab ich an Land ziehen können.

GERHARD Tempora? Was wolln S' 'n mit Tempora? Die verursachen nur Kosten, und dann zahlens net. Ich hab doch a Rundschreiben rauslassen, a Schwarzliste mit Firmen, mit denen wir nimmer arbeiten. Wo isn jetz der Herr Sulzberger wieder hin?

MUFF Den ham doch Sie grad weggeschickt.

GERHARD Aja, richtig. Gehn S' amal und schaun S', daß'n findn ...

Muff geht, Wiemer kommt.

GERHARD Ja, Herr Wiemer, wo bleiben S' denn die ganze Zeit? Mit Ihnen muß ich ein Extrawörtchen reden.

WIEMER Ja, warum?

GERHARD Was sind Sie von Beruf?

WIEMER Germanist.

GERHARD Mich interessiert nicht, was Sie hobbymäßig gmacht ham, Sie ham doch zuletzt als Zeitungsdrücker gearbeitet.

WIEMER Akquisiteur ...

GERHARD Ja, Drücker halt, sag i doch. Und leider muß ich sagen, merkt man das. Sie verkaufen doch jetzt keine Kasblattln mehr, sondern ein seriöses Produkt. Das setzt a Taktgefühl voraus. PYRODORM 2000, des is a Weltfirma . . . Ich hab da eine Beschwerde vorliegen, von am Seniorenheim, da schreibt der Leiter, ein gewisser Herr Hackl, daß er zwar gerne den Provisionen bzw. Zielprämien entgegensieht, aber wenn noch mal solche Leute wie Sie auftauchen, muß er von unserer Firma Abstand nehmen, weil ansonsten der ganze Heimfrieden in Frage gestellt wird. Was ham S' denn da gmacht, Herr Wiemer?

WIEMER Ja, ganz normal . . .

GERHARD Drum kriegen wir solche Briefe.

SULZBERGER An Wiemer kann i nirgends findn.

GERHARD Da is er doch, Sie Schlaftablette. Also, Wiemer, raus mit der Sprache, was ham S' dene Leut verzählt?

WIEMER Ja, nix, normal halt.

GERHARD Dieser Personenkreis is doch sehr sensibel auf dem Gebiet, da fallt ma doch net mit der Tür ins Haus. Da fragt ma doch net: Guten Tag, wann haben Sie vor, zu sterben, sondern: Haben Sie schon die letzten Dinge geregelt, und können Sie der Zukunft gefaßt ins Auge sehn? Mir wollen doch Kunden gewinnen und keine Leute verprellen . . .

WIEMER Des war aber ein Heim für mental Gestörte . . .

GERHARD Aber der Heimleiter is doch net schwachsinnig . . . Im Prinzip ham S' ja a gute Standortwahl getroffen, es is immer gut, auch an den Randzonen zu schürfen, mir brauchen immer neue Marktsegmente.

MUFF Der Sulzberger is unauffindbar . . .

GERHARD Und, wer is da?

SULZBERGER Schlaftablettn . . .

GERHARD Also, Herrschaften, san mir vollzählig. Fang mir an: Bleiben mir gleich amal bei am Problem, wies der Herr Wiemer verursacht hat: Wie erschließe ich einen neuen Personenkreis für Pyrodorm 2000?

SULZBERGER Krankenhäuser . . .

GERHARD Des macht a jeder. Weitere Vorschläge.

MUFF Altersheime ...

GERHARD Macht auch ein jeder. Also, recht originell seid ihr nicht. Und, Herr Wiemer, ham Sie a Idee?

WIEMER Könnt ich nächsten Dienstag vielleicht freikriegen?

GERHARD Wegen was? Is des Ihre Idee?

WIEMER Am Dienstag wird a Tante von mir beerdigt.

GERHARD Was wird die? Beerdigt? Hab ich da richtig gehört?

WIEMER Ja, beerdigt.

GERHARD Herr Wiemer, das wärs gewesen. Damit ham Sie sich Ihr Todesurteil gesprochen ...

WIEMER Aber doch nur einen Tag.

GERHARD Raus! Wenn Sies net amal schaffen, an Trauerfall im engsten Familienkreis zugunsten der eigenen Firma ... Raus, ich will Eahna gar nimmer sehn.

WIEMER Aber ...

GERHARD Verabschieden Sie sich von Ihren Kollegen.

WIEMER *verabschiedet sich von Muff und Sulzberger.*

GERHARD Naja, Germanist. *Zu Muff.* Warn Sie auch a Gerhardmanist?

MUFF Nein.

GERHARD Gott sei Dank. Was ham nachad Sie studiert?

MUFF Pädagogik.

GERHARD Naja, des könn ma eher brauchen. San Sie immer noch da, Herr Wiemer? Naus.

WIEMER Aber ich ...

GERHARD Naus!! Zu blöd, a Kündigung entgegenzunehmen ... So, Herrschaften, jetz mach mir noch in brief an Crashkurs. Zielgruppen sind beispielsweise Chefärzte ...

SULZBERGER Die ham doch an Datenschutz ...

GERHARD Ja und? – Sodann Leiter von Seniorenheimen, Pflegeheimen ...

SULZBERGER Die ham doch auch an Datenschutz ...

GERHARD Ja und? Ich hätt Sie für intelligenter ghalten, Herr Sulzberger. – Also Pflegeheime, vor allem Kooperation mit führenden Trauerinstituten, sodann Sterbebüros von Krankenhäusern, oder ma hört sich um, wo amal a schlechter Arzt is, wo sich die Ding-Fälle häufen, net.

MUFF Ärztliches Versagen.

GERHARD Versehen, nicht Versagen.

WIEMER I komm net naus, da is abgsperrt.

GERHARD Naja, dann bleiben S' da, als schlechtes Beispiel, damit die andern sehn, wie mas nicht macht. Sie ham z. B. am 84jährigen an Sterbeschutzbrief verkauft. Der Mann hat genau eine Prämie gezahlt und an Löffel weggelegt, und mir müssen ihn entsorgen. – Lachen S' net so blöd. Mir sind doch nicht die öffentliche Hand. Pyrodorm 2000 ist eine private Brennerei, ah, Verbrennungsorganisation, praktisch ein marktwirtschaftlich orientiertes Krematorium, d. h. der Opa muß sich rentieren, der muß bar zahlen. Der Sterbeschutzbrief is was für junge Leute, die lange Prämien zahlen können. Wiemer, ah na, Sie net, Herr Sulzberger, überzeugen S' doch amal den Herrn Muff von den Vorzügen unseres Sterbeschutzbriefs . . .

SULZBERGER Der Sterbeschutzbrief der Pyrodorm 2000 ist ein Servicepaket: Sie können europaweit sterben, von Stockholm bis Palermo, und kommen innerhalb von 48 Stunden als Urne an, voll beschriftet, mit Papieren und allem . . .

GERHARD Echtheitszertifikat für die Asche, grüner Punkt für sortenreine Verbrennung mit Wirbelschichtfeuerung bei konstant 840 Grad Celsius, sodann Sondertarif für Frühgeburt-Entsorgung . . . was ham mir noch . . .?

MUFF Die theologische Rundumbetreuung für Angehörige jeglicher Konfession.

GERHARD Und, was dazu? Herr Sulzberger?

SULZBERGER Pyrodorm verbrennt nach Euronorm.

GERHARD Genau, sehr gut. Und alles in der Pauschale inbegriffen. Da haun die öffentlich kommunalen immer noch an TÜV drauf und Feuerpolizei, 14 Mark pro Nase ... Was noch?

SULZBERGER Sterbebuidl ...

GERHARD Des hoaßt net Buidl, sondern Porträt, des geht extra, des macht normalerweise des Trauerinstitut, wir liefern nur die technische Lösung für den Trauerfall, nein, was gibts beim Euro-Sterbe-Schutzbrief noch dazu? Eine ...? – A Flasche Slivovitz, also das Preis-Leistungs-Verhältnis der Privatpersonen – Entsorgung is bei uns einmalig. Des Preisniveau können wir aber nur halten, Herrschaften, jetzt reißts euch amal am Riemen, bei einer Mindestauslastung unserer Verbrennungskapazitäten von 5800 Einheiten pro Monat. Des is as Minimum. Unser Ofen in Mašlice in Tschechien schafft spielend auch das Dreifache. Mir könnten jeden Monat a ganze Kleinstadt einäschern. Des is a umGERHARDüstetes Braunkohle-Wärmekraftwerk mit neuestem Stand der Technik. Auch wieder a Argument: Wer sich bei uns verbrennen läßt, tut aktiv was für den Umweltschutz. – Ja, sonst noch Vorschläge, meine Herrn, wie könnte man den Stammkundenkreis für Pyrodorm erweitern?

MUFF Der Wiemer hat a super Idee ghabt ...

GERHARD Was? Sie ham a Idee ghabt? Des is interessant.

MUFF Er hat gmoant, ma könnt doch die ganzen Fernostreisen ...

SULZBERGER Bangkok und so ...

MUFF ... daß ma da die Passagierlisten von den letzten Jahren checkt, wer ois in Thailand war, Philippinen, Kenia und so weiter, könnt ma nachfragen ...

GERHARD Großartig, Herr Wiemer, wegen der Inkubationszeit, also, wer infiziert is. Da mach mir eine neue Kundenoffensive, a Telefonaktion: Hallo, wie gehts? –

und biet mir unsern Service an. Herr Wiemer, gratuliere, es sind immer wieder die stillen Wasser, die eine Idee ham. Da schaun S' her, Herr Wiemer, für Ihren außergewöhnlichen Spürsinn. *Überreicht Pokal.* Des is fei keine Urne, des is a Pokal. Der hat halt an Background, der Herr Wiemer, mei, halt a Germanist. Und, Herr Sulzberger und Herr Muff, was Sie betrifft, möcht ich Ihnen empfehlen, daß Sie sich nach was umschauen, Sie sind gekündigt.

Nachrufredakteur

Nachrufredakteur Heinz-Klaus Füchslein:

Da hab ich jetz wieder eine Anfrage, Giscard Mützel, Maler, kennen S' den? – Den sollten S' aber kennen, der is auf dem besten Weg, Karriere zu machen. Ich mein, gut, es gibt Leute, denen is er noch unbekannt, aber an van Gogh ham zu Lebzeiten aa viele net kennt. Ich soll jetz da an Nachruf machen für diesen Mützel, sei Galerist, der Herr Schönbeck, hat mir'n in Auftrag gegeben, weil er, der Mützel liegt seit vorign Mittwoch auf der Intensivstation im Sterbekammerl, des kann dann sehr schnell gehn, und dann muß a Nachruf da sein, verstehn Sie, weil, der Schönbeck hatn grad ausgstellt, des wär ungeheuer umsatzfördernd, wenns'n jetzt ... Sie verstehn. Dieser Giscard Mützel hat das Zeug zur Legende, erst 34 Jahre alt, oder jung, wie ma in so am Fall sagt, Vollalkoholiker, eine kurze intensive Schaffensperiode und sst, Löffel weg. Er hat sich in kürzester Zeit einen Namen gemacht, obwohl ihn eigentlich koana so richtig kennt hat, aber grad des macht dann vollends die Aura, des Geheimnis. In so am Fall is so a Nachruf schreiben ein Kinderspiel, da kann ma was ausschmücken und hat an Stoff, während manchmal is es scho arg mager, was ma da so an Lebensbilanz aufmotzen soll.

Dazugekommen bin ich ja, ich bin beim BR Rundfunk Redakteur, darf ich vorausschicken, wie die zwoa Päpste so kurz hintereinander gstorbn sind. Da sinds alle aufm Schlauch gstandn, des war vielleicht peinlich. Drum hat ma mich beim Sender jetzt fest dafür abgestellt, den jeweiligen Papstnachruf und den vom bayerischen Landesvater aufm laufenden zu halten. Ich tu da ständig aktualisieren, aber mir bleibt durchaus noch genügend Zeit, und so bin ich auf die Idee kommen, a breiteres Nachrufarchiv aufzubauen. A guter Nachruf is sowas wie die Posthumkosmetik einer Biographie.

Ich leg mirs für mich immer erst mal zurecht, indem ich die Lebensgesamtleistung benote. A Einser, des is dann »unersetzlich«, bei am Zweier sagt ma, »er lebt im Geist weiter«, a Dreier »hat eine Lücke hinterlassen«, bei am Vierer sagt ma was von »unbequem« oder so, Fünfer und Sechser gibt ma normal eigentlich net, also nur bei Terroristen oder Monster, halt große Verbrecher, die auch bekannt sind. Meistens gibt ma halt an Zweier oder an Dreier für ein abgeschlossenes Leben, bis auf die Politiker, da muß ma immer a bißl mogeln.

Der Umfang des Nachrufs richtet sich natürlich nach der Bedeutung des Verstorbenen, manchmal natürlich auch nach der Bezahlung und a kleins bißl auch nach de Daten, die man zur Verfügung hat. Wobei des mit de Daten heutzutage überhaupt kein Problem mehr is, ich mein technisch gesehn, wenns allerdings nix zu berichten gibt, is des was anderes. Ich bin an die entsprechenden Datenbanken angeschlossen, sämtliche Intensivstationen, Militärhospitäler, Großkliniken und so, also, wenns irgend an Prominenten derbröselt, dann weiß ich des meistens noch vor den Angehörigen, in manchen Fällen sogar vor ihm selber. Und des is entscheidend, denn wenns den Prominenten zammhaut, muß der Nachruf scho dasein. Des ganze Nachrufbusiness is eine Art Warentermingschäft, ganz knallhart, wer zuerst nachruft, der kassiert. Verzeihung, wenn ich des so sag, aber durch München sausen auch die Johanniter und de Malteser, und wer'n Patienten derwischt, der kassiert.

Jeden Morgen schau ich also in mei Fax, zu meim Drucker und meim Terminal, wo ein potentielles Nachrufobjekt in

Aussicht is. Dann hol ich mir die abrufbaren Daten und schau, was die hergeben. Der Arbeitsaufwand richtet sich natürlich je nachdem nach der Frage, wer stirbt wann als was. Der Zeitpunkt des Abgangs kann also ganz entscheidend sein. Die Aktualität einer Person im öffentlichen Leben is nämlich Schwankungen unterworfen. Des kann mir passieren, da is einer im Speicher, also scheinbar prominent, und dann kannst an Nachruf anbieten wie Sauerbier. Die ganze Arbeit umsonst. Ich bin jetzt dazu übergegangen, meine Daten streng auf Aktualität zu durchforsten. A Beispiel, neulich hab ich jetz an Zimmermann ausm Hauptspeicher rausgschmissn, wenn der vor zwei Jahr gstorbn wär, na wärs a halbe Seite und 150 Sekunden Beitrag noch vorm Abendkommentar in de Tagesthemen gworden, jetz hab ich aus der ganzen Datenmenge an Vierzeiler, praktisch eine Kompaktwürdigung gmacht und hab ihn in der Ablage, da san bloß Vierzeiler von Personen archiviert, die das Schicksal ereilen könnte, jederzeit abrufbereit, wenns soweit is, naus auf allen Kanälen, da machts dann die Menge, so was wird dann meistens unter Vermischtes gedruckt oder im unteren Teil im Feuilleton.

Der Honecker is praktisch schon historisch. Also solche Leute sind mir im Grunde am liebsten. Hinterbänkler, z. B., ob der noch eine Legislaturperiode länger im Parlament sitzt oder nicht, spielt keine Rolle, da schreibt ma dann halt entweder, daß er an Verdienstorden noch hätt kriegen sollen, oder halt, daß ern halt kriegt hat. Im Augenblick hab ich a bißl zu kämpfen mit dieser DDR-Problematik, da sterben viele, von denen hier keiner was weiß, und trotzdem sans prominent. Kennen Sie z. B. an Kammersänger Reiner Süß? Sehnsas, des is dene ihr Harald Juhnke, hier kenntn kein Schwein. Solche Nachrufe sind oft delikate Missionen, ma hat keine Daten, is auf Vermutungen angwiesen, meist greif ich dann zur Standard-Version, die authentisch den Wirkungsbereich erfaßt. Bei am Schauspieler red ma dann von am Thespis-Karren, am Musiker hat der Herr die Geige aus der Hand genommen. Da muß ma aber scho wieder aufpassen, weil, wenn des a berühmter Cellist war, scho is ma neidappt. Ma kann praktisch nur ein, zwei Daten aufpolieren, und den Rest macht dann die Verklärung. Neulich is mir was ganz Furchtbares passiert: Da war auf einem Empfang lang und breit allgemein die Rede vom Tod von am prominenten Hühnerbrater, da hats ständig geheißn, der Mann is gestorben. Hab ich noch in der Nacht einen brandaktuellen Top-Nachruf übern Fernschreiber nauslassn, am Morgen hat sich rausgstellt, der lebt noch, des gestorben war nur geschäftlich gemeint. Furchtbar peinlich, sag ich Ihnen, aber es hat mich auf eine Idee gebracht, und diese Idee is der Trend jetzt überhaupt: Ideennachrufe. Wenn einer a schlechtes Gewissen hat, a Nachruf, und die Idee is vom Tisch. Zum Beispiel eine Kommune will irgendein Kultur-Produkt sterben lassen, Ideennachruf, und die Sache is aus der Welt. Hofgarten, eine Totgeburt, oder Gesamtschule in Bayern, Nachruf, weg, und jetz häufen sich bei mir auch die Aufträge aus der Wirtschaft. Wenn ma einen Konkurrenten ausschalten will, a Nachruf über sein Produkt, geschickt lanciert, und er is weg vom Fenster. Die Naturschützer ham jetz die Idee der Autobahn für tot erklärt, an und für sich kein schlechter Schachzug, aber die Autolobby hat jetz an Gegennachruf rausgepowert, und bei dieser Art Nachrufe is es wie bei dene ganzn Gutachten: Wer zahlt, schafft an.

Zur Zeit arbeit ich grad an am Nachruf von der Flughafen GmbH übers Erdinger Moos, so ungefähr, daß liebenswerte und schützenswerte seltene Tiere oder Pflanzen dort leider nicht mehr vorhanden sind, sonst wärs vielleicht schützenswert gwesn, as Erdinger Moos. Von der bayrischen Staatsregierung hab ich an Auftrag, an Nachruf aufs Isental, wie schöns da die letzten 3000 Jahre war, ich geb am Isental die

Note 2 plus, a Einser wär zu schmerzlich, aber dann weiß ma wenigstens, daß des, was kaputt gmacht wird, auch was wert war. Wie gsagt, es funktioniert auch umgekehrt, Projekte, wo genügend Geld ausgebn wordn is, also verdient wordn is, Nachruf, und des werd nie mehr was. Schaun Sie, Wackersdorf, Riesenhuber, Kalkar, und jetzt fragt er wega seim Raumfahrprogramm bei mir an, aber ich bin inzwischen dermaßen überlastet – an Nachruf aufm Streibl sei Ehrlichkeit hab ich abglehnt, des war einfach problematisch, weil, a bißl a Wahrheitssubstanz muß scho vorhanden sein, ich kann doch nicht Sachen bedauern, die praktisch nie existiert ham.

Was is mit Ihnen? Ich hab an neuen Service, an Nachruf als Weihnachtsüberraschung oder Geburtstagsgschenk von der Frau Gemahlin, ich brauch nur a paar Daten, ich mach Ihnen im Nachruf eine prachtvolle Persönlichkeit, des Geld is vielleicht amal nix mehr wert, der Nachruf bleibt Ihnen. Ihr Herr Gemahl is allerdings noch am Leben? In so einem Fall arbeite ich dann prinzipiell nur bei Ad-hoc-Liquidation, auf deutsch gsagt, nur gega Vorauskasse . . .

Danksagung

Nach den Stunden des großen Schmerzes über den plötzlichen Heimgang unserer lieben Schwester Marianne Ritzinger und inmitten aller verbleibenden Traurigkeit drängt es uns nun, zu danken. Danken möchten wir zunächst dem gütigen Gott, der sie uns so lange geschenkt, ihr einen friedvollen Tod gewährt und uns die Gewißheit des Wiedersehens im ewigen Leben gegeben hat. Danken möchten wir den Ärzten, den Schwestern und den Seelsorgern des Krankenhauses der Barmherzigen Brüder, die sich auf so liebevolle Weise unserer Schwester angenommen haben. Unser ganz besonderer Dank gilt H. H. Kardinal Friedrich Wetter, der den Gedächtnisgottesdienst gefeiert und uns in seiner Predigt Worte des Glaubens geschenkt hat, die nun tröstend mit uns gehen. Kardinal Paul Augustin Mayer, der eigens aus Rom herbeigeeilt ist, dem H. H. Apost. Nuntius Erzbischof Lajos Kada, dem trotz größter Arbeitslast zu uns gekommenen Vorsitzenden der deutschen Bischofskonferenz, Bischof Karl Lehmann, und allen anderen anwesenden Bischöfen gilt unser herzliches Vergelt's Gott für dieses Zeichen brüderlicher Gemeinschaft und für die Gabe ihres Gebetes. Mit großer Herzlichkeit möchten wir auch dem H.H. Diözesanbischof Manfred Müller danken, der uns seine Kathedrale als würdigen Rahmen der Eucharistiefeier zur Verfügung gestellt hat; Herr Generalvikar Dr. Gegenfurtner ist uns mit beispielloser Hilfsbereitschaft bei allen auftauchenden Problemen zur Seite gestanden, ihm und seinen Mitarbeitern gilt unser inniges Vergelt's Gott. Nicht minder danken wir Erzbischof Alberto Bovone und den übrigen Vertretern der Kongregation für die

Glaubenslehre, die die weite Reise nach Regensburg auf sich genommen haben, um der teuren Toten das letzte Geleit und uns die Gewißheit ihrer brüderlichen Teilnahme zu geben. Herrn Pfarrer Pelg von Ziegetsdorf – St. Josef, der den Sterberosenkranz und das Begräbnis in so würdiger Weise feierte, ein aufrichtiges Vergelt's Gott. Das Bestattungsinstitut Friede hat sich vorbildlich unseres Trauerfalles angenommen; auch ihm gebührt daher unser herzlicher Dank. Sehr dankbar sind wir, daß der Gesang der Domspatzen, den die Verstorbene so sehr geliebt hat, dem Gottesdienst in aller Trauer Festlichkeit gab und uns etwas von dem himmlischen Singen der endgültig Erlösten ahnen ließ. In diesem Zusammenhang gilt ein tief empfundenes Dankeswort den ehrwürdigen Schwestern des Internats der Regensburger Domspatzen, deren unerschöpfliche Dienstbereitschaft wir einmal mehr erfahren durften. Auch dem Dreigesang der Integrierten Gemeinde möchten wir für seinen ergreifenden Beitrag beim Seelenrosenkranz ein herzliches Vergelt's Gott sagen. Nicht zuletzt haben uns die vielen Gläubigen aus nah und fern, unsere priesterlichen Freunde, die Verwandten und Bekannten, die in so großer Zahl und mit so spürbarer innerer Ergriffenheit sowohl zum Sterberosenkranz wie zu Eucharistiefeier und Begräbnis gekommen sind, durch ihr von innen her kommendes Mitsein großen Trost geschenkt, für den wir aus ganzer Seele danken. Und wir danken nicht zuletzt unserer teuren Verstorbenen, daß sie diese wunderbare Beisetzung mit ihrem Hingang erst ermöglicht hat.

Zukunfts-sicherung

Wir hinterlassen nichts.
Unsere Kinder sollen es einmal
besser haben.

Muttersorgen

Frau Dillinger erzählt in Begleitung von Heinz Rüdiger.

Mein Gott, wissen Sie, was man da so mitmacht, mit so einem Elendskerl. Da schon wieder, Heinz Rüdiger, pfui, Finger weg. Du sollst die Finger wegtun, nicht anglangen, nicht anglangen. Du sollst diese Sachen nicht anglangen, sonst müssen wir die Sachen kaufen.

Also ich könnte Bücher schreiben, was man da so mitmacht, wissen Sie, ich hab einfach das Nervenkostüm nicht mehr für so Eskapaden. Allein jetzt im Urlaub, wir waren nicht in Italien, wir waren in Frankreich, weil unser Vatti sagt, 27 Jahre hintereinander Jesolo, das muß einmal genügen, und außerdem sagt der Vatti, diese Italiener sollen sich gefälligst einmal selber ausrauben. Also sind wir nach Frankreich. Also um 6 Uhr früh sind wir weg von München, weil wir wollten ja noch bei Tageslicht noch das Meer sehn. Aber kaum waren wir in Karlsruhe, da fängt er schon an, der Heinz Rüdiger, er möchte raus zum Bieseln. Da hat aber der Vatti gleich gsagt, nein, kommt nicht in Frage, du wartest jetzt, bis wir in Marseille sind. Aber in Lyon hat er wieder angefangen, der Heinz Rüdiger. Und ich hab auch noch gesagt, warum fährt denn unser Vatti so schön Vollgas. Naja, aber kaum waren wir in Avignon, da haben wir dann sowieso tanken müssen, dann ist er rausgsaust wie eine Rakete, der Heinz Rüdiger, und wir sind aber gleich weitergefahren, weil wir wollten ja noch bei Tageslicht das Meer sehen. Aber dieses Marseille, kennen Sie Marseille, drei Stunden Stau, dieses Marseille ist architektonisch total versaut, daß man da nichts wegreißt oder eine Brücke drüberbaut. Also wie wir dann am Meer waren, war es bereits zappenduster, vom Meer nichts zu sehen, bloß so ein Leuchtturm hat geblinkt. Dann sind wir in ein Lokal hinein, und der Vatti hat einen Pastis zu sich genommen, und ich hab einen Café au lait bestellt. Ein sehr gutes Lokal, bloß es war so still da drin, wahrscheinlich ist es recht teuer, hat der Vatti gesagt, weil es so still ist. Aber warum ist es denn so still, wo ist denn der Heinz Rüdiger? Stellen Sie sich vor, haben wir den Heinz Rüdiger in Avignon vergessen! Jetzt haben wir wieder zurückfahren müssen, wieder diese Mautgebühr zahlen müssen, diese Franzosen sind ja unverschämt, und dann finden Sie einmal so ein Kind mitten in der Nacht in Avignon, kein Mensch spricht Deutsch, jetzt wirds aber Zeit, daß sies einmal lernen.

Zu Heinz Rüdiger. Pfui, Finger weg, tu die Finger weg, nicht anglangen, nicht anglangen, sonst tun wirs müssen kaufen, mein Gott, ist der begriffsstutzig, ich rede doch Hochdeutsch mit ihm, weil im Deutschen hat er auch einen Fünfer. Ich hab das Nervenkostüm nicht mehr für so einen Kerl, wissen Sie, ich hab ihn einfach zu spät gekriegt, mit 40 Jahren, das mach ich nie wieder. Allein die Geschichte mit dem Oktoberfest, das war eine Gaudi, aber schuld war ja der Onkel Peppi, der Bruder meines Mannes, der wo in der Pschorrbrauerei arbeitet, kommt dieser Unglücksmensch von einem Peppi daher, mit 37 Liter Freibiermarken, wie gesagt, er ist bei der Pschorrbrauerei so eine Art Scheef. Ich habe aber gleich gesagt, Vatti, nein, mit 37 Liter Freibiermarken bewaffnet gehst du mir nicht allein aufs Oktoberfest, weil da gehen wir mit. Aber wissen Sie, unser Vatti ist so einer, der trinkt sich immer so eine Art Potpourri, kaum, daß er so 10, 12, 13 Maß Bier intus hat, dann fängt er an mit einem Marillenlikör, dann trinkt er gern einen Obstler, Zwetschgenwasser, dann Williamsbirne – Sie kennen sicher diese Sprüche, wo ein Wille ist, da ist auch ein Weg –, und dann trinkt er vor allem diesen Jägermeister, und den verträgt er nicht. Er trinkt dann immer einen Fernet Branca, weil der hilft ihm gegen den Jägermeister. Auf alle Fälle, plötzlich in dieser Situation, sagt der Heinz Rüdiger – er hat den Vatti aufgehetzt –, Vatti, gehen wir ins Spiegellabyrinth. Ich hab sofort gesagt, Vatti, nein, bleib da, mit soviel Flüssigkeit, unser Vatti war ja angezuzelt wie ein Schwamm. Aber mit unserem Vatti war nichts mehr zu machen. In seinem Suri, der Mann war ja schon gaga, war er nicht mehr zu bremsen, und es ist auch genauso gekommen, wie ich es vorhergesehen hab. Unser Vatti geht in dieses Spiegellabyrinth, tappst darin umeinander, findet nicht mehr heraus, und dann plötzlich dieser Druck. Man macht sich keine Vorstellungen, wieviel Öffnungen ein Mensch auf einmal hat. Aus unserem Vatti ist es herausgespritzt aus allen Rohren, wie bei einem Hydranten. Und vor dem Spiegellabyrinth stand eine Menschentraube. Das Spiegellabyrinth ist ja durchsichtig, und die Leute haben das gesehen und haben gejohlt vor Begeisterung, weil unser Vatti so gespritzt hat. Daß man sich da so erheitern kann, das sind doch die niedrigsten Instinkte, aber so ist er halt, der Mob. Ich hab auf alle Fälle jetzt unserm Vatti helfen müssen und bin rein in das Spiegellabyrinth. Ich bin genauso umhergetappst und hätte unsern Vatti nie gefunden, aber ich bin halt immer dem Geruch nach, und wie ich ihn dann endlich gefunden habe, habe ich dem Vatti die Wäsche gewechselt. Die Leute draußen haben dann immer Zugabe geschrien. Auf einmal ist der Heinz Rüdiger weg. Wo ist er? Jetzt hab ich den überall gesucht. Beim Toboggan war er nicht, beim Hypodrom war er nicht. Einen, den ich gefragt hab, ein Polizist, hat gesagt, ich soll bei den Alkoholleichen schaun, aber ich hab gesagt, nein, so weit sind wir noch lange nicht.

Jetzt wieder zu Heinz Rüdiger. Heinz Rüdiger, bitte tu die Sachen nicht anglangen, wenn du sie nicht anglangen tust, dann tu ich dir vielleicht ein Spielzeug kaufelen. So, und jetzt tu das Fingerle raus aus dem Nasi. Komm, tu das Fingerle raus aus dem Nasele. Mein Gott, jetzt frißt er ihn auch noch. Nein, mein Nervenkostüm ist nicht mehr das beste. Am verkaufsoffenen Donnerstag, das war eine Schererei, das kann ich Ihnen sagen. Da war ich in der neuen Verkaufsabteilung für Lebensmittel beim Hertie in Schwabing. Kennen Sie die neue Lebensmittelabteilung beim Hertie, die ist einmalig. Die machen die Krebserl, die Scampis, die Hummern, die Langusten und den Lachs in einer Sauce, wo nur ein Joghurt drin ist, und nicht wie beim Feinkost-Käfer eine Majonäse. Und da hab ich mir gedacht, nimmst dir überall 100 Gramm mit, und dann bin ich noch schnell in die Möbelabteilung, aber wissen Sie, dieses skandinavische Möbelzeugs, das sollns an die Ostdeutschen verkaufen. So ein Glump. Und in der Rauchwerkabteilung war ich auch, und da hab ich mir noch so Seehundstieferl mitgenommen. Ich bin dann gleich heim mit dem Taxi, kaum war ich in der Wohnung, hab ich mir gedacht, wo is er denn, hab ich den Heinz Rüdiger beim Hertie vergessen? Ich hab sofort angerufen, aber da war dann schon geschlossen. Ich hab die halbe Nacht kein Auge zugemacht, weil man macht sich doch Sorgen als Mutter. Am andern Tag ham sie ihn dann dahergebracht. Mittags um zwei. Diese Johanniter, aber da hab ich mir schon erlaubt, denen zu sagen, ihr bringt ja den Heinz Rüdiger auch jeden Tag später.

Heinz Rüdiger hat ein Spielzeug in der Hand. Dieses macht ein Geräusch. Doidoidoidackdack, I kill you, I exterminate you, doidoidoidackdack, I kill you, I exterminate you, doidoidoidackdack. Was hat er denn da, der Heinz Rüdiger? Ach, das ist ein Monsterl aus Plastik, mei das ist nett, ach wissen Sie was, das kauf ich ihm jetzt, weil ein bisserl was Pädagogisches soll er schon kriegen, der Heinz Rüdiger.

Longline

Ich finds ja ganz nett, wenn jemand a bißl musiziert, aber – *lacht etwas gönnerhaft* –, na ja, 's is a Geschmackssache, net. A jeder hat seine Musik, die er mag, hahaha, ich hab auch meine, net, meine, die geht nur anders, die geht »p – p, p – p – p« – *ahmt das Geräusch von aufschlagenden Tennisbällen nach* –, hahahaha – *lacht und klatscht in die Hand.* Ja, also, na, aber ich muß sagen, ich weiß nicht, wies is – ich war wieder so fasziniert, wie ich jetzt wieder diesen Becker gesehn habe. Nicht, dieser Boris Becker, der Mann ist für mich ... *das* ist Symphonie, nicht wahr. Das is ... wie der Mann Tennis spielt, das ist eine geballte Ästhetik, nicht wahr, das ist ... der Mann hat ein Charisma! Wenn Becker ... ah ... großartig, dieser Mann, obwohl ich ihn ja fast noch lieber habe, wenn er verliert. Nein, das mein ich jetzt nicht zynisch, ich mein das wirklich, nicht – es gibt keinen vitaleren Looser als Becker, nicht wahr. Schaun Sie mal dieses Gesicht an, wenn der verliert: wie der sterbende Gallier, naja, also großartig! Ich mein, es gibt auch andere Tennisspieler, nicht, 's gibt den Agassi oder dieser Sampras, der is nicht schlecht, is klar. Net, Sampras ist aber mehr ... der Mann hat was Animalisches, nicht wahr, während der Muster is auch, der Muster, ich weiß nicht, wie Sie Muster einschätzen, nicht wahr, der Mann is, äh, is halt Österreicher, naja – äh, ein Gladiator, ein Fighter, nicht, wenn man ihn sieht, dann riecht man den Schweiß, nicht wahr, aber ... ne? Also diesen Leuten fehlt dieses – beckerhafte, verstehn Sie? Dieses ... was? Ja freilich, Sie sehn, ich bin ein Tennisfreak, klar *(lacht)*. Ja, i schau mir alles an, is ja klar, und das Paris Open, das

Australien Open, Filderstadt Open, BMW Open, nicht wahr, Bayern Open, mir kanns nicht open genug sein, des is klar *(lacht)*. Aber schaun Sie, jetzt is wieder Advent, nicht wahr, die Kerzen brennen, ich bin mit meinen ganzen *sentiments* sowieso schon wieder im *paradise* für Tennisspieler. Ja klar, ich bin nächstes Jahr wieder in Wimbledon, na ... *the same procedure as every year ... (lacht)* ... ja klar, nicht wahr. Schaun Sie, für einen Tennisfreak wie mich, nicht wahr, is Wimbledon, das is, was für Katholiken der Vatikan is, oder, nicht? Da muß man ... ja, aber man sagt auch ... die Engländer sagen auch, *Wimbledon it's a must,* nicht wahr, net? England is auch *the masterland of tennis,* das können Sie ... Tennis in England, das können Sie mit Deutschland nicht vergleichen, das ... da geht kein Weg, das is a *different world*, nicht wahr – England, das ist ... da ist Tennis ... das ist, äh, vollkommen was anders. Die Leute, die da Tennis anschaun, das ist – *culture*! Nicht, das ist Kultur, *culture*, das ist, die ham ein ganz andres *level*, nicht? Auf deutsch *Niveau*, das is ... ne? Das können Sie nicht vergleichen, diese Leute, das sind nicht wie in Deutschland *underdogs,* nicht. In England, in Wimbledon, diese Leute, das sind, das ist, äh, *upper class,* nicht, das sind *nobles*! *Aristocratic* – keine Krattler wie in Deutschland, nicht? Na, wissen Sie, ich muß das ... einmal, muß man auch sagen, einmal in seinem Leben, einmal ... das is ein singuläres *event*, das muß man einmal in seinem Leben muß man das erforscht, erlebt haben, gespürt haben, im *center court* von diesem Wimbledon, nicht. Wenn Sie da drin sitzen, im Zentrum, auf Tuchfühlung, so wie Sie vor mir, sitzen dann da diese *royals*, ein Duke von Windsor, ein Duke von Wellington, ein Royal nach dem andern und sauft sein Cola vor Ihren Augen! Dem können Sie auf die Büchse spucken, verstehn Sie? Großartig! Ich habe einmal in meinem Leben unseren Ministerpräsidenten erlebt, wie er eine Leberkässemmel gegessen hat, das war *shocking*!

Na, nein, verstehn Sie mich nicht falsch, unser Ministerpräsident, der Mann ist politisch ein Genie, aber so braucht er keine Leberkässemmel zu essen, nicht wahr. Aber ich will jetzt . . . reden wir vom Tennis, nicht wahr. Wissen Sie, ich sage, Tennis, England, nicht wahr, England und Tennis, Wimbledon, das is . . . häh – *lacht leicht ekstatisch* –, das können Sie . . . das ist *lifestyle*, nicht wahr, das ist . . . das kann man mit Deutschland . . . wenn ich an Deutschland und Tennis denke . . . hihihi – *kichert* – nur weil sich bei uns heute jeder Arsch weiße Schuhe kaufen kann – das hat doch mit Tennis nichts zu tun! Sie wissen doch selber, nicht wahr, in Deutschland . . . es ist doch bei uns wirklich so, nein: heute spielen doch Leute Tennis, die hätte man vor zwei, drei Jahren aus dem Bierzelt rauschgeschmissen, nein? Nein? Aber wem sage ich das, net? *Kichert.* Nein, wissen Sie . . . ich wollt . . . wissen Sie . . . Tennis . . . schaun Sie . . . ich, glauben Sie . . . wenn Sie Tennis, wenn Sie das, diesen Untergang, nicht wahr, wenn Sie das, äh . . . äh . . ., könnt ich Ihnen *stories* erzählen, *stories*, da aahhh, ne? Bis hier, schaun Sie, ’s ist nicht lange her, nicht wahr, bei uns noch in Bad Hausen, wir ham unser Bad Hausener Open gespielt, nicht wahr, und mein Sohn, der Noel, nicht wahr, spielt gegen einen Partner, net wahr, und ’s is ein Kindkollege von ihm, nicht wahr, und . . . und . . . dem seine Mutter – Sie hätten schon diese Mutter sehen solln, diese Mutter . . . also . . . ds . . . *(findet keine Worte)* . . . daß überhaupt so was . . . hähä . . . eine Matrone, nicht wahr, ich weiß nicht, wie aufgebrezelt, aufgemaschelt wie ein Weihnachtsbaum, verstehn Sie? I kenn die Viecher nicht, die die da anhat, ja? Ja? Natürlich verboten, Jaguar, Leopard oder . . . ich kenn sie nicht! *Jemand flüstert: »Ratz.«* Bitte? Ratz? Nein, er meint, äh, er meint Bisam, na ja, das glaub ich nicht . . . a jedenfalls, diese Frau mottenkugelt vor sich hin, nicht wahr? Hängt wie ein Orang-Utan da in diesen Gittern, nicht wahr, und während die Tennis spielen, ja, während die Tennis spielen, schreit diese Frau immer rein: »Oliver, Oliver, paß auf, er spielt longline!« Sag ich: »Bitte, gnädige Frau, mäßigen Sie sich, ja? Das können Sie doch nicht machen – Tennis, hier wird ... hier wird Tennis gespielt, ja? Das können Sie doch nicht einfach ... da rein ... lassen Sie die *youngsters*, die jungen Leute Tennis spielen, die sollen das lernen! Tennis von der Pike auf, das ist das Erlernen von, nicht wahr, das is, eine Niederlage mal verarbeiten, *psychologically*, ja – oder *victory – fair play – shake hands*! Das ist Tennis, gnädige Frau, bitte, nicht wahr, *turn off*, nicht wahr!« Aber diese Frau: »Oliver, Oliver, paß auf, er spielt longline!« »Gnädige Frau, bitte, das können Sie doch nicht machen, Sie können doch Ihr Kind nicht während eines Matches *coachen*! Man *coacht* doch niemand während eines Matches! Das macht man nicht, gnädige Frau«, sag ich, nicht wahr. Tennis, das is, nicht wahr, *fundamental basic education*! Nicht, das ist das Studieren von *social behaviour*! Ja, ich sag, »bitte gnädige Frau, tranquillo jetzt«, ja? Aber diese Frau: »Oliver, Oliver, paß auf, er spielt longline!« Wissen Sie, ich bin ein gutmütiger Mensch, mit mir kann man Pferde stehlen, ja? Aber bei dieser Frau ist mir der Kamm geschwollen! Diese Frau hat mich dann dazu animiert, daß ich selber runtergerufen hab, zu meinem Sohn, sag ich: »Noël, komm, blas den Krüppel weg vom Platz.« Na, bitte, bitte mißverstehn Sie ... ich hoffe, Sie mißinterpretieren mich nicht, ja? Tennis, das ist ... das Erlernen von Selbstbeherrschung. Ja, das ist Selbstdisziplin. Ja? Hab mir gedacht, hätt halt die Frau a vernünftiges Kind dahergebracht und nicht so einen Spasti, da ... nein ... nein, nein, natürlich sag ich das nicht, sagt man nicht, ist doch klar ... 'tschuldigung, nicht, das sag ich natürlich nicht, aber man hat doch seine Gedanken. Wissen Sie, ich kenn, ich kenn, entschuldigen Sie den Ausdruck, entschuldigen Sie bitte den Ausdruck, aber ich kenne diese überambitionierte Bagage, ja, ich kenn die! Ich kenn die auswendig, ich kenne diese Rasse von Leuten! Da kommen die daher mit ihrem Schraz an der Hand, nicht? Führen ihn zum Schlächter, nicht, auf deutsch sagt man jetzt Trainer dazu, ja – da weiß ich doch, des Geld ist rausgeschmissen, des können Sie doch im Kamin räuchern! Das wird doch nie was da, mit diesem genetischen Sondermüll, nicht wahr. Und dann schreit diese Frau: »Oliver, Oliver, paß auf, er spielt longline!« Da sag ich: »Gnädige Frau, bitte! Jetzt mäßigen Sie sich, ich zeig Ihnen hier, ich war in Wimbledon, sagt Ihnen das was?! Das können Sie doch nicht machen! Wir haben eine Verantwortung vor den *kids*, wir Erwachsenen ... die jungen Leute brauchen Idole! Wir müßten uns ... *correctness* im Verhalten, *responsibility*, gnädige Frau! Nicht wahr, Sie werden nicht erleben, daß mein Sohn da rumproletet! Ja? Und Schläger schmeißt und vielleicht auch noch *fuck* schreit! Der schreit nicht *fuck*! Der – schreit – nicht – *fuck*!! Und wenn der *fuck* schreit, schreit der nur einmal *fuck*! Ja? Weil wenn er *fuck* schreit, bin ich der erste, der drunten ist, und pack ihn an den Ohrwascheln und zieh mit ihm den Platz ab, ja?!« Und dann schreit die immer: »Oliver, Oliver, paß auf, er spielt longline!« Sag ich: »Gnädige Frau, jetzt, bitte! Ja? Sie dumme Gans! Ja?! Mir san doch da net im Wirtshaus! Sondern auf einem Tennisplatz! Du Amsel, du blöde! Du blödes Kracherl«, sag i, »du Matz, du verreckte, holt dei Fotzn, sag i, du Schoaßwiesn, gell, du mistige«, sag i, »du Schoaßblatern, gell, du Brunzkachel, du ogsoachte, so was wie du ghert doch mit der Scheißbürstn nausghaut!!« Dann fängt sie an: »Ich werde mich beschweren, ich geh zur Turnierleitung, ich werde mich beschweren!« Aber, wissen Sie, die Frau soll sich beschweren. Nein, die soll sich beschweren! Die soll sich ruhig beschweren, weil was so eine Hämorrhoidenbritschen sagt, so etwas ist einfach unter meinem Niveau.

Der Schuldenkäufer

Herr Nagy! He, Herr Nagy – des is doch der Herr Nagy –, was machen denn Sie hier? *Ein Mann verläßt stumm und hastig den Saal.*

Des war sicher der Herr Nagy – mit Sicherheit –, dem muß einer eine Karte geschenkt haben, sonst könnt der sich das niemals leisten, daß der hier reingeht. Wie lang betreu ich jetzt schon den Herrn Nagy? Ich hab ihn von der Freibank gekauft für 15 000.–. Also für 15 000.– hat ihn mir die Freibank veräußert als eine Art Sonderangebot, weil er bei ihnen mit 160 000.– hängengeblieben is; dann habens ihn zuerst durch den Fleischwolf drehen lassen, die Firma heißt nicht Fleischwolf, obwohl, das wär ein schöner Name, sondern des is der Inkasso Schimmelbrot, und der hat ihn noch amal ausgeputzt, das heißt, der hat ihn halt auf den Kopf gestellt, dann hams a bißl draufgeklopft, mit einem Gerichtsvollzieher, Titel, OE-Androhung usw., alles da. Dann hams nochamal 30 000.– aus ihm herausgezuzzelt. Und nach diesem ersten Aderlaß hat ihn mir die Freibank, wohlgemerkt, für 15 000.– überlassen. So sinds, die Banken. Was? Ja, was ist schon der Einbruch in eine Bank gegen die Gründung einer Bank, genau, vom Ding. Weil – damit ichs gründlich genug sag – 130 000.– ist der Herr Nagy wert, theoretisch auf dem Papier, weil, bis daß der noch was von sich gibt, muß ich schon schwer die Daumenschrauben anziehen. Jetzt sagen Sie: bloß 15 000.– Investitionen bei einer Einnahmemöglichkeit von 130 000.–. 130 000.– minus 15 000.– sind 115 000.– Mark. Aber bitte vergessen Sie nicht, die 150 000.– muß ich mir aus dem Nagy erst einmal herausholen, das ist doch die Kunst – wo nichts ist, hat der Kaiser sein Recht verloren. Die Banken verschenken doch nichts, das kann ich Ihnen blanko sagen. Diese Banken sind in einer Weise unseriös geworden, das ist skandalös. Weil diese Banken verkaufen ihre Schuldner, denen die Luft wegbleibt, also normale Hausbesitzer, mittlere Kreditnehmer, die wegen Krankheit oder vielleicht auch wegen simpler Blödheit hängengeblieben sind und nicht mehr flöten können, immer gleich an die Inkassobüros. Die Bank läßt sich von den Inkassobüros den Mann pekuniär röntgen, und die, wie der Schimmelbrot, nehmen dann den Delinquenten aus, brechen ihn auf, gehen ihm an die Eingeweide, und was übrig bleibt, steckens in die Gefriertruhe, und ich kann dann so tiefgefrorene Knochen kaufen wie diesen Herrn Nagy. Selbst mehrere Knochen wie der geben noch keine gescheite Suppe. Gut, ich hab jetzt dreißig Jahre Zeit, daß ich mir das Geld hol, aber der Herr Nagy ist ein Single, wechselnder Wohnort wie alle Singles, ambulant, halt das Gegenteil von einer Immobilie. Glauben Sie es mir, unsereiner will ja auch leben, schaun S', in meinem Fall, ich hab 3500 Mark feste Kosten, meine ältere Tochter studiert Kunstgeschichte, mei Bub macht nächstes Jahr das Abitur, meine Frau ist daheim und macht neben dem Haushalt das Büro. Ein Monat ist schnell rum . . . So . . . Sie wissen mir auch keinen, einen Gorilla. Das ist ja sowieso heute mit das Schwierigste, einen zu finden, der den Klienten bei der Betreuung nicht gleich umbringt oder zum Invaliden macht. So primitive Schläger kann man schnell amal engagieren, aber die richten eher mehr Schäden als Nutzen an und kosten auch. Jemand – ich leg gar keinen Wert drauf, daß er zuschlägt –, der so jemanden wie Herrn Nagy amal vor die Brust nimmt und ihn so anschaut, daß ihm sein Kreislauf amal a bißl ins Stottern kommt, so was kann halt fast nur noch a Künstler. Solche Gorillas sind immer schwerer herzukriegen, und wenn, dann wissen die auch, was sie wert sind.

Die Bänker wissen schon, wie schwer das Geschäft ist. Früher, ja, bei der Bayerischen Freibank, der Direktor Mechov, der hat noch an Stil ghabt, der hat mir auch manchmal im Paket noch eine Familie verkauft. Die haben einen festen Wohnsitz – mit einem kalkulierten, sagen wir einmal Psychoterror, da werden die weich, da is eine Wohnung da, da gibts ein Kindergeld, selbst wenns Sozialempfänger sind, da ist noch eine Zahlungsmoral, ein Verantwortungsbewußtsein. Aber diese Banken, sprich, da sins am Puls des Zeitgeistes. Die Freibank, vorige Woche, hat mir eine Familie angedreht. Was kost die Familie, hab ich gfragt, wenn ich s' kauf? 10 000.– cash hams gsagt. Wieviel Schuldenmasse gibt die Familie ab? 150 000.– hams gsagt. 10 000.– gut, aber no more, sage ich, aber vorher test ichs noch amal. Weil 10 000.– Mark, der Preis klingt märchenhaft. Ich kauf doch keine Katze im Sack. – Dann hab ichs getestet, ohne Gorilla. Erst einmal selber in der Früh hab ich wieder angerufen, a bißl telefonieren. Hab ihnen gesagt, daß ich ihr neuer Treugeber bin und wo mein Geld bleibt. Hab halt mit der Therapie begonnen, um halb vier in der Früh hab ich wieder angerufen, hab a bißl was von einem Krampus erzählt und vom schwarzen Mann. In der Früh les ichs schon in der Zeitung. Schlagzeile: »Familiendrama im vierten Stock«, weil der Mann hat des eine Kind mit dem Messer abgeschlachtet, die Frau des andere Kind in der Badewanne mitm Föhn, ah, und dann is er zum Fenster rausgsprungen. Diese Journalisten, das sind Geschäftsleute, verkaufen eine Riesenauflage, dabei waren die noch warm. Und des mit der Not anderer. So – jetzt schaun ma halt, jetzt geh i amal zum Franziskaner und kauf mir a Halbe oder zwei, und dann wern ma uns a bißl um an Herrn Nagy kümmern.

Jahresausklang-Jahresanfang

Was ist schon ein Jahr? Gerade
war noch der Nikolaus da, schon steht
wieder der Gerichtsvollzieher vor der Tür.

SOFH
M

Sankt Nikolaus

Straße in einer Trabantenstadt – Häuserflucht. Ein Auto kommt zügig angefahren, Vollbremsung. Ein zweites Auto muß ebenfalls scharf bremsen. Allmähliche Staubildung. Ein gestürzter Nikolaus sammelt auf der Straße seine Utensilien zusammen.

FAHRER DES 1. WAGENS *Zum Fenster raus.* Hergottzackrament, du Klätzn, kost du net aufpassn?! Geh weida, schleich di mit dein Graffe, du Huastnguattl, du windigs!!

FRAU *Aus dem 1. Wagen raus, kaum zu sehen.* Aso laaft ma ja aa net auf da Straßn umanand, des is ja verkehrswidrig!!

Der Nikolaus gibt sich sichtlich Mühe, seine Sachen schnell und unbürokratisch von der Fahrbahn zu transportieren.

FAHRER DES 1. WAGENS Kaaf dir doch an Blindenhund, blääda Siedla, wennst net alloa üba d'Straß kimmst!!

FRAU *Aus dem Wagen.* Mir samma doch net im Fasching. So ein Kaschperl!

Es beginnt ein Hupkonzert. Der Nikolaus hat seine Utensilien notdürftig zusammengerafft, der Verkehr fließt wieder.

FAHRER DES 1. WAGENS *Im Vorbeifahren.* Arschloch! *Schließt sein Fenster.*

Man hört einige überfahrene Walnüsse knacken. Der Nikolaus hat sich gefangen, vergleicht auf einem Zettel eine Adresse, sieht an dem Hochhaus empor, vor dem er steht, und ist offenbar am Ziel.

Er geht zum Hauseingang, sucht, läutet, wartet. Es knackt, pfeift, dann aus dem Lautsprecher eine Stimme.

STIMME (OFF) Hallo – hallo, wer is da?

NIKOLAUS Sankt Nikolaus steht vor der Tür.

STIMME (OFF) Ah, Sie sinds, Moment.

Es surrt, der Nikolaus rüttelt an der Tür, nichts geht. Der Nikolaus läutet noch mal.

STIMME (OFF) Hallo, hallo, wer is da?

NIKOLAUS Es ist abgesperrt.

STIMME (OFF) Naa. Sie müssen fest drücken.

Es surrt, der Nikolaus drückt fest, fliegt fast rein ins Haus, drückt den Liftknopf; während er wartet, repariert er vollends sein Kostüm. Die Lifttür geht auf, zwei Rocker kommen aus dem Lift.

ROCKER 1 Uui, a Nikolaus, hahahaa!

ROCKER 2 A Nikolaus, haahaahaa . . .

ROCKER 1 Duast scho wieder kloane Kinder vaschrecka, ha? Geh weida, eh, was hast'n in dein Sack drin? Ha?!

NIKOLAUS *Zieht seinen Gabensack an sich.* Lassen Sie mich in Ruhe!

ROCKER 1 Ui, da ander! Laß mi neischaugn, Spezi!!

Rocker 1 pöbelt den Nikolaus an, Rocker 2 haut ihm die Bischofsmütze vom Kopf, Rocker 1 haut dem Nikolaus vor die Brust, der Nikolaus verliert seinen Bischofsstab und rettet sich mit einem Sprung gerade noch in den Lift. Tür zu. Wohnzimmer der Familie Klinger. Die Tür ist auf. Adolf Klinger und Sohn Robert sitzen vor dem Fernseher (Programm: Werbespot). Hannelore Klinger kommt von der Toilette (Rauschen).

ADOLF Herrgott, muaß der ausgerechnet jetzt kemman. Auf wann hast'n denn bstellt?

HANNELORE Mei, de ham heit vui zum doa, heit und moign.

ADOLF Kann der net früher kemman, der Krippe', weil, früher sans allwei' früher kemman. *Schenkt Bier nach.*

HANNELORE Vielleicht is er in an Stau neikemman, oder er hat's net gfunden. *Setzt sich, ißt weiter.*

ADOLF Wenn er besser in der Schui g'wesn war. *Zeigt auf Robert.* Na hätt ma heuer gar koan Nikolaus nimmer braucht.

HANNELORE Ja, mei, jetzt is er scho da.

Man hört von draußen den Nikolaus schüchtern kratzen und räuspern.

HANNELORE Genga S' nur rei, 's is offen. So, Roberti, jetz is er da.

FERNSEHER Zur Fortsetzung des Programms schalten wir um nach Bremen. – *Sendezeichen.*

NIKOLAUS *Halboff im Flur.* Ja, bin ich hier richtig? Ich such' den Robert Klinger.

HANNELORE Ja, kemma S' doch rein, legn S' ab.

Der Nikolaus betritt das Zimmer. Irritierter Seitenblick auf den laufenden Fernseher (im Fernsehen gerade Ansage: Vier Fäuste für ein Halleluja o. ä.).

NIKOLAUS Guten Abend.

HANNELORE 'n Abend.

ADOLF Roberti, geh weida ... *Bedeutet ihm, aufzustehn.*

Robert stellt sich vor den Nikolaus.

HANNELORE Nimm dein Kaugummi raus.

Robert folgt.

NIKOLAUS Vom drauß' im Walde komm ich her, ich kann euch sagen, es weihnachtet sehr. Du bist also der Robert Klinger?

ROBERT Ja, warum?

NIKOLAUS Groß bist du schon. Bist du auch immer schön brav gewesen?

ROBERT Ja, warum?

HANNELORE Geh weida, Roberti, sag schön dein Gedicht auf.

ROBERT *Sehr trocken.* Komm doch, lieber Sankt Nikolaus, komm mit deinem Sack in unser Haus. Pfeffernüsse, Mandelkern mögen alle Kinder gern.

Adolf hat inzwischen den Fernseher lauter gestellt.

FERNSEHER Komm raus, Miller! Ich weiß genau, daß du hier bist, zeig dich, Koyote!! *Musik, Schüsse, Pferdegetrappel.*

Alle, auch der Nikolaus, sehen jetzt fern. – Eine wilde Schießerei, ein Todesschrei, neuer Musikeinsatz.

FERNSEHER Hey, Chandler, Tom hat noch 'ne Prise Dynamit im Sack, jetzt räuchern wir sie aus!

Adolf zündet sich eine Zigarette an.

Hannelore nimmt sich eine Handvoll Chips, der Nikolaus sieht verstohlen auf seine Uhr.

NIKOLAUS Ja, ich würde ja noch gerne bleiben, es ist sehr gemütlich hier. *TV: Detonation, neuer Musikeinsatz.* Aber es warten noch andere Kinder auf den Nikolaus.

ADOLF *abwesend.* Ja, also, Wiederschaun, nett, daß Sie da warn.

HANNELORE Wiederschaun, dann, bis zum nächstenmal. Sie finden allein raus, gell?

Der Nikolaus schaut schüchtern in der Runde herum, bleibt aber an seinem Platz stehen.

ADOLF Jaa, is noch was?

NIKOLAUS Jaa . . . *Deutet auf Robert.*

ADOLF Ja, was is denn?

NIKOLAUS *Verschämt.* Ja, das Finanzielle . . .

HANNELORE Ah ja, stimmt. Des hätt mir jetzt fast vergessn. Geh weida, Roberti, hol gschwind am Bappa sein Geldbeutl.

Robert unwillig ab. TV: Prärierittmusik, Pferdegetrappel, Peitschenknallen.

ROBERT (OFF) Wo is er denn?

ADOLF *Zu Hannelore.* Geh weida, geh du mal.

Hannelore ab, Adolf macht den Fernseher etwas leiser.

ADOLF Mögen S' an Schluck Bier?

NIKOLAUS Im Moment nicht, danke.

Adolf macht den Fernseher noch etwas leiser, man hört von unten Gejohle und Motorlärm. Adolf schließt das vorher schräggestellte Fenster, schaut einen Moment hinaus.

ADOLF Herrgott, de gspinnaten Deife. *Setzt sich wieder.*

Der Nikolaus geht ans Fenster, sieht hinaus, man sieht unten eine Rockerclique, die mit dem Bischofsstab des Nikolauses ein Bischofsmützenstechturnier fahren.

NIKOLAUS Nen Schnaps, wenn Sie vielleicht hätten.

ADOLF Mögen S' an Hubertus oder an Lufthansa?

NIKOLAUS Egal, irgendwas.

HANNELORE So, da hätten mers. Was macht des jetzt heuer?

NIKOLAUS 62 Mark 50.

HANNELORE 62 Mark 50?!

NIKOLAUS Mit Anfahrt.

HANNELORE Jaso, ja, i hab gmoant, da is auch a Krampus dabei?

NIKOLAUS Vom Krampus kommt man immer mehr ab. Aus pädagogischen Gründen . . .

HANNELORE Ah so, ja dann. *Zahlt, erhält Quittung.* Also dann, Wiederschaugn.

ADOLF *Abwesend.* Wiederschaun, Herr, äh . . .

NIKOLAUS Ja, behüt euch Gott. Also, Robert, hast du gehört? Immer schön brav sein. *Gibt Robert eine Weihnachtstüte aus seinem Sack.*

ROBERT Dankschön.

Detonation im Fernseher. Text: Dem haben wirs sauber gegeben. Der ist erledigt – Musikeinsatz. Der Nikolaus ist verschwunden.

ADOLF Wieviel hat jetz der Scherz kost?

HANNELORE 62 Mark 50. Mit Anfahrt vom Künstlerdienst.

ADOLF 62 Mark 50, das is ja a Unverschämtheit, dafür kann i ja scho a Doktor kemma lassn.

HANNELORE Ja mei, ois werd teirer.

ADOLF Aber's nächstemal nehman mir oan vom Pfarramt. De san billiger. Und echter.

HANNELORE Ja, heuer ham mir ja koan andern mehr kriagt. De vom Pfarramt warn ja scho alle ausgebucht.

Robert geht ans Fenster.

ADOLF Ja mei, na bstellst halt scho glei jetzad oan für nächst's Jahr.

Robert sieht zum Fenster raus, man hört johlende Rocker, die den Nikolaus jagen . . . Robert grinst.

Der Weihnachtsneger

Frau Demmeler Also, mia ham uns heuer, ham mia uns an Neger kommen lassen, an Weihnachten. Des war im Zusammenhang mit dieser Aktion »Brot für die Welt«. Ja, also, ich mein, mia ham schon drauf gschaut, gell, daß was Seriöses reinkommt, net. Er is uns ja eigentlich direkt vermittelt worn von der Landesbodenkreditanstalt, weil da is er doch Assistent. Er hat alles kriegt, net, also, mia ham ihm an Spekulatius ham mia ihm angeboten, an Zopf, an Stollen, was vom Gebäck, also, er war ganz begeistert. Und er is ja auch aus a sehr guten Familie, er kommt aus Tschurangrati, sei Vater is irgendwie König oder so was Ähnliches von Beruf, net. Und, ich mein, mia warn nicht unzufrieden mit ihm. Gell, er hat gessn, er hat gschaut, net, er hat die Augen ganz weit und die Ohrwaschel gspitzt, weil des is er ja net gwöhnt, a so a Weihnachtsfest. Aber daß dieser junge Mensch also a so, sagn mia amal, transpiriert, net, also, daß er so schwitzt, da hat der Bappa hat gsagt, also, des is ja, des geht ja net, also an Weihnachten, und da Bappa hat auch gsagt, mia nehmens nächstemal kein Neger mehr. Gell. Und der Bubi steht ja scho lang auf an Indianer, also, s nächstemal nehmma uns an Indianer.

Vorsicht, Neujahr!

Liebe Spekulanten, Ministranten und Quotanten!

Wiederum, oder besser abermals, oder lassen Sie mich sagen, aufs Neue steht uns, um es altmodisch zu sagen, das event before. Vor unseren Augen verblaßt, verbleicht, verjährt sich ein Jahr, als ob es schon immer so gewesen wäre. Da stellt sich einem doch unweigerlich die Frage: Ja, wo ist es denn geblieben?

In aller Bescheidenheit – ich weiß es! Und ich werde es Ihnen auch sagen: beim Steuerberater, im Leitzordner!

Das heurige Weihnachten war wieder ein voller Erfolg. Die Tante Wally hat Fingerhandschuhe und ein paar Mietwohnungen in Leipzig geschenkt gekriegt; der Onkel Rudi eine Flasche Wein und eine Seenplatte in Mecklenburg. Meine Frau wollte schon immer gern den Stechlin haben, der war aber leider bereits vergriffen, dafür hat sie dann halt den Oderbruch bekommen und ein Parfüm wie jedes Jahr.

Nur dem Vati ist es immer schwer, was zu schenken. Er mag nichts im Osten – na ja, dann kriegt er halt im nächsten Jahr ein Männerhouse in Florida.

Gleich werden jetzt Scharen von Politikern uns ihre Wortdressuren vorführen wie »Kontinuität darf nicht außen vor bleiben« oder »An die Zukunft glauben heißt Vertrauen schaffen« und »Ja zur Solidarität mit der Herausforderung!« Da kann ich zustimmen. Ein Politiker ist immer eine Herausforderung, vor allem wenn er mit einem solidarisch ist. Daß aber mein persönlicher Kanzler als mein Repräsentant extra wegen mir, nur um mich zu repräsentieren, auf eigene Kosten nach China gefahren ist und das noch in diesem Jahr, wo er doch im nächsten soviel zu tun haben wird, erfüllt mich mit Dankbarkeit. Sehr bewegt hat mich auch, daß mein Ministerpräsident, um meine Geschäfte in Südafrika zu promoten, wegen meiner, also mir, sich dort hat blicken lassen. Das nenn ich Solidarität! Derweil hätt's das gar nicht gebraucht in meinem Fall, weil ich ja Tretboote verleihe und Südafrikaner nur spärlich zu mir kommen.

Dieses Jahr war vor allem ein Jahr der Kontinuität wie bei meinem Bekannten, einem Konservativen, einem echten Traditionalisten, der sagt, er hat schon vor Jahren keinen Kredit mehr von der Bank bekommen, so auch dieses Jahr und auch im nächsten Jahr wird sich daran nichts ändern, da ist er – Euro hin, Ecu her – zuversichtlich.

Aber was ist schon ein Jahr? Gerade noch war der Nikolaus da mit seinem Gabensack, da steht schon wieder der Gerichtsvollzieher vor der Tür. Wenn uns die Veterinäre versichern, daß ein Menschenjahr gleich sieben Hundejahre ist, vermute ich, daß es unter den Hunden auch welche gibt wie mein Spezi, der hat's gerade noch in diesem Jahr geschafft, auf Anraten seines Steuerberaters, rechtzeitig in die CSU einzutreten, weil er eine Verlustzuweisung braucht, und charakterlich kann er's dann auch absetzen.

Wenn jetzt dann gleich die unzähligen Moderatoren in den Programmen vor Enthusiasmus in die Höhe hupfen wegen Silvester, und wenn's dann kracht, nehme ich meinen Laptop und errechne, für wieviel Geld mein Nachbar hinauf schießt. Jedesmal wenn einer »aaaah« schreit, weiß ich, was es kostet. Anschließend beteilige auch ich mich am Feuerwerk. Punkt 12 Uhr öffne ich umsichtig eine Streichholzschachtel, entnehme besonnen ein Zündholz; mit dem linken Zeigefinger spanne ich es auf die Reibefläche, dann schnalze ich es mit dem Mittelfinger der rechten Hand in die Luft, wobei es sich inflammiert. Diesen Vorgang wiederhole ich zwei- bis dreimal, weil er beeindruckend preiswert ist und die Symbolik trotzdem erhalten bleibt. – So schnell verglüht ein Jahr!

Was aber wird uns das neue bringen? Das Drei-Liter-Auto!? Vielleicht lauert aber auch schon ein Attentäter mit einem Zwei-Liter-Auto auf uns! Mit einem Hundert-Liter-Tank!

Ja wann, frag' ich Sie, komm ich denn dann noch zum Einkaufen in meinen Tankshop? Ich muß doch auch leben! Ich kann mich nicht wie so sogenannte Kunstmaler hinstellen, ein Bild herzeigen und auch noch ein Geld dafür verlangen, oder wie diese Kleinkunsttheater, die eine Subvention wollen, bloß daß man zu ihnen hineingeht. Ganz zu schweigen von diesen Musikern, die sich in Konzertsälen einnisten wollen auf unsere Kosten, wo doch ein jeder weiß, daß Musik in den Radio gehört und umsonst ist. Da sagen die, wegen live – wo ich doch selber live bin; weil ich besitze eine Schüssel, und wer eine Schüssel auf dem Dach hat, braucht keinen Riß mehr im Hirn. Ich kenne die Welt, und wer sie kennt, der weiß, daß sie zu uns kommen will, da brauchen wir doch nicht zu ihr hin! Ich selber habe den festen Vorsatz, ich werde mir auch im neuen Jahr kein Bild kaufen, und in ein Theater bringen mich keine zehn Pferde hinein. Warum auch, die ganze Welt will doch so sein wie wir – das sieht ihr ähnlich. Und wir waren uns früher viel ähnlicher als heute, und auf daß wir uns im nächsten Jahr noch ähnlicher werden, darauf trinke ich.

Vorsicht, Neujahr!

Sachdienlicher

Anhang

Ein saftiges Lehrstück

Herr Polt, Sie mögen das Schnitzel nach traditioneller Art aus der Pfanne herausgebacken. Vom Schweinsbraten sprechen Sie kaum.

Weil der Schweinsbraten selbstverständlicher ist. Er hat ein anderes Ambiente als das Schnitzel. Schon das Wort »Schnitzel« sagt ja, daß es das Feinere ist, das Besondere. Ich würde nicht sagen, daß es mehr Kultur hat, aber es ist das Bessere-Leute-Essen gewesen, was sicher damit zu tun hat, daß ein Wiener Schnitzel aus Kalbfleisch sein muß. Es ist ja eine türkische Erfindung. Es kommt aus dem osmanischen Reich. Wenn ich also vom Schnitzel rede, rede ich indirekt auch von der großen weiten Welt. Während wir uns hier ja in einer Schweinsbratenkultur befinden.

In einer Schweinsbratenkultur?

Selbstverständlich. Bayern, Böhmen und Chinesen sind die großen Schweinefleischesser, während der Lateineuropäer das Schwein nicht so anrührt. Der ißt mehr Kalbfleisch oder Rindfleisch. Die wirklichen Schweinefleischesser sitzen im mitteleuropäischen Raum, wo die Sau im Zenit ihrer Erfüllung ist.

Fangen wir beim Schwein an ...

Es ist gar nicht so wichtig, die Sau kulturhistorisch aufzuarbeiten. Der Schweinsbraten als Gericht ist ja mehr ein Ausdruck des Lebensgefühls einer Gesellschaft, die mit dem Schweinsbraten lebt, die sich ihm widmet. Früher war es normal, daß man nicht im Wirtshaus, sondern daheim gegessen hat. In der Wirtschaft hat man sein Bier getrunken und ist dann heimgegangen zum Schweinsbraten. Es hieß nicht, ich gehe jetzt zur Familie, sondern, ich gehe zum Schweinsbraten. Das war eine statische Angelegenheit. Das hatte etwas Rundes, Zuverlässiges.

Seit über 8000 Jahren lebt der Mensch mit dem Hausschwein zusammen . . .

. . . was beide ja glänzend überlebt haben . . .

. . . aber seit einigen Jahrzehnten ist das Verhältnis gestört, weil der Mensch das einzelne Schwein nicht mehr kennt.

Das liegt zum Teil an der Industrialisierung, zum Teil an der Verordung Bayerns. Menschen, die aus Paderborn kommen, haben dem Schweinsbraten gegenüber nicht das Gefühl, das die Einheimischen haben.

Aber auch die Einheimischen erleben keine Hausschlachtungen mehr.

Das ist schon richtig, aber sie haben noch eine Vorstellung. Das ist ähnlich wie beim Wurstsalat. Man hat die Grundidee des Wurstsalats im Kopf, den Geruch, wie er ausschaut, die Bestandteile, die Konsistenz. Ich weiß genau, wie ein Wurstsalat ausschaut, wenn er aus Regensburgern gemacht wird, ich weiß, wie er auf dem Teller liegt. Da fangen schon die Geschmackspapillen an; alles, was im Mund ist, weiß, auf was es wartet. Wenn aber ein Wurstsalat zum Beispiel aus einer faden Lyoner Wurst ist, dann ist die erste Enttäuschung schon da. Beim Schweinsbraten geht es einem ähnlich. Man hat einen Urschweinsbraten im Hirn, auf der Zunge, in den Augen. Und man wird betrogen, wenn auf einer Speisenkarte ein fotografierter Schweinsbraten drauf ist. Einen Schweinsbraten zu fotografieren ist lächerlich, weil er illustriert nichts hergibt. Den muß ich mir selber illustrieren. Das ist wie beim Märchen. Wenn man heute im Fernsehen bestimmte Märchen sieht, dann stehlen sie einem die Vorstellungen. Ich habe eine Grundvorstellung vom Schweinsbraten, wie er riecht, wie er ausschaut, auf welchen Tellern er serviert sein muß, ich kenne die Geräusche, die um ihn herum sind. Ich weiß, daß Rock und Pop sich mit Schweinsbraten nicht verträgt. Das ist keine Musik für einen Schweinsbraten, da gehört so ein Mittagskonzert vom Bayerischen Rundfunk drüber ...

Schmecken Sie denn, ob ein Schweinsbraten von einer Hausschlachtung kommt oder aus der Fabrik?

Wenn jemand sein Leben lang vom Schweinsbraten begleitet wurde, dann merkt er natürlich, wie die Rezepte und Gerichte sich verändern und zum Teil verfremdet werden, und drum kann er sagen, das ist ein schlechter oder ein guter Schweinsbraten. Er orientiert sich an den Werten, die er hat. Er erkennt die Varianten, wo mehr Kümmel drin ist oder mehr Knoblauch, aber das Schlimme ist, daß es immer weniger Wirtshäuser gibt, wo Wirtsehepaare drin sind, denen die Wirtschaft gehört. Es sind zunehmend Pächter, die Brauereien haben dadurch mehr Einfluß auf die Gerichte, und es gibt weniger Leute, die einen Schweinsbraten von der Idee her restaurieren können. Man kann in Pompeji alles rekonstruieren, die Geschäftshäuser, die Straßen, aber die Gerüche von Pompeji, die lassen sich nicht rekonstruieren, das heißt, wenn die Idee des Schweinsbratens einmal verloren ist, wird man sie wahrscheinlich nie wieder herbringen.

Das würde bedeuten, daß der Schweinsbraten ausstirbt.

Wenn er weg ist, ist er weg. Das ist ja das Schicksal von vielen Gerichten.

Nehmen Sie die Stockwurst. Die Stockwurst ist so gut wie erledigt. Wenn Sie in München sagen, ich möchte eine Stockwurst, dann müssen Sie schon weit laufen, bis Sie einen Außenseiter finden, der Ihnen eine Stockwurst macht, weil die Stockwurst verlorengegangen ist.

Es gibt doch Rezepte, die überliefert sind.

Es gibt auch Textbücher von Theaterstücken, aber das ist keine Garantie, daß das Stück gut gespielt wird. Die Frage ist, wer macht den Schweinsbraten? Nur aus dem Buch heraus, das ist zu theoretisch. Ohne Erfahrungswerte, ohne selber einen tradierten Schweinsbraten jemals probiert zu haben, geht's nicht.

Dann wären alle Kochbücher überflüssig.

Das habe ich nicht gesagt. Ein Textbuch ist ja auch nicht überflüssig, weil ich mir den Text vom Shakespeare nicht merke, aber jede einzelne Aufführung auf dem Theater ist verschieden.

Wenn man einem Neuseeländer die Chance gäbe, über das Kochbuch einen Schweinsbraten zu machen – also, ich wäre sehr skeptisch, ob er es schafft. Der tut mir direkt leid, der Neuseeländer.

Dann wäre jeder Fortschritt unmöglich.

Fortschritt als Dekadenz ist möglich. Das erleben wir ja am Schweinsbraten. Wir erleben einen Zerfall, ein Weitergehen, ein Sich-Entwickeln; aber der Schweinsbraten im konservativen Sinn, der Uridee ähnlich, den trifft man immer seltener.

Wie muß er denn zubereitet sein, wenn er dem Idealzustand nahekommen soll?

Ich würde ihn nie definieren. Es gibt ja viele Möglichkeiten. Beim Hamburger wird behauptet, daß er an jedem Ort und zu jeder Zeit gleich schmeckt. Es wird sogar behauptet, daß er mir überall und zu jeder Zeit gleich schmeckt, egal, ob ich krank oder gesund bin. Das Schöne am Schweinsbraten aber ist, daß er an jedem Ort, zu jedem Zeitpunkt und bei jeder Familie anders schmeckt. Ich esse ja nicht im luftleeren Raum, ich esse zu einem bestimmten Zeitpunkt, und der Schweinsbraten beeinflußt mich. Er gibt mir ein gewisses Gefühl – und umgekehrt: Wenn ich einen Schweinsbraten esse, will ich meinen Ausdruck mit dem Schweinsbraten zu einer Einheit bringen. Ich esse ja bewußt einen Schweinsbraten und nicht einen Quick-Snack. Ein Schweinsbraten, der seinen Namen verdient, muß unter würdigen Bedingungen zu sich genommen werden.

Unter welchen Bedingungen?

Wenn man sich auf einen Schweinsbraten einläßt, darf man nicht hektisch sein oder unkonzentriert. Der Bewegungsablauf ist wichtig. Der Gesichtsausdruck, die Art, wie man vorm Teller sitzt. Ich würde zum Beispiel, wenn ich einen Wahlkampf führen müßte, meine Spitzenpolitiker nur einen Schweinsbraten essen lassen, drei Minuten lang, und dann beobachten, wie sie den Schweinsbraten essen. Dann würde ich wissen, welcher der beste Politiker ist. Die Überzeugungskraft, wie sie ihn zu sich nehmen, ist entscheidend. Das ist freilich ein Experiment, das die meisten fürchten, deshalb setzen sie sich dem Schweinsbratenessen nicht aus. Drum reden sie lieber, da können sie sich leichter rauswinden. Ein Mensch, der öffentlich einen Schweinsbraten ißt, während man ihm zuschaut, der muß ja zugeben, wer er ist. Der wird ziemlich privatisiert.

Das ist aber nur in Bayern möglich?

Dem Björn Engholm würde ich nicht unbedingt zuschauen wollen, wie er einen Schweinsbraten ißt. Oder dem schwedischen Ministerpräsidenten Carlsson. Der kann vielleicht ein Knäckebrot essen.

Wenn Sie Schauspieler nebeneinander setzen, würden Sie dann auch erkennen, wer der beste ist?

Ich spreche von Politikern, weil Politiker naturnotwendig durch den Schweinsbraten . . .

. . . charakterisierbar sind?

Selbstverständlich. Weil der Schweinsbraten mit Tradition verbunden ist, mit Heimat, mit Stabilität; mit wenig Experimenten und wenig Experimentierfreudigkeit, jedenfalls auf bestimmten Sektoren. Und der Schweinsbraten ist tatsächlich, das ist meine Überzeugung, kein Objekt großer Experimentierfreudigkeit, er ist ein Objekt für konservatives Verhalten. Der Schweinsbraten sollte bewahrt werden, aber ich fürchte, durch die zunehmende Verfremdung in unserem

Land wird der Schweinsbraten ein Exot im eigenen Lande, sozusagen im eigenen Bratrohr.

Sie haben mal gesagt, wenn Sie sterben, soll's einen ordentlichen Leichenschmaus geben. Mit einem Schweinsbraten?

Das wäre ein würdiger Abschluß. Zuerst die Grießnockerlsuppe, dann ein Schweinsbraten und hinterher eine kleine Nachspeise.

Gibt's auch Gelegenheiten, die einem Schweinsbraten nicht so entsprechen?

Ich hab noch nie einen Schweinsbraten in einem Intercity gegessen, ich würde auch drauf verzichten. Ich kann mir auch nicht vorstellen, daß der Schweinsbraten jemals von der Lufthansa eingeführt wird. Aber man scheut ja vor nichts zurück.

Der Schweinsbraten braucht Beachtung.

Er braucht Beachtung, und er braucht Leute, die wissen, worum es geht. Der Schweinsbraten ist ja ein Mittagsgericht, man ißt ihn nicht am Abend. Wenn jemand am Abend Schweinsbraten ißt, fragt man sich, warum macht er das?

Essen Sie ihn lieber mit Kartoffelknödel oder lieber mit Semmelknödel?

Das kommt auf den Knödel an.

Sie wollen sich nicht festlegen.

Weil ich keine Lust hab, mir irgendwelche Präkonditionen zu schaffen, unter denen ich den Schweinsbraten esse. Ich bin ja offen. Leute, die wissen, was ein guter Schweinsbraten ist, sind keine Missionare.

Das heißt, ein durchschnittlicher Schweinsbraten kann gut schmecken, wenn das Ambiente stimmt?

So wie ein gutes Theaterstück durch einen furchtbaren Raum sehr beeinträchtigt werden kann. Wenn die Bestuhlung so miserabel ist, daß das Zuschauen ein orthopädisches Problem wird, macht's keinen Spaß. Und wenn ich in einem Ambiente bin, wo es grauenhafte Plastiktische gibt oder einen überpoppten Raum, dann esse ich dort ungern einen Schweinsbraten. Der kann in einem neorustikalen Raum noch glaubwürdig sein, aber es gibt Räume, da gehört er einfach nicht hin.

Könnte man ihn im Freien essen?

Einen Schweinsbraten in gleißender Sonne essen: das macht man nicht. Er braucht gedämpftes Licht. Kein metaphysisches, aber gedämpftes Licht. Ein Licht, das den Schweinsbraten nicht bloßlegt. Man sollte ihn auch nicht mit einem Spot anstrahlen. Das wäre gemein.

Würden Sie ihn an diesem Tisch zu sich nehmen?

Lieber dahinten.

Warum dahinten?

Weil's da ruhiger ist. Zwei Schritte weiter kann sich das Lebensgefühl total verändern.

Der Schweinsbraten braucht Ruhe?

Ich würde sagen, keine Stille, aber Ruhe.

Könnte man ihn auch allein essen?

Für Singles eignet er sich weniger. Er braucht Gesellschaft.

Kann man ihn nur mit Freunden essen oder auch mit Leuten, die man nicht von vornherein einschätzen kann?

Ich würde ihn nicht mit Geschäftsfreunden essen. Ich würde ihn nur mit Leuten essen.

Mit Leuten?

Mit Leuten.

Die Sie kennen?

Die muß ich noch nicht kennen, aber es stellt sich ja heraus, ob es einen Sinn gehabt hat, mit diesen Leuten einen Schweinsbraten gegessen zu haben. Das kann gut ausgehen, das kann aber auch sehr schlecht ausgehen.

Eignet er sich für Verliebte?

Solange man verliebt ist, konzentriert man sich nicht auf den Schweinsbraten.

Der Schweinsbraten ist wählerisch.

Er erzieht einen. Man kann einen Schweinsbraten nicht zwischen zwei Fernsehsendungen essen.

Braucht er bestimmte Lokale?

Meine Erfahrung ist, daß immer weniger Wirte in der Lage sind, das einzulösen, was sie versprechen. Wenn ein Lokal, das noch vor zwanzig Jahren ein biederes, normales Lokal war, ein bißchen unhygienisch, mit ein paar Silberfischchen drin – wenn ein solches Lokal umgestaltet wird, und der neue Pächter nennt es Bistro und will trotzdem seine Klientel nicht verlieren, dann macht er Zugeständnisse und verkauft einen Schweinsbraten, weil er meint, da deckt er noch was ab an Bedarf. Dann mißtraue ich diesem ganzen Vorhaben. Denn ich nehme diesem neuen Bistroinhaber nicht ab, daß es ihm um den Schweinsbraten geht. Das ist der Punkt. Während es früher Wirtsehepaare gab, denen das Schweinsbratenmachen ein selbstverständlicher Ausdruck ihres Lebens war. Die haben nicht über Qualitätsprobleme diskutiert, sondern höchstens über Portionen.

Die Qualität stand außer Frage.

Nehmen Sie die Instantsoße. Die Packerlsoße war ja noch ehrlich. Die ist zwar nicht toll, aber die Instantsoße ist nun wirklich der Todesstoß für den Begriff »Soße«. Den Schweinsbraten kann man normalerweise gar nicht verarbeiten, ohne daß er eine Soße abwirft. Jetzt fragt man sich natürlich, was machen die Wirtshäuser mit der normalen Soße? Die wird anscheinend weggeschüttet.

Das ist ein handwerklicher Fehler.

Das ist kein Fehler, das ist ein Verbrechen. Jede Form von Lieblosigkeit ist eine Schweinerei.

Und warum schreit niemand auf?

Weil man den Schweinsbraten als selbstverständliches Kulturgut betrachtet. Das ist die Gefahr. Es gibt jede Menge Feinschmecker, die über den Lachs reden und wie man ihn zubereitet, aber beim Schweinsbraten kommt keiner drauf.

Da erlebe ich Menschen, die ihn wortlos einnehmen und sich nicht beschweren. Weil übers Essen nur in bestimmten Restaurants geredet wird, nicht in normalen Wirtschaften. Ich kann heute alles bekommen, in höchster Qualität, nur das Normale nicht. Einen Lachs à la weiß der Teufel was kann ich jederzeit kriegen.

Man wird ja schon schief angeschaut, wenn man einen Schweinsbraten bestellt.

Vielleicht ist es so, daß der Schweinsbraten in seiner Karriere als öffentliches Gericht nie gut bedient war. Vielleicht ist er wirklich ein familieninternes Gericht und sollte es bleiben. Er läßt sich nicht vermarkten.

Er ist sperrig.

Er ist grundsätzlich obstinat.

Würden Sie denn einem Norddeutschen absprechen, jemals in seinem Leben, auch wenn er noch so interessiert wäre, in die Geheimnisse des Schweinsbratens einzudringen?

Ich würde es nicht jedem Norddeutschen absprechen, aber ich würde mir erlauben, prinzipiell zu glauben, daß es nicht zu den Möglichkeiten des Norddeutschen gehört, den Schweinsbraten und die damit verbundenen Imponderabilien herzustellen. Wenn ich daheim ein Gericht mache und nenne es à la provençal und haue Thymian und Rosmarin rein oder irgendwas, dann habe ich noch lange kein provençalisches Lebensgefühl.

Dann könnte sich ja nie eine nationale Speise über die Landesgrenzen hinaus verbreiten.

Sicher gibt's x Haushalte, die sagen, sie machen eine gute Spaghetti. Nur weiß ich nicht, ob der Italiener das auch so sieht. Natürlich steht in »Essen & trinken«, in »Satt & mager« und wie solche Zeitschriften heißen, genauestens drin, wie man einen Schweinsbraten macht. Er ist perfekt fotografiert. Die Fassaden stimmen. Auch die Altstädte werden ja immer perfekter. Die stimmen mehr, als sie jemals gestimmt haben. Wenn Sie heute in irgendeinen Stadtteil gehen und ein Haus betreten, da ist alles wunderbar auf alt gemacht. Aber der Geruch ist nicht mehr drin, weil die Gesellschaft nicht mehr drin wohnt, die bestimmte Gerichte kocht. Die gibt es nicht mehr. Die ist unwiderruflich vorbei.

Dann müßten alle guten Speisen irgendwann verschwinden?

Natürlich gibt's in Japan ein Hofbräuhaus. Und sicher wird da ein Schweinsbraten verkauft. Und vielleicht schmeckt er den Japanern sogar ausgezeichnet. Vielleicht gibt's auch eine Schweinsbraten-Pizza, wo man Schweinsbraten auf die Pizza draufschmeißt. Das ist alles möglich. Die Frage ist nur, ob das mit dem, was ich in Erinnerung habe, noch zu tun hat.

Also, wenn Sie nach Schweden fahren und ein Knäckebrot bestellen, dann sagt Ihr Tischnachbar: Dem kann das Knäckebrot gar nicht so schmecken, wie einem Schweden ein Knäckebrot schmeckt.

Genau. Der hat das ja als Kind gegessen. Der hat als Kind schon bestimmte Situationen mit Knäckebrot erlebt. Das war ein Teil seiner Kultur. Wenn Sie nicht ministriert haben als kleines Kind und den Katholizismus um 6 Uhr in der Frühmesse erlebt haben und den Weihrauch gerochen haben, als Sie noch nüchtern waren: das sind Erfahrungen, die Sie nicht weitergeben können.

Der Schweinsbraten lebt vor allem in der Erinnerung.

Ganz klar. Der Schweinsbraten ist auch eine große Saga. Ein großes Epos. Und die Auflösung des Schweinsbratens hat mit der Auflösung einer ganzen Gesellschaft zu tun. In Ludwig Thomas Erinnerungen gibt es ein Gespräch, da streiten sich seine beiden Onkel. Der eine war stark bayerisch-nationalpatriotisch eingestellt, der andere Bismarckianer. Und der eine hat behauptet, ab 1866 hat die Schweinshaxe oder der Schweinsbraten verloren, von der Portion wie von der Qualität, und zwar aufgrund der Schlacht bei Königgrätz. Weil damit der nordische Einfluß gekommen ist. Er wollte sagen, die Menschen und die Politik, die jetzt da waren, provozierten eine andere Essensweise, eine andere Aufmerksamkeit dem Essen gegenüber.

Eine andere Aufmerksamkeit?

Wenn sie in einen Biergarten gegangen sind, dann war es üblich, daß das Publikum gemischt war. Da sind Leute reingegangen, die ihr Essen mitgebracht haben, vielleicht einen Rettich oder zwei Regensburger, auf alle Fälle etwas Bescheidenes. Aber wenn Sie die Genußfähigkeit dieser Leute beobachtet haben, wenn Sie selber Zeuge waren, mit welcher Andacht jemand mit dem Messer ein Radl Wurst runterschneidet, wenn Sie dann sehen, wie er das langsam zum Munde führt, den Blick irgendwohin gehen läßt und sich mit Aufmerksamkeit dieses Radl reinschiebt. Wenn Sie sehen, wie die Leute ihr Bier genommen haben, es im Zeitlupentempo bedächtig zum Munde führen, jeder Schluck eine Persönlichkeit. Wo finden Sie das heute? Dieses Verhältnis des Gerichts zur Zeit, in der man es ißt, das Sich-selbst-genießen-Können, diese Aufmerksamkeit. Das hat mit dem Schweinsbraten zu tun, weil der Schweinsbraten ein Gericht ist, das man zelebriert, das man feiert, weil man einen Schweinsbraten nicht achtlos runterhaut, sondern sagt, ich gehe jetzt zu meinem Schweinsbraten, und dort ist ein Kreis von halbfamiliären oder familiären Leuten, wo ich ihn zu mir nehme. Das ist eine Hochzeit, eine besondere Zeit.

Gesprächspartner: Wolfgang Michal

Ich reise im Kopf

Herr Polt, Sie sind ein erfolgreicher Kabarettist und trotzdem gescheitert. Eigentlich wollten Sie sich nämlich im Fremdenverkehr verwirklichen – als Bootsverleiher.

Bootsverleiher hat immer noch eine Zukunft. Ich habe neulich zu meinem 17jährigen Sohn gesagt: »Vielleicht schaffst du es ja.« Als Kind hat mich diese Haltung fasziniert, wie ein Bootsverleiher so ruhig dasitzt, wettergebräunt, der Wind pfeift durch den Baum, er schaut auf den See hinaus, einfach so. Diese Souveränität, die Behäbigkeit in seinen Bewegungen, die eine innere Ruhe ausstrahlt – das hat was Überzeugendes.

Der Tourist kommt zu Ihnen, und Sie sitzen nur so da.

Ja, und mit höchstens drei Booten, mehr wäre gefährlich. Denn Langsamkeit ist für mich wichtig, sie hat ihren eigenen Wert. Deshalb kommt auch kein Imbiß dazu, keine Zentralfriteuse. Die Zentralfriteuse wäre der Tod des Bootsverleihs!

So leicht ist nicht jeder zufrieden. »Zeit«-Herausgeber Theo Sommer zum Beispiel flog bis Neuseeland und stürzte sich dort an einem Gummiseil in die Tiefe, um »ein gewisses Gefühl der Freiheit« zu empfinden.

Da kann ich nur staunen. Für mich ist das vollkommen absurd. Ich erlebe doch jeden Tag genug Abenteuer, wenn ich über die Straße gehe, ich bin doch froh, wenn ich nicht überfahren werde. Mir geht's wie Karl Valentin: Es freut mich, wenn es mir gelungen ist, den heutigen Tag zu überleben. Das ist mir Kitzel genug.

Wegfahren – das reizt Sie nicht?

Ich bin öfter in Schweden oder Italien. Aber wenn ich jetzt

in die Mongolei fahre und sehe dort Steppen und Jurten und Hügel, das kenne ich schon aus dem Film »Urga« und aus Zeitschriften. Daß es da schön ist, das glaube ich ja. Aber ich käme mir völlig desolat unter den Mongolen vor, wenn ich nicht fragen kann: »Schmeckt's?« Oder ihnen erklären könnte, was ein Apfelstrudel ist. Ohne das alles wäre ich nur mutterseelenallein in dieser Mongolei.

Der moderne Mongole versteht Englisch.

Nein, nein. Ich will mit dem Mongolen nicht Englisch sprechen. Wenn ich nur 400 Wörter Mongolisch einigermaßen variieren kann, dann schafft das ein ganz anderes Entree. Ich will doch wissen: »Sie sind Mongole. Wie lange machen Sie das schon? Machen Sie das beruflich? Wie läuft's, wie geht's, was gibt's zum Essen?«

Eine Kuhfladensuppe, und Sie sind herzlich eingeladen.

Dann schau ich nach, ob ich das richtig verstanden habe, und dann geh ich hin – dann esse ich auch Kuhfladensuppe. Ich gehöre nicht zu den Leuten, die sagen: Wenn die keinen Knödel ham, paß ich.

Aber weil Sie nicht Mongolisch, Grönländisch oder Serbokroatisch können, bleiben Sie daheim.

Heim kommt von Hemad, hochdeutsch: Hemd, hat Herbert Achternbusch mal gesagt.

Und das ist Ihnen sehr nah, deshalb wollen Sie nicht weg.

Ha, jetzt wird's interessant: heim – isländisch: heimadör – ist eigentlich ein altgermanisches Wort und heißt Welt.

Also nichts wie raus mit Ihnen!

Ich habe kein Heimweh nach dem Weg-von-hier. Mich drückt es nicht in die Karibik, nach Bangkok, ich muß nicht den Grand Canyon sehen oder Wolkenkratzer, ich brauch das nicht. Ich fahre lieber nach Agatharied oder geh ins Wirtshaus da drüben. Ich gehe dahin, wo ich Freunde habe, eine Gaudi, Menschen, die ich kenne. Ich fahre doch nicht einfach weg, um zehn Grad mehr Wärme zu haben.

Herr Polt, gibt es nicht einen einzigen Ort auf dieser Welt, den Sie einmal besuchen möchten?

Ich habe nie das Gefühl, ich hätte etwas verpaßt. Ich bin ausgereist. Ich hatte mal einen Schulkameraden, der war Ukrainer, dem habe ich gesagt, er solle mal raus aus München, zu mir nach Schliersee kommen. Und dann hat er gesagt: Warum? Das Gras hier ist genauso wie euer Gras. Er müsse das nicht haben, die Strapazen so einer Fahrt auf sich zu nehmen. Ich habe verstanden, was er sagen wollte: Hinsetzen mit dem Arsch und ein Bier trinken, das kann man hier wie da.

Und deshalb besuchen Sie nicht Ihren Schwager in Caracas, der Sie seit 30 Jahren einlädt?

Meine Frau war schon ein paarmal drüben. Ich könnte das nicht. Wenn mich der Flieger so zack absetzt und wirft mich raus: Wo bin ich da? Ich weiß es nicht. Ich fürchte, ich bin wie der Indianer, der gesagt hat: Er brauche Zeit am neuen Ort, denn seine Seele müsse erst nachkommen.

Erstaunlich, ein Bayer als Apache.

Ich gehöre zu dieser Rasse. 14 Tage Venezuela, undenkbar! Ich bin da und schon wieder zurück – dann war ich doch nie dort. Ich müßte mindestens drei Monate im Land sein. Ich muß die Gerüche mitkriegen, die Menschen, muß verstehen können, was so eine Ansammlung von 15 Millionen Leuten in einer Stadt ausmacht, wie leben die? Wenn da einer weint, will ich wissen, warum. Ich möchte ihn fragen: Wieviel verdienst du? Hast du Kinder? Was macht die Oma? Wieviel Quadratmeter bewohnt ihr?

Verstehn Sie, ich muß das wissen! Einfach nur so durch Fassaden laufen und nicht zu wissen, was passiert da drin – das wäre für mich belastend.

Sie wollen reisen wie zu Zeiten Goethes.

Das klingt mir zu hochtrabend, aber es stimmt schon: Ich würde gern bremsen. Mir gefällt nicht, wie alles schneller wird. Ich mußte mal, das war noch zu Andropows Zeiten, nach Moskau, um für einen Film Freibier auf dem Roten Platz auszuschenken. Ich bin mit dem Zug hingefahren, 56 Stunden hat das gedauert ...

... eine Strapaze ...

... aber es war toll. Die Grenzen, wie der Zug auf die russische Spur gesetzt wurde, die Gespräche im Abteil. Wäre ich wie die anderen hingejettet, wäre ich um diese Zeit bestohlen worden. Ich will die Geräusche, die Gerüche, die Gesichter, ich will alles in mich aufnehmen. Ich bin mehr als eine Kamera. Ich glaube sowieso, daß das Fotografieren eine gefährliche Sache ist. Es löscht die Erinnerung aus.

Wie bitte?

Wenn ich jemanden nach seinem Urlaub in Thailand frage, wie war's, dann sagt der: Schön. Und zeigt Bilder, die aus Prospekten sein könnten. Aber ich habe noch nie etwas erzählt bekommen, was mich interessiert hätte. Da ist das Hotel, war der Service gut, der Strand nah – es wird nur überprüft, ob stimmt, was das Reisebüro versprochen hat. Dann gab's noch den Ausflug ins Inland, und da war's recht heiß. Das war's.

Und Ihr schönstes Ferienerlebnis?

Für mich ist ein scheinbar banales Ereignis ein Höhepunkt. Sie kennen doch diese Schnurvorhänge aus Plastik in den Eingängen der Cafés in Italien. Genau vor so etwas spielten vier Kinder. Der Ober kam mit seinen zwei Tabletts heraus und ist mit einem Riesenschritt über diese Kinder drüber, immer schön vorsichtig, eine zirzensische Glanzleistung, denn der Mann hatte viel zu tun. Der hat nicht einmal gesagt: Weg! Das war faszinierend, über eine Stunde habe ich das beobachtet ...

... und ihn bestimmt darauf angesprochen.

Er hat mir erzählt, daß es für ihn als Kind das Schlimmste war, aus dem Spielen herausgerissen zu werden, wenn es geheißen hat: »Hör jetzt auf! Wir müssen Tante Antonella besuchen!« Dafür hat es sich gelohnt, da hinzufahren. Und wenn ich so etwas weitererzählen kann, dann habe ich etwas Wichtiges mitgebracht.

Das klingt ja ganz nett. Aber aus Ihrem Film »Man spricht deutsh« wissen wir, wie es in Italien wirklich zugeht: Man ist von Automardern und Taschendieben umstellt, von sinistren Schnauzbärten.

Es ist ein großer Irrtum zu glauben, man könnte für 14 Tage in die totale Freiheit fliehen. Die Leute können doch ihre Haut nicht abstreifen, in eine Traumwelt reisen. Die nehmen ihre Mentalität, ihre Ängste mit. Ich hab Leute erlebt, die kamen viel eher als geplant aus dem Urlaub zurück, und die Begründung war: Uns sind die Nahrungsmittel ausgegangen.

Die Angst vor dem Fremden ist der Erfolg einer ganzen Branche. »Mein Touristenghetto«, schreibt die Göttinger Pädagogin Gisela Wegener-Spöhring, »präsentiert mir das Grandiose, das Irritierende der fremden südlichen Welt portioniert, verkleinert und überschaubar.«

Nicht ums Verrecken würde ich in so eine Klub-Anlage gehen. Mir hat mal jemand gesagt: »Da gibt es keinen Raum für Phantasie mehr – es ist schon alles da.« Sollte wohl heißen: Es ist alles perfekt. Solche Orte haben etwas Erschreckendes. Super, was da alles geboten wird: Mushroom-Searching, Fresh-Air-Snapping oder oritschinell Weißwursting ...

Sie selber fahren schon lange nach Terracina, einem Seebad zwischen Rom und Neapel.

Seit genau 30 Jahren. Ich habe dort Freunde, italienische Familien, einen Kunstmaler, einen Friseur, mit denen lebe ich da in einem ganz alltäglichen Rhythmus. Und ich mag es, in einer anderen Sprache zu reden: Je mehr ich kann, desto mehr öffnet sich mir die Welt. Ich könnte ja jetzt klackklack dort unten anrufen, und schon habe ich jemanden dran. Der könnte mir erzählen, was er gerade tut, doch die Tomatensauce kann er mich nicht riechen lassen. Warum schaue ich denn nicht fern, sondern gehe ins Theater oder in den Zirkus – das eine gibt mir nur eine sterile Information, das andere ist ein Erlebnis, ein Abenteuer.

Ein besonderes Abenteuer, wie man aus Ihrem Film »Man spricht deutsh« weiß: Im Meer treibt Scheiße und verstopft den Schnorchel, einen faulenden Schweinskopf spült es an den Strand ...

... ist doch nur Biomüll. Ich lieg sowieso nicht am Strand in der Sonne. Nein, ich bin eher klassischer Bildungsbürger, ein Museumsgänger. Mich faszinieren Herculaneum und Pompeji, da war ich schon x-mal, und ich verbringe dort ganze Tage. Ich reise da im Kopf zurück und habe die merkwürdige Vorstellung, daß diese Gesellschaft vor 2000 Jahren ganz nah an uns ist, viel näher als das Mittelalter. Ich glaube, daß es mit denen ohne Probleme möglich wäre, über die CSU zu reden.

Kaum jemand gibt soviel Geld aus für den Urlaub wie die Deutschen, sie sind die Weltmeister im Reisen.

Vielleicht haben sie die besten Reisebüros.

Der Philosoph Peter Sloterdijk erklärt das komplizierter. Er hält die Deutschen für »ein fanatisch weltflüchtiges Volk«, es geht ihm um »eine Umpolung der Weltflucht in den Tourismus, das heißt, die Suche nach dem besseren Leben am anderen Ort, aber auf derselben Ebene« ...

... Hä. Das klingt gescheit, gell? ...

... *»eine Art Exodus in der Horizontalen«.*

Recht lustig, der Philosoph. Aber die Deutschen sind immerhin 82 Millionen, ich kann nichts über sie sagen. Schon die Bayern sind mir eine Nummer zu groß. Ich bin einfach froh über diesen Reisetrieb. Er ist eine einzige Wohltat. Nie ist es doch so schön wie im Hochsommer, da ist München leer, du kriegst überall einen Parkplatz und einen freien Stuhl im Biergarten. Du wirst ja gar nicht mehr gefragt: Warst du im Urlaub? Sondern alle fragen dich: Wo warst du, wie war es? Ein Nachbarskind, das mit den Eltern in den Bergen war, hat darauf kürzlich geantwortet: »Kurvig«.

Heimat mein, was kann besser sein?

Schmarr'n. Ich hab halt meine eigene Vorstellung von Glück und Zufriedenheit. Mich interessieren am allermeisten Leute. Jetzt, bei diesem Winterwetter, draußen auf dem Eis sein und Eisstockschießen – eine gesellige Sache. Da steht eine Mannschaft gegen eine andere, und man muß alles tun, seinen Gegner zu schmähen und mit Verbalinjurien zu überschütten.

Ständig muß man sich neue Flüche einfallen lassen.

Und das ist schön, ein Heidenspaß: Du dafeide Brunzkachel, du Hämorrhoidnbritschn, du ogsoachte Schoaßwiesen, ihr g'hörts doch mit ara Scheißbürst' wegg'haut. Und man hat einen Schnaps dabei und weiß, nachher geht es in die Wirtschaft – das ist für mich die schönste Aussicht.

Gesprächspartner: Arno Luik und Norbert Thoma

Nachweis der Erstveröffentlichungen

Dieser Band versucht möglichst alle neuen Texte, Geschichten, Sketche, Reden, kurz schriftliche Äußerungen in gebundener und prosaischer Form seit den Bänden Da schau her, *1984, und* Ja mei . . ., *1987, von Gerhard Polt zu versammeln. Sie stammen aus den Revuen* Diri dari, *1987,* Tschurangrati, *1994,* Kinderdämmerung, *1995, und* Bayern Open, *1996, sowie aus Auftritten im ganzen Bundesgebiet und im befreundeten Ausland, meist zusammen mit den drei Well-Brüdern Hans, Christoph und Michael, der Biermösl Blosn.*

Veteran und Reservist
Eintracht
Vertreterabend (hier unter dem Titel: Ein angebrochener Abend)
Erstveröffentlichung in: Wirtshausgespräche oder Die Schweigende Mehrheit erzählt. Mit Zeichnungen von Reiner Zimnik. Zürich: Haffmans Verlag 1985

Historische Dimension
Erstveröffentlichung in: Der Rabe Nr. 16, Zürich: Haffmans Verlag 1987

Die Vernissage (hier unter dem Titel: Technologische Innovation)
Im Bauernmuseum
Der Ensemble-Schutz
Der Original-Schauplatz
Der Hobby-Feuerwerker
Wohnseminar
Sankt Nikolaus
Letzte Folge von *Fast wia im richtigen Leben XIII.*
Erstsendung: 13. Dezember 1988, 21.45, ARD (BR),

Erstveröffentlichung in: *Der Bürgermeister von Moskau und andere wahre Geschichten*. Mit Zeichnungen von Volker Kriegel. Zürich: Haffmans Verlag 1989

Anläßlich der Grenzen
Erstveröffentlichung in: Der Rabe Nr. 30. Zürich: Haffmans Verlag 1991

Die Zeit
Erstveröffentlichung in: *»Herr Ober!«*. Drehbuch. Zürich: Haffmans Verlag 1992

Hanns-Seidel-Stiftung (hier unter dem Titel: Über Demokratie)
Freiheit
Erstveröffentlichung in: *Tschurangrati*. Eine Revue in 29 Bildern. Zürich: Haffmans Verlag 1993

Der Ruhe-Erzwinger
Erstveröffentlichung in: *Arche Sowa*. Zürich: Haffmans Verlag 1996

Historische Dimension
Über Demokratie
Alles über den Russen
Technologische Innovation
Gegendarstellung
Der Revolutionär
Der Ensemble-Schutz
Wohnseminar
Die Garage
Hausmeister-Sorgen
Gedanken eines Medienkaufmanns
Wirtshausgespräche
Die Hölle
Pyrodorm
Nachrufredakteur

Sankt Nikolaus
Der Weihnachtsneger
wurden zusammen mit Hanns Christian Müller geschrieben.

Ein saftiges Lehrstück. Gerhard Polt im Gespräch mit Wolfgang Michal, erschien zuerst in »GEO Special« Thema Bayern, 3/1990.

Abdruck mit freundlicher Genehmigung des Interviewers und des Magazins GEO, Hamburg.

Ich reise im Kopf. Gerhard Polt im Gespräch mit Arno Luik und Norbert Thoma, erschien zuerst im »Spiegel Special« Thema Reisen, 2/1997.

Abdruck mit freundlicher Genehmigung der Interviewer und des Spiegel-Verlags, Hamburg.

Alle Zeichnungen hat Reiner Zimnik eigens für dieses Buch gefertigt.

Register

Sowohl der bestimmte als auch der unbestimmte Artikel sind bei der Alphabetisierung der Überschriften unberücksichtigt geblieben. Ein Beispiel: »Der Standort Deutschland« ist also nicht unter »Der«, sondern unter »Standort Deutschland« zu finden.